Kurz und gut

Jule & Gernot Heck

edition winterwork

Bibliografische Informationen der Deutschen Nationalbibliothek: Die Deutsche Nationalbibliothek verzeichnet diese Publikation in der Deutschen Nationalbibliografie. Detaillierte bibliografische Daten im Internet über http://www.d-nb.de abrufbar.

Impressum

Jule & Gernot Heck
»Kurz und gut«
www.edition-winterwork.de

www.jule-heck.de

Satz: edition winterwork
Umschlag: edition winterwork
Druck und Bindung: winterwork Borsdorf

ISBN 978-3-96014-565-3

Kurz und gut

Jule & Gernot Heck

edition winterwork

Inhalt

Geschichten von Jule Heck

Teil 1

Eigentlich hatte sie noch nicht sterben wollen. Sie hatte immer gesagt, dass sie mindestens 90 Jahre alt werden und dann in ihrer Stammkneipe an der Theke nach einem letzten Drink tot vom Barhocker fallen wolle. Doch das Schicksal hatte es anders mit ihr vorgesehen. Wobei das nicht ganz stimmte. An ihrem vorzeitigen Tod in noch relativ jungen Jahren war sie selbst schuld.

Carina war in einem Stadtteil von Bad Nauheim so etwas wie die Dorfzeitung. Sie saugte Gehörtes auf wie ein Schwamm, ging dem Gesagten auf den Grund, fragte Nachbarn, Freunde und Bekannte auf der Straße aus, so lange, bis sie alles herausgefunden hatte, was sie wissen wollte. Und was sie nicht bis ins kleinste Detail erfahren hatte, schmückte sie mit ihrer eigenen Phantasie aus. Und die war nicht gerade gering.

Natürlich konnte sie das unmögliche, ungeheuerliche Geschehen, von dem sie Kenntnis bekam, nicht für sich behalten. Jedes Gerücht, jeder Tratsch wurde von ihr weitergetragen. Sie nutzte jede Möglichkeit, morgens beim Bäcker oder tagsüber beim Einkauf. Sie traf nie jemanden zufällig, nein, sie passte die Leute regelrecht ab, um die Neuigkeiten in ihrem Stadtteil zu verbreiten. So hatte sie schon manche Ehe in ihren Grundfesten erschüttert, einige Freundschaften zerstört und Hass und Neid zwischen Nachbarn gesät.

An einem sonnigen Nachmittag Anfang Januar verließ sie frühzeitig ihr Haus, das sie, nachdem sie ihren

Mann nach langjähriger Ehe als Erbschleicher beschimpft und vergrault hatte, alleine bewohnte. Die Sonne schickte um diese Uhrzeit noch wärmende Strahlen zur Erde. Doch am Abend wurde Frost erwartet, später war mit heftigem Schneefall zu rechnen. Sie eilte durch den Park, den Oberkörper leicht nach vorne gebeugt. Ihr Kopf schaukelte hin und her. Ihre Schritte wurden von einem unaufhörlichen Gelächter begleitet. Sie lachte über ihre eigenen bösartigen Gedanken, die sie alsbald ihren Freundinnen mitteilen wollte.

Für den Obdachlosen, der hinter einem Gebüsch hervorschaute, hatte sie nur ein Gehässiges: „Verschwinde, du Stück Dreck“, übrig. Sie hatte den Mann, der in zerrissenen und dreckigen Kleidern steckte und wahrscheinlich fürchterlich fror, nicht erkannt. Die hass- und wuterfüllten Blicke, die ihr folgten, bemerkte sie nicht. Wenn sie die Gedanken des Penners, wie sie solche Subjekte bezeichnete, hätte erahnen können, wäre sie erschrocken. Ohne weiter über diese Begegnung nachzudenken, näherte sie sich schnellen Schrittes dem Restaurant im Park von Bad Nauheim. Dort wollte sie sich mit ihren Schulfreundinnen zu einem regelmäßig einmal im Monat stattfindenden Stammtisch treffen. Im Restaurant „Teichhaus“ ließen sich die Freundinnen mit kulinarischen Köstlichkeiten verwöhnen, tranken das eine oder andere Glas Wein zu viel und wurden von Stunde zu Stunde immer lauter und ausfallender.

Carina war in der Auswahl der Getränke nicht kleinlich. Nach dem Essen musste sie nach reichlichem Genuss von Wein, auch noch den einen oder anderen

Schnaps trinken. Dabei wusste sie die guten Tropfen gar nicht zu schätzen. Der Bedienung schien sich jedes Mal der Magen umzudrehen, wenn sie mit ansehen musste, wie Carina die lecker zubereiteten Speisen verschlang und den ausgesuchten Wein durch die Kehle jagte.

Carinas Freundinnen hingen an ihren Lippen, denn sie verstand es bestens, die anderen mit den Neuigkeiten zu unterhalten. Dabei spielte es keine Rolle, ob die anderen die Personen, über die sie herzog, kannten. Jede Geschichte beendete sie mit dem Satz: „Das ist doch ungeheuerlich, oder?“, haute dabei mit der flachen Hand auf den Tisch und schickte ein Lachen hinterher, dass an eine gackernde Gans erinnerte.

An einem dieser geselligen, aber sehr einseitigen Zusammenkünfte, hatte die Gute mehr als ein Glas zu viel getrunken. Nachdem sie sich mit schwerer Zunge, die nachdrücklichen Einwände des Gastronoms ignorierend, in ihrem Zustand nicht allein durch den Park zu laufen, von den Freundinnen verabschiedet hatte, schlurfte sie mit schweren Schritten im Zickzackkurs über die mittlerweile vereisten Parkwege. Dicke Flocken fielen vom frostkalten Winterhimmel. Ein weißes Kleid hatte sich über der anmutigen Parklandschaft ausgebreitet. Die Äste der Bäume hingen schwer vom Schnee tief herab. Die Büsche sahen aus, als hätten sie eine weiße Mütze auf. Vom Teich stieg weißer Dampf in den dunklen Winterhimmel auf und sorgte für eine mystische Stimmung.

In Höhe des Gebüschs, an dem sie am Mittag den wohnsitzlosen Mann beschimpft hatte, wurde es

Carina plötzlich speiübel. Sie musste sich übergeben, schaffte es gerade noch hinters Gebüsch, bevor ihr der Mageninhalt aus dem Gesicht fiel, geradewegs auf den armen Mann, der sich auf Pappe, die Füße mit Zeitungen umwickelt unter einer Plastikfolie, die über einer dicken Decke ausgebreitet war, auf dem Boden ausgestreckt hatte. Er schreckte auf, konnte sich gerade noch zur Seite rollen, bevor Carina auf ihn fallen konnte. Böse starrte er auf die erbärmliche Kreatur am Boden neben seinen vor Kälte erstarrten Füßen. Sie gab sonderbar glucksende Laute von sich. Ihr Körper verströmte einen üblen Geruch von Erbrochenem und Alkohol.

So lag Carina eine ganze Weile auf dem angefrorenen Untergrund. Der Schnee begann, ihren massigen Körper zu bedecken.

Der wohnsitzlose Mann, dessen schützendes Quartier sie gerade zerstört hatte, hätte ihr helfen, sie aufrichten können. Doch er dachte nicht daran. Er genoss die Situation und betrachtete die vor ihm liegende Frau hämisch. Sie war an seiner Situation schuld, hatte durch ihr dummes Geschwätz seine Ehe zerstört. Seine Frau war ihm davon gelaufen, hatte die Kinder mitgenommen. Seinen Kummer hatte er in Alkohol ertränkt. Schließlich hatte er wegen Unpünktlichkeit und Unzuverlässigkeit auch noch seinen Job bei der städtischen Müllabfuhr verloren und war auf der Straße gelandet. Seit dem Sommer hielt er sich unbemerkt hier im Park auf. Nur die ehemaligen Kollegen wussten von seiner Anwesenheit, ließen ihn gewähren, solange er sich an die Abmachung hielt, die Spaziergänger nicht zu belästigen. Ab und zu brachten sie ihm Lebensmittel, Kleidung und Decken, alte Matratzen vorbei. Vor Wintereinbruch hatten sie ihn mit warmer Kleidung und Stiefeln versorgt.

In den letzten Monaten hatte er Carina zu ihren Treffen im „Teichhaus" gehen sehen und beobachtet, wie sie nachts betrunken nach Hause schwankte. Er hatte sich immer vorgestellt, wie es wäre, wenn sie einmal vor ihn in den Dreck fallen würde. Nun war sein Wunsch Wirklichkeit geworden, sie lag hier, besoffen und hilflos, wie ein gestrandeter Wal vor ihm.

Doch bald hatte er genug von ihrem Gelalle und Gestöhne, trat ihr heftig in die Seite: „Steh auf, du blöde Schlampe, und verzieh dich." Carina kam langsam auf alle Viere, griff nach seinen Beinen, um sich daran hochzuziehen. Doch er wich zurück. Alle Versuche sich aufzurichten, scheiterten. Es gelang ihr nicht, auf die Beine zu kommen, sie sackte immer wieder in sich zusammen, blieb schließlich wie ein Häufchen Elend liegen. Aus stumpfen Augen blickte sie den vor ihr stehenden Mann an, nicht ahnend, wer sich unter der muffigen, zerschlissenen Bekleidung verbarg.

Der Obdachlose verharrte einige Zeit, betrachtete Carina von oben herab und sah zu, wie die Wärme aus ihrem Körper entwich, die Kälte von ihr Besitz ergriff. Besser spät als nie, dachte er. Jetzt hatte diese gehässige, Unheil bringende Person endlich bekommen, was sie verdient hatte. Bevor die Morgendämmerung einsetzte, zog er ihren leblosen Körper in eine Senke, bedeckte ihn mit Schnee und wartete von seinem Beobachtungsposten aus ab, was passierte. Es schneite immer noch und ein weißes Tuch breitete sich über den Spuren des Geschehens aus.

Als die Mitarbeiter vom Winterdienst mit ihrer Arbeit begannen, den Schnee von den Wegen im Park schoben und die vereisten Flächen mit Salz bestreuten, damit die Kurgäste ungehindert spazieren gehen und sich an der frischen Luft erholen konnten, türmte sich alsbald ein großer Berg aus weißem Schnee über der Senke auf und sorgte für ein kühles Grab.

Liebe auf den ersten Blick

Die fünfte Jahreszeit neigte sich ihrem Ende zu. Es war Faschingssamstag. In ihrem Ort wurde an diesem Tag jedes Jahr ein Maskenball veranstaltet. Seit ihrem 16. Lebensjahr hatte sie keines dieser Feste ausgelassen. Als kleines Mädchen war sie bei den Funkenmariechen und später trat sie in der Tanzgarde auf. Sie liebte die Faschingsumzüge am Ort und mit dem Aschermittwoch endete für sie die schönste Zeit des Jahres.

In dieser Saison war sie nicht auf einer einzigen Veranstaltung gewesen und würde auch heute nicht am Maskenball teilnehmen, obwohl ihre Freundin sie angefleht hatte, doch endlich ihr Schneckenhaus zu verlassen, wieder fröhlich mit den anderen zu feiern. Doch sie hatte bis heute nicht das Erlebnis überwunden, das ihr auf dem Maskenballe im letzten Jahr widerfahren war, als sie den fremden Mann erblickte, der schon zu fortgeschrittener Stunde den Saal betrat und der ihr sofort aufgefallen war, groß und breitschultrig, mit einem sympathischen Gesicht. Sie glaubte, ihr Herz müsse aussetzen, als sich ihre Blicke über den Köpfen der Tanzenden trafen. Sie war durch die Menge auf ihn zugegangen, hatte ihn ohne ein Wort zu sagen auf die Tanzfläche gezogen und zur Musik von Santana eng umschlungen mit ihm getanzt. Danach hatten sie sich nicht mehr losgelassen. Sie kam sich vor wie in einem Kokon, ganz allein mit ihm. Sie schwebten zur Musik über die Tanzfläche. Seine Blicke hatten ihr Gesicht liebkost, seine Finger zärtlich ihre Wangen gestreift. Noch heute spürte sie den leichten Druck seiner großen Hände in ihrem Rücken. Sein Geruch war noch immer in ihrer Nase, seine Küsse brannten noch auf ihren Lippen.

Als die Musik aufhörte zu spielen, drehten sie sich immer noch im Kreis, bis man sie bat, den Saal zu verlassen. Eingehüllt in ihre Mäntel hatten sie noch stundenlang bei eisigen Temperaturen zusammengestanden und sich aneinandergeschmiegt unterhalten. Sie war damals sicher gewesen, ihr Gegenstück gefunden zu haben, den Mann, den sie ein ganzes Leben lang lieben konnte. Er hatte ihre Gefühle erwidert, wollte sie wieder treffen. Als die Morgendämmerung einsetzte, musste er aufbrechen. Er hatte sich ihre Handynummer auf den rechten Handrücken schreiben lassen, ihr versprochen, sich im Laufe des Tages bei ihr zu melden. Sie hatte darauf vertraut, dass nun eine gemeinsame Zeit mit ihm beginnen würde. Sie war so glücklich, die Schmetterlinge in ihrem Bauch drehten Salti. Die Sondersignale der Polizei- und Krankenwagen, die sie auf ihrem Heimweg begleiteten, hörte sie nicht.

Den ganzen Sonntag hatte sie auf seinen Anruf gewartet. Sie ließ das Telefon nicht aus den Augen, nahm es mit an den Esstisch in ihrem Elternhaus und sogar auf die Toilette. Während des Faschingsumzugs blickte sie immer wieder auf das Display, weil sie befürchtete, sie würde in dem Trubel das Klingeln und Vibrieren ihres Mobilfunkgerätes nicht wahrnehmen.

Doch er rief nicht an. Meldete sich auch nicht in den nächsten Tagen und Wochen. Sie hatte monatelang auf ein Lebenszeichen von ihm gewartet. Vergeblich.

Schließlich hatte sie einsehen müssen, dass sie nichts mehr von ihm hören würde. Vor lauter Enttäuschung hatte sie sich zurückgezogen, verkrochen, war traurig, wütend, enttäuscht, kam sich auch getäuscht vor. Alles hatte sich so gut angefühlt, hatte so gut gepasst. Sie hatten die gleichen Gedanken, konnten über das gleiche lachen, hatten die gleichen Vorstellungen über das Leben gehabt.

Aber sie war wohl einem Scharlatan aufgesessen, der die Situation ausgenutzt, sie zum Narren gehalten hatte. Das passte ja irgendwie zur Faschingszeit. Narren waren dort immer unterwegs.

Nun lag sie am Faschingssamstag, während sich alle anderen auf dem Maskenball amüsierten, auf ihrem Bett in ihrem Zimmer. Der Fernseher lief, aber sie konnte sich nicht auf den Spielfilm konzentrieren. Tränen liefen über ihr Gesicht. Sie hatte gedacht, sie sei endlich über die größte Enttäuschung ihres Lebens hinweg, doch nun holte sie die Erinnerung an den Fremden von damals wieder ein.

Es dauerte eine Weile, bis sie das Klingeln ihres Handys wahrnahm. Sie wollte es ignorieren, doch es vibrierte unaufhörlich auf ihrem Nachttisch. Das Display zeigte ihr die Nummer ihrer besten Freundin. „Was willst Du?“, fragte sie unhöflich, als sie sich endlich überwunden hatte, zu antworten. „Ich bin auf dem Maskenball. Du musst sofort hierher kommen. Er ist hier. Er sucht Dich. Bitte beeile Dich. Dann wirst Du alles verstehen.“

Hastig zog sie sich an, verließ ungeschminkt und ungekämmt das Haus. Die Schmetterlinge tanzten wieder. Das Schneckenhaus öffnete sich.

Immer wieder hatte sie sich vorgestellt, was sie ihm sagen wollte, wenn sie ihm doch einmal begegnen würde. Ihre ganzen Gefühle hatte sie ihm entgegenschleudern wollen. Als sie ihn nun sah, war nichts mehr von Hass, Wut und Enttäuschung zu spüren. Bei seinem Anblick erfasste sie ein Gefühl unendlicher Liebe. Sie stürzte sich in seine Arme, küsste und drückte ihn und war überglücklich, als er sie fest an sich zog und in ihre Haare flüsterte: „Jetzt lasse ich dich nie mehr los."

Mit Entsetzen hörte sie nun, warum er sich ein Jahr lang nicht gemeldet hatte. Ein tiefes Gefühl der Scham machte sich bei dem Gehörten in ihr breit. Wie hatte sie sich nur so täuschen können. Damals auf dem Heimweg hatte ihm ein betrunkener Autofahrer die Vorfahrt genommen. Jetzt erinnerte sie sich wieder an die vielen Rettungsfahrzeuge, die auf ihrem Heimweg an ihr vorbei gefahren waren. Schwer verletzt war er ins Krankenhaus gekommen. Wochenlang hatte man ihn in ein künstliches Koma versetzt, um ihm die Schmerzen zu ersparen. Danach hatte er alles wieder erlernen müssen, laufen, sprechen, die einfachsten Dinge. Dabei hatte er immer nur an sie gedacht. Die Gedanken an sie und seine tief empfundene Liebe hatten ihm Kraft verliehen, so dass er für seine vollständige Genesung kämpfen konnte. Er hatte nur auf diesen einzigen Tag hingearbeitet, um sie wieder zu sehen. Er war so davon überzeugt, dass sie auf ihn warten würde.

Sie erzählte ihm nicht, was während des letzten Jahres in ihr vorgegangen war. Das durfte er nie erfahren. Vergessen waren all die traurigen Stunden. Sie wollte ihm all ihre bedingungslose Liebe schenken und ihn nie wieder gehen lassen. Erleichtert dachte sie, es gibt sie also doch, die Liebe auf den ersten Blick.

Fasching an der Tanke

Christiane machte sich nichts aus Fasching. Deshalb hatte sie auch die Schicht am Sonntagnachmittag freiwillig mit ihrer Kollegin getauscht, damit diese mit ihren beiden Kindern den Faschingsumzug im Nachbarort besuchen konnte. Heute war sowieso nicht viel los gewesen, nur ein paar Durchreisende hatten ihre Tanks aufgefüllt. Die Einheimischen waren alle am feiern. Das Papiergeld hatte sie bereits gezählt und gebündelt in den Tresor gelegt. Das Münzgeld lag noch in der Kasse. Die meisten Kunden zahlten mittlerweile mit ihrer Bankkarte, so dass die Abrechnung am Ende des Tages nicht allzu lange dauerte.

Sie blickte kurz auf. Zwei kostümierte Gestalten überquerten in gebückter Haltung, immer wieder um sich blickend, die Straße und näherten sich jetzt der Eingangstür. Die offensichtlich erwachsenen Personen steckten in Indianerkostümen. Christiane dachte, dass die Zeit der Indianer längst vorbei sei und man sich heute eher als irgendeine Phantasiefigur auf den Fasching begibt.

Old Shatterhand und Winnetou betraten den Verkaufsraum. „Wo habt Ihr denn Eure Pferde gelassen?“, fragte Christiane keck, die sich nur mühsam ein Lachen verkneifen konnte.

Old Shatterhand riss seinen Arm nach vorne und richtete einen Gewehrlauf auf sie. Er schrie: „Kohle her, aber ein bisschen plötzlich“.

„Wir verkaufen nur Benzin und Diesel. Wenn Sie Kohle wollen, müssen sie zum Kohlehändler gehen". Obwohl sie sofort bemerkt hatte, dass es sich bei der Waffe um eine Attrappe handelte, drückte sie auf den Notfallknopf unter der Kasse.

„Du blöde Kuh, verarsch uns nicht. Ich meine Zaster, Moneten, Pinke Pinke aus Deiner Kasse. Los mach schon"!

„Ich bin keine blöde Kuh, das verbitte ich mir", entgegnete Christiane ganz trocken.

„Die macht mich wahnsinnig, die Alte", rief Old Shatterhand Winnetou zu, der hinter ihm stand und vor Angst schlotterte.

„Alt bin ich auch nicht", entgegnete Christiane erneut.

„Jetzt pack endlich das Geld in einen Beutel. Ihr habt doch so was", er fuchtelte wieder wie ein Wilder mit dem Gewehr herum.

„Beutel kosten zwanzig Cent, wegen der Umwelt und so. Haben Sie zwanzig Cent?"

„Nein, wenn ich die hätte, müsste ich nicht die Tankstelle überfallen". Er nahm eine Papiertüte, die auf dem Tresen lag und hielt sie Christiane hin. „Los jetzt, tu das Geld hier rein."

„Das Geld ist schon im Tresor".

„Dann mach ihn auf".

„Geht nicht. Die Tür schließt automatisch. Ich habe keinen Code".

Old Shatterhand drückte Winnetou das Gewehr in die Hand und kam hinter den Tresen, blickte in das Kassenfach. „Los, tu die Münzen in die Tüte", forderte er Christiane auf und hielt sie ihr vor die Nase. Diese ließ sich nicht zweimal bitten und warf mit großer Wucht die Münzen in die Tüte. Winnetou stand zitternd auf der anderen Seite der Verkaufstheke. Der Lauf des Gewehrs zeigte nach unten.

„Warten Sie, ich gebe Ihnen noch ein paar Zigaretten mit“, sagte Christiane freundlich und warf eine Stange einer Billigmarke mit ebensolcher Wucht in den Papierbeutel. Ihr Plan ging immer noch nicht auf. Sie griff zu einer Flasche Whisky und ließ sie in die Papiertüte plumpsen. Endlich riss die Tüte. Mit einem großen Knall fiel der Inhalt auf den Boden. Das Münzgeld lag in einem See aus Whisky. Old Shatterhand sprang wie ein Ziegenbock auf und ab und schrie wie am Spieß. „Da siehst Du, was Du angerichtet hast, Du blöde Kuh“.

„Ich habe Ihnen schon einmal erklärt, dass ich keine blöde Kuh bin“, grinste Christiane frech. Ihr Gesicht wurde plötzlich in blinkende blaue Farbe getaucht.

Old Shatterhand drehte sich ungläubig zu der Fensterfront um und blickte in die Gesichter von zwei Polizeibeamten, die gerade den Raum betraten. „Wolle merr se reilasse?“, rief Christiane lachend. Schließlich war ja Fasching.

Der Despot

Er ging durch die Tischreihen des großen Saales. Die Sitzgelegenheiten waren komplett besetzt. Alle waren sie gekommen zur alljährlichen Mitgliederversammlung. Heute standen die Wahlen des geschäftsführenden Vorstandes an. Er würde wieder für das Amt des Vorsitzenden kandidieren, das er seit vielen Jahren innehatte. Wer sonst? Es gab niemanden, der annähernd so bekannt und gut vernetzt war wie er, der ihm das Wasser hätte reichen können. Dafür hatte er gesorgt, hatte niemanden neben sich hochkommen lassen. Wer ihm nicht folgte, wurde entsorgt. Wer nicht für ihn war, war gegen ihn. Das ließ er jeden spüren, der auch nur den geringsten Zweifel an ihm hegte oder ein Wort der Kritik äußerte.

Ihm war wohl bewusst, dass die Jüngeren gern jemand anderen an der Spitze gesehen hätten, dass man hinter seinem Rücken tuschelte, Pläne schmiedete, ihn durch einen anderen zu ersetzen. Er war sich aber sicher, dass es keiner wagen würde, gegen ihn anzutreten. Und er dachte auch nicht daran aufzuhören. Er vertraute darauf, dass er auch dieses Mal wieder als Gewinner aus der Versammlung herausgehen würde. Er liebte die Macht, die ihm das Amt verlieh und die er zum Spielball seiner Leidenschaften machte. Er hörte schon den Applaus, sah die Mitglieder im Geiste aufstehen und ihm nach der erfolgreichen Wahl zujubeln.

Denn keiner traute sich, ihn anzugreifen, erst recht nicht gegen ihn zu kandidieren. Jeder wusste, was ihm blühte, wenn er sich gegen ihn stellte. Er hatte genug Einfluss, einen Gegner auszuschalten, ein Wort von ihm genügte und die Person wurde ausgegrenzt, in dem man sie ignorierte, einfach nicht mehr einlud oder über wichtige Dinge informierte. Darin hatte er jahrelange Übung. Seinen Vorgänger im Amt hatte er ausgeschaltet, indem er ihn einfach so lange unter Druck gesetzt hatte, bis dieser freiwillig seinen Stuhl geräumt hatte. Dass der eine oder andere es ihm übel nahm, störte ihn nicht. Die Älteren unter den Mitgliedern hatten diese Tatsache mittlerweile verdrängt, die Jüngeren wussten von diesem Vorgang gar nichts. Denn darüber wurde einfach nicht gesprochen.

Gezielt ging er auf die Leute zu, begrüßte sie jovial, aber immer mit einer Berührung der Schulter oder eines Armes, mit Auflegen seiner Linken auf die Grußhand seines Gegenübers, nur um zu zeigen, dass er über ihnen stand. Er sprach sie mit Herr Doktor oder Frau Professor an, obwohl keiner derjenigen einen Titel besaß. Dies tat er nur aus einem einzigen Grund. Er wollt ihnen damit zeigen, wie klein sie für ihn waren, wollte sich selbst damit über sie erheben. Seine vermeintlichen Freundlichkeiten waren in Wirklichkeit gezielte Provokationen. Indem er Menschen erhöhte, degradierte er sie.

Einige der Anwesenden übersah er gezielt, so wie alles was er tat, ganz absichtlich geschah. Aufrecht, mit einem andächtigen Gesichtsaudruck, die Finger beider Hände ineinander gelegt, ging er durch die Menschenmenge zu seinem Platz. Natürlich saß er in der Mitte des Vorstandstisches auf der Bühne. Hier hatte er alle im Blick, obwohl er der Menge keinen einzigen Blick mehr schenkte. Er unterhielt sich angeregt mit seinen Nachbarn, wobei man von einer echten Unterhaltung nicht wirklich sprechen konnte. Er führte das Wort, erzählte wichtigtuerisch von seinen Vorhaben nach der Wahl.

Diese würde wie immer schnell und zügig verlaufen. Im Vorfeld hatte er sich seine Mitstreiter ausgesucht, die sich hinter ihm für die untergeordneten Positionen zur Wahl stellten. Er bevorzugte Leute, die alles abnickten und zu allem, was er von sich gab, ja und amen sagten. Menschen, die selbstständig dachten oder eigene Ideen entwickelten, duldete er nicht.

Natürlich sprach er das Grußwort, erwähnte, wie toll alle waren, weil er sie erfolgreich führte. Das sagt er nicht so direkt, doch er verstand es, die Worte so zu fassen, dass jeder verstand, was er meinte.. Am Ende seiner Rede bemerkte er lachend: „Vorzustellen brauche ich mich ja nicht mehr. Ich gehe davon aus, dass außer mir keiner für das Amt des Vorsitzenden kandidiert. Also lasst uns zur Wahl schreiten." Es war jedes Mal das gleiche. Bis heute hatte sich keiner aus der Menge erhoben, um ihm das Amt streitig zu machen. Deshalb glaubte er, sich verhört zu haben und seinen Augen nicht zu trauen, als ein jüngerer Mann in der Mitte des Saales aufstand und ihm zurief: „Doch, ich bewerbe mich ebenfalls um das Amt des Vorsitzenden." Der Amtsinhaber stutzte, verschluckte sich fast vor lauter Aufregung. Ein nie gekannter Hitzeschub fuhr ihm durch die Adern. Stotternd sprach er ins Mikrofon: „Das ist Dein gutes Recht. Möchtest Du Dich vorstellen?“ Schnell hatte er sich von seinem Schreck erholt. Was bildete sich dieser Bursche ein? Er würde eine schöne Schlappe erleben, dachte der Vorsitzende. Vielleicht würden ein paar wenige Teilnehmer seinen Mitbewerber wählen, aber er musste sich keine ernsthaften Gedanken machen. Da war er sich sicher. Der Mitbewerber ging zum Mikrofon in der Mitte des Saales und stellte sich kurz aber prägnant vor. Alle lauschten ihm gebannt. Als er fertig war, setzte er sich auf seinen Platz. Niemand klatschte, was dem derzeitigen Amtsinhaber ein süffisantes Lächeln entlockte. Der Name des Mitbewerbers wurde von den Anwesenden auf dem vorbereiteten Wahlzettel vermerkt.

Die Wahlen begannen. Die Wähler suchten die Wahlkabinen auf und warfen die angekreuzten und zusammengefalteten Zettel anschließend in die dafür vorgesehenen Wahlurnen. Während die weiteren Vorstandsmitglieder gewählt wurden, begann der Wahlausschuss mit der Auszählung der Stimmzettel.

Der noch amtierende Vorsitzende bemerkte eine plötzliche Unruhe im Saal, als der Sprecher des Wahlausschusses die Bühne betrat und ans Mikrofon ging. Er verkündete aufgeregt das Ergebnis. Frenetischer Beifall erklang. Die Mitglieder erhoben sich von ihren Stühlen. Bravo-Rufe waren zu hören. Er sah seinen Mitbewerber auf die Bühne zugehen. „Sei so gut und suche Dir einen Platz da unten“, drang die Stimme seines Nachfolgers an sein Ohr. Niemand würdigte den Abgewählten eines Blickes, als er seinen erhöhten Platz verließ. Keiner sprach ein Wort des Bedauerns. Er sah, wie sich eine lange Schlange vor der Bühne bildete.

Alle wollten dem neuen Vorsitzenden gratulieren. Die Zeit, in der er die letzten Jahre alle schamlos manipuliert und viele von ihnen gedemütigt hatte, war vorbei. Er. verließ den Saal wie ein getretener Hund und in diesem Augenblick wurde ihm zum ersten Mal bewusst, dass die Macht seines Amtes nur verliehen war. Für jeden Missbrauch bekam man irgendwann die Quittung. Ihm war sie heute präsentiert worden.

Wenn man heute junge Leute fragt, was das Osterfest zu bedeuten hat, wissen viele nicht, dass es das höchste christliche Fest ist, an dem die Wiederauferstehung Jesus gefeiert wird. Die meisten verbinden es mit ein paar freien Tagen und die Schüler mit den Ferien. Obwohl sich hinter dem Fest ein tieferer Sinn als Schokoladenhasen und farbenfrohe Eier verbirgt, ist Ostern mittlerweile stark kommerzialisiert und wird mit Geschenken verknüpft.

In früheren Zeiten beschenkten sich die Menschen zum Zeichen der Wiederauferstehung und des Lebens mit Ostereiern. Der Brauch, sich gegenseitig Geschenke zu machen, ist noch sehr jung. Auch der Osterhase hat erst seit dem 19. Jahrhundert einen festen Platz in unserer Gesellschaft. Er gilt wie das Osterei als Symbol für Fruchtbarkeit und Leben.

In unserer Familie war es schon immer Tradition gewesen, Eier auszublasen, sie bunt anzumalen und ein paar Wochen vor dem Fest im Garten an den Forsythienstrauch zu hängen.

An Ostern suchten wir Kinder im Garten nach kleinen Süßigkeiten, die meine Mutter dort im Gras und unter den Büschen versteckt hatte. Dort fanden wir auch bunt bemalte Eier, die unsere Mutter heimlich angefertigt hatte. Nach Ostern schiebelten wir die hart gekochten Eier einen Hang hinunter, damit die Schale aufplatzte. Die Eier selbst wurden dann zum Zubereiten von Grüner Soße genutzt.

Natürlich glaubten wir viele Jahre an den Osterhasen und freuten uns Jahr für Jahr auf dieses Fest. Größere Geschenke gab es nie. Mit der Zeit merkten wir jedoch, dass es den Osterhasen gar nicht gab und es unsere Mutter war, die Süßigkeiten im Garten versteckte. Dennoch suchten wir mit Begeisterung jedes Jahr zwischen den Blumenbeeten danach. Bei meinen Kindern verhielt es sich genauso und sie machten es ebenso mit ihren Kindern, meinen Enkelkindern.

Vor einigen Jahren meldeten sich unsere Töchter mit ihren Familien für die Ostertage zu Besuch an. Ich freute mich riesig und war tagelang damit beschäftigt, zu kochen und zu backen. Für meine dreijährige Enkeltochter Anna und den zweijährigen Karl hatte ich kleine in Goldpapier eingewickelte Osterhäschen, Küken und Hühner besorgt und die hart gekochten Eier mit kleinen Bildchen bemalt. Das Haus hatte ich schön geschmückt. Die Kinder bestaunten den Osterbusch und die Dekoration im Haus. Ihre Gesichter strahlten vor Freude. Sie konnten es kaum erwarten zu sehen, was der Osterhase ihnen bringen würde.

Am Ostersonntag schien die Sonne. Endlich war der Frühling eingekehrt und im Garten blühten die Osterglocken. Am frühen Morgen hörte ich die Tochter der Nachbarn nach ihren Hasen rufen. Sie besaß zwei dieser niedlichen Tierchen mit den Namen Püschel und Hasi. Sie wurden vorwiegend im Haus gehalten, doch bei schönem Wetter setzte das Mädchen sie in ein kleines Gehege aufs Gras.

Im vergangenen Sommer waren die Häschen mehrfach ausgebrochen. Irgendwie hatten sie es geschafft, in unseren Gemüsegarten hinter dem Haus zu gelangen. Zum Ärger meines Mannes hatten sie von den Erdbeeren genascht und den Blattspinat und den Kopfsalat abgefressen. Im Herbst waren sie sogar über den Wirsing hergefallen.

Unser Dackel, der sonst alle Tiere, die im Garten seinen Weg kreuzten mit wütendem Gebell vertrieb, empfand die frechen Lümmel nicht als störend und näherte sich mit seiner feuchten Nase den hungrigen Häschen. Doch sobald sie unseren Vierbeiner witterten, schlugen sie einen Haken und eilten im Hasengalopp davon.

Unsere Enkelkinder, die den tieferen Sinn von Ostern noch nicht verstehen konnten, schlenderten in froher Erwartung mit ihren Körbchen über den Rasen, lugten in die Blumenbeete und unter die Büsche. Jauchzend nahmen sie jedes einzelne Ei, jedes kleine Häschen und Küken auf und verwahrten sie wie ein Schatz in ihren Körbchen.

Plötzlich entdeckten sie Püschel und Hasi, die zwischen den Osterglocken saßen und genüsslich an dem Blattgrün knabberten. Freudestrahlend blieben sie stehen und betrachteten die beiden. „Osterhasen", rief Anna.

Die kleinen Häschen blieben wie erstarrt sitzen und schauten die Kinder ängstlich an. Ihre kleinen Näschen zitterten vor lauter Aufregung. Minutenlang standen Anna und Karl vor den niedlichen Langohren, ohne sich zu rühren. Als Anna jedoch die Hand nach ihnen ausstreckte, sprangen die Häschen auf und hüpften eilig davon.

„Sie haben heute noch mehr zu tun", erklärte ich ihnen, „andere Kinder wollen auch noch etwas haben." Damit gaben sich die Kinder zufrieden und zeigten ihren Eltern stolz den Inhalt ihrer Körbchen. Im Hintergrund hörte ich immer noch die Tochter der Nachbarn nach Püschel und Hasi rufen. Irgendwann hörte das Rufen auf und die beiden Ausreißer saßen wieder in ihrem Gehege.

Im Jahr darauf bat ich die Nachbarin, Püschel und Hasi am Ostersonntag in eines unserer Blumenbeete zu setzen. Anna und Karl waren begeistert, als sie die Häschen wiederentdeckten.

Das wiederholten wir mehrere Jahre, bis wir glaubten, unsere Enkelkinder seien dem Alter, in dem man noch an den Weihnachtsmann und den Osterhasen glaubt, entwachsen zu sein. Zudem war die Tochter unserer Nachbarn ausgezogen und hatte Püschel und Hasi mitgenommen.

Anna und Karl waren total enttäuscht, als sie die beiden am Ostersonntag nirgendwo entdeckten. „Osterhasen gibt es doch gar nicht, dass ist doch nur eine schöne Geschichte für kleine Kinder", erklärten wir Ihnen. „Wohl gibt es Osterhasen", maulten Anna und Karl, „wir haben sie doch gesehen." Obwohl sie genau wussten, dass es keinen Osterhasen gibt, wollten sie sich ihre Kindheitserinnerung nicht nehmen lassen.

Der Enkeltrick

Margarete war stinkwütend. Man hatte sie bei ihrem Mittagsschlaf gestört. Sie hatte das Bimmeln des Telefons ignorieren wollen. Doch nachdem es nach mehrmaligem Klingeln nicht aufgehört hatte, stand die kleine, zierliche Person auf und hinkte zum Schreibtisch, auf dem sich der Apparat befand. Es war ein grünes Gerät mit einer Wählscheibe, so wie es in den Siebzigern des letzten Jahrhunderts modern gewesen war. Waldi, ihr Rauhaardackel, gab ein tiefes Brummen von sich. Er liebte es gar nicht, wenn sein täglicher Mittagsschlaf unterbrochen wurde.

Margarete war ledig geblieben. Aber sie war mit ihrem Dasein sehr zufrieden. Außer ihrem treuen Vierbeiner hatte sie viele Freunde und ging so oft wie möglich, trotz ihrer Behinderung, aus. In der letzten Zeit war ihr das allerdings immer öfter vermiest worden. Sie ärgerte sich zunehmend über das Benehmen mancher Zeitgenossen, die unhöflich und respektlos ihren Weg kreuzten, nicht grüßten, im Bus keinen Platz anboten oder die Tür vor ihr zuschmissen. Zu ihrem Ärger kamen die Anrufe. Ständig wollte ihr jemand etwas verkaufen, ein Abonnement für eine Zeitschrift andrehen oder eine Umfrage starten. Die Belästigungen von zwielichtigen Handwerkern und ominösen Spendensammlern taten ihr Übriges.

Doch dieser Anruf brachte das Fass zum überlaufen. Ein junger Mann gab sich als ihr *Enkel* aus, bat sie, ihm zu helfen, ihn mit Geld für eine Studienreise ins

Ausland zu unterstützen. Geschickt verwickelte er sie in ein Gespräch. Zum Schein ging sie darauf ein und verabredete mit ihm die Geldübergabe bei ihrer Hausbank in der Stadt zu einer bestimmten Zeit. Als aufmerksame und interessierte Zeitungsleserin war sie ja bestens informiert und wusste, was zu tun war. Trotz ihres Alters konnte man ihr nichts vormachen. Nachdem sie aufgelegt hatte, nahm sie ihr uraltes Handy, das sie nur zu dem Zweck besaß, um im Notfall unterwegs Hilfe zu holen, zur Hand. Sie rief ihre beste Freundin an, erkläre ihr die Situation und bat sie, die Polizei und die Bank zu informieren. Noch während sie sprach, klingelte der Festnetzapparat erneut. Damit hatte sie schon gerechnet. Ihr *Enkel* war wieder am anderen Ende, um sich zu vergewissern, dass sie bestimmt zur verabredeten Zeit erscheinen würde.

Ein Taxi brachte sie in die Innenstadt und ließ sie vor der Bank aussteigen. Waldi folgte ihr gehorsam. In der Parkbucht gegenüber dem Gebäude erblickte sie den Wagen ihrer Freundin. Der Mitarbeiter der Bank bediente sie ausgesprochen freundlich und zwinkerte ihr zu. Beim Abschied sagte er ganz gegen seine Gewohnheit: „Ich wünsche Ihnen noch einen schönen Tag, gnädige Frau." Den Hinweis verstehend, dachte sie, den werde ich haben und verließ, auf ihren Gehstock gestützt, den Schalterraum, Waldi an ihrer Seite. Im Foyer bemerkte sie einen Kunden vor einem Bankautomaten. Er studierte konzentriert seine Auszüge. Kaum merklich nickte er ihr zu.

Die automatische Tür hatte sich gerade hinter ihr geschlossen, als ein junger Mann auf dem Bürgersteig auf sie zukam: „Hallo Oma, da bist du ja. Hast du das Geld?“ Margarete fixierte ihn mit zusammengekniffenen Augen hinter ihrer Nickelbrille und überreichte ihm den Umschlag mit dem geforderten Geld. Eilig nahm er den Umschlag entgegen und sah hinein. Er lächelte zufrieden. „Danke, Oma. Ich muss dann auch mal wieder.“

Waldi knurrte und bellte abwechselnd wütend. Seine Nackenhaare hatten sich wie ein Kamm aufgestellt. Unter seinen buschigen Augenbrauen sah er den vermeintlichen *Enkel* böse an. „Nicht so schnell, mein Lieber“, sagte Margarete und hob ihren Gehstock. „Nur damit du es weißt, ich habe gar keinen *Enkel*.“ Der junge Mann lachte gehässig und machte auf dem Absatz kehrt. Doch er hatte nicht mit Waldi gerechnet. Der Rauhaardackel stürzte sich auf seine rechte Ferse und biss kräftig zu. Der *Enkel* schrie auf, ging vor Schmerzen in die Hocke. Margarete gab ihm einen kräftigen Schubs mit ihrem Gehstock. Der junge Mann kippte vornüber und haute der Länge nach auf das Pflaster.

Nun konnte Margarete sich nicht mehr beherrschen: „Dir werde ich es geben Bürschchen, alte Damen um ihr sauer verdientes Geld zu bringen.“ Mit ihrem Gehstock schlug sie ihm auf den Hintern. Ihre ganze Wut über das schlechte Benehmen ihrer Mitmenschen entlud sich nun.

Der Kunde aus dem Foyer der Bank kam langsam auf sie zu. Er hatte es nicht eilig, sah belustigt von der alten Dame zu dem am Boden liegenden *Enkel*.

Der *Enkel* startete einen erneuten Fluchtversuch, um seiner wütenden Großmutter zu entkommen. Da baute sich Margaretes Freundin plötzlich neben ihm auf und stellte ihm ihren Fuß auf den Rücken. „Du bleibst hier, Freundchen. Sonst fängst du noch eine." Waldi hatte sich indessen vor dem *Enkel* positioniert, beobachtete ihn mit gefletschten Zähnen und wütendem Knurren. Der *Enkel* hatte keine Chance zu entkommen. Die gerade eintreffenden Schutzbeamten halfen dem Trickbetrüger auf die Beine. Den Umschlag mit dem Geld nahmen sie als Beweismittel an sich.

„Die Frau da hat mich geschlagen", schrie der Betrüger aus Leibeskräften. Der Mann da kann das bezeugen." Er zeigte auf den Kunden aus der Bank. Der als Zeuge benannte, zückte seinen Dienstausweis: „Ich bin vom Betrugsdezernat in Friedberg. Ich habe nur gesehen, dass Sie einen Umschlag von der alten Dame entgegengenommen haben. Das sie Sie geschlagen hat, kann ich nicht bezeugen." Er zwinkerte Margarete zu und schob den Trickbetrüger in den Fond des Streifenwagens.

Verfluchte Technik

Uwe freute sich auf seinen Urlaub. Drei Wochen nichts tun. Einfach die Seele baumeln lassen, anhalten, wo es ihm gerade gefällt, bei einem Glas trockenen Rotwein in der Sonne sitzen und die milde Herbstluft einatmen oder in aller Ruhe an einem Flusslauf die Angel auswerfen. Seit Jahren zog er Mitte September alleine los, ohne festes Ziel, ließ sich treiben und war gespannt auf das, was ihn erwartete. In dieser Zeit blieb sein Handy ausgeschaltet. Seine Firma hatte striktes Verbot, ihn zu stören. Seine Frau begab sich zur gleichen Zeit in ein Wellness-Hotel in den Bergen und wollte genauso wenig wie er gestört werden. Jeder, der ihn kannte, wusste, dass diese drei Wochen im Jahr nur ihm gehörten.

Am Abend vorher hatte er sich bei den Nachbarn verabschiedet und sie gebeten, ab und zu vom Tor aus ein Blick auf das Haus zu werfen, das von hohen Hecken umschlossen etwas abseits von der sonstigen Bebauung lag. Die Post hatte er in die Firma umgeleitet und die Zeitungen abbestellt. Die Rollläden öffneten und schlossen automatisch und eine Zeitschaltuhr sorgte dafür, dass abends bei einsetzender Dunkelheit für einige Stunden das Licht anging. Alles war perfekt geplant.

Am meisten freute er sich, mit seinem neuen SUV zu reisen. Er hatte sich zwar noch nicht mit allen technischen Details vertraut gemacht, doch die würde er im Laufe des Urlaubs erkunden. Er hasste es, Betriebsanleitungen zu lesen. Sein Motto lautete: „learning by doing“.

Uwe hievte die Tasche mit den Angeln in den großen Kofferraum und versuchte, sie hinter die Sitzbank zu schieben. Die elektronische Prothese unterhalb seines rechten Kniegelenks summte, ein Zeichen dafür, dass sie sich auf den Bewegungsablauf einstellte. Da er von nicht allzu großer Statur war, gelang es ihm nicht auf Anhieb, das Angelzeug in die richtige Position zu bringen. Er musste sich weit in den Wagen hinein beugen, lag nun fast flach im Inneren des Kofferraums. Seine Beine ragten über dem Garagenboden in die Luft. Die Prothese summte unaufhörlich.

Ein leises Zischen irritierte ihn. Obwohl das Licht im Kofferraum an war, wurde es merklich dunkler. Er drehte den Kopf leicht nach hinten. Mit Erstaunen sah er, dass sich die Heckklappe des SUV senkte. Nun spürte er einen Druck auf seinen Oberschenkeln. Das Metall der Klappe presste sich in sein Fleisch.

Wieso schloss sich der Kofferraumdeckel? Er hatte doch den Befehl mittels Schlüssel gar nicht bedient. Dieser steckte doch in der dafür vorgesehenen Öffnung am Armaturenbrett.

Uwe bemühte sich, die Klappe mit seinen Oberschenkeln nach oben zu stoßen. Leider vergeblich. Sie saß so fest auf seinen Beinen, dass so gut wie kein Spielraum blieb. Der Versuch, rücklings aus dem Kofferraum zu rutschen, scheiterte ebenso, wie die Bemühungen, die Beine in den Innenraum zu ziehen. Der Schaft der Prothese hinderte ihn daran. Er blieb am Unterbau des Wagens hängen. Je mehr er sich bewegte, desto mehr summte seine Prothese und der Druck des Deckels auf seine Beine nahm zu.

Uwe überlegte fieberhaft, was er tun könnte, um seiner misslichen Lage zu entkommen. Es konnte doch nicht sein, dass ein blöder Kofferraumdeckel ihn gefangen hielt. Immerhin war er Chef eines riesigen Unternehmens, immer Herr der Lage. Doch er musste erkennen, dass er in der Falle saß. Kein Mensch würde hier auf ihn aufmerksam werden. Das Garagentor war noch geschlossen. Das Haus lag außer Hörweite der Straße. Seine Frau war schon vor einer Stunde gegangen. Sein Handy lag in der Konsole im Innenraum des Fahrzeugs. Niemand würde ihn in den nächsten drei Wochen vermissen. Wenn sich die Klappe nicht wieder öffnete, hätte er keine Chance, sich zu befreien.

Panik ergriff ihn. Er begann aus Leibeskräften zu schreien. Schweiß rann ihm über das Gesicht und den Rücken, sein Herz begann heftig zu schlagen. Sein Hals zog sich zu und seine Stimme versagte. Nach einigen Stunden verlor er vor Erschöpfung das Bewusstsein. Immer wieder wurde er wach und unternahm einen erneuten Versuch, sich zu befreien. Durst und Hunger ließen ihn mehr und mehr ermatten. Nach einigen Tagen tauchte er nicht mehr aus dem Dunkel, das seine Sinne umschloss, auf. Drei Wochen kam seine Frau bestens erholt aus ihrem Wellness-Urlaub nach Hause. Als sich das automatische Garagentor öffnete, sah sie die Beine ihres Mannes unter dem Kofferraumdeckel des SUV herausragen. Beim Aussteigen drang Verwesungsgeruch an ihre Nase.

Mit meiner besten Freundin war ich auf dem Weg nach Hamburg. Einmal im Jahr machen wir einen einwöchigen Radurlaub. Dieses Mal wollten wir von Hamburg bis nach Lübeck an der Elbe entlangfahren. Wir gönnten uns ein Erste-Klasse-Ticket, damit der Urlaub gleich von Anfang an entspannt beginnen konnte. Doch die ersehnte Ruhe im Abteil wurde uns von einer Gruppe von Junggesellinnen, die entweder nicht lesen konnten, dass es sich um einen Ruhebereich handelte oder einfach die Regeln im Zug ignorierten, vermiest.

Vorweg muss ich gestehen, dass ich Junggesellinnenabschiede, eine Idee, die wie so viele andere überflüssige Bräuche über den großen Teich zu uns herübergeschwappt ist, hasse und der Meinung bin, dass die kein Mensch braucht. Frauen mit Bauchläden, übertrieben bunten T-Shirts und grellen Perücken finde ich einfach nur lächerlich. Noch schlimmer finde ich das begleitende Gejohle und die Anmache der zu später Stunde meist alkoholisierten Damen.

Die Mädels zogen lautstark durch den Zug und rissen immer wieder die Tür zu unserem Abteil auf, um irgendetwas ihrer Meinung nach Witziges von dem einzigen Mann in unserer Mitte zu erbetteln. Der gut aussehende Jüngling saß mir gegenüber. Der Duft seines After Shaves erfüllte den kleinen Raum. Aber nicht nur sein Duft, sondern seine ganze Aura lag wie eine unerfüllte Sehnsucht über uns fünf mitreisenden Damen. Immer wieder blieben unsere Blicke an seinem kantigen Profil und den intensiv blauen Augen haften. Sein athletischer Körper steckte in einem teuren Designeranzug und das taillierte Hemd ließ seinen Waschbrettbauch erahnen. Sozusagen ein echtes Sahnestückchen, von dem jede von uns gern einmal genascht hätte. Ich hörte schon meine Freundin, die grinsend neben dem Sahnestückchen saß, im Geiste sagen: „Den würde ich auch nicht von der Bettkante weisen".

Bisher hatte der junge Mann geduldig alles ertragen und die Forderungen der Junggesellinnen erfüllt. Doch je öfter die Tür aufging, desto mehr kippte die Stimmung im Abteil. Alle waren genervt. Langsam hatte ich die Nase voll und wollte mich nicht ständig stören lassen. Ich war kurz davor, den jungen Mann zu bitten, das Abteil zu wechseln oder sich am besten gleich den Mädels anzuschließen, als erneut die Tür aufging und eine pink Perrückte mit quietschender Stimme das Sahnestückchen fragte: „Kann ich den Wäschezettel aus Deinem Schlüpfer haben?" Alle sahen gespannt zu dem jungen Mann, in Erwartung, was nun passieren würde. Auf seinem Gesicht hatte sich eine leichte Röte breit gemacht. Meine Freundin konnte das Lachen kaum unterdrücken. Ich weiß nicht, welcher Teufel mich geritten hatte, aber ich antwortete spontan: „Wieso, der hat doch gar keinen Schlüpfer an." Die pink Perrückte sah mich an wie ein Kuh wenn's donnert und warf kreischend die Tür zu. Der Mann ohne Schlüpfer blickte mich mit seinen tiefblauen Augen amüsiert an. Die Gesichtsröte war verflogen, stattdessen zeigte er mir ein jungenhaftes Lächeln. „Woher weißt du das?“ Jetzt war es an mir, irritiert zu sein. Natürlich wusste ich nicht, ob er einen Schlüpfer trug oder nicht. Ich begann stotternd zu antworten: „Eh, das weiß ich nicht wirklich.“ Ich konnte mir aber nicht verkneifen zu fragen: „Stimmt es denn?“, und lachte etwas verlegen.

„Das verrate ich dir, wenn du heute Abend in Hamburg mit mir ausgehst“, sagte er zu mir. „Eh“, ich schluckte „wenn meine Freundin auch mitkommen darf“, antwortete ich unsicher. „Von mir aus gern“, kam es amüsiert zurück, „gegen einen flotten Dreier habe ich nichts einzuwenden“, bemerkte er recht anzüglich. Dass seine Aussage nicht ernst gemeint war, erfuhren wir im anschließenden Gespräch.

Die Mädels hatten es aufgegeben, uns zu stören und der Rest der Reise verlief ruhig und harmonisch. Neugierig horchten wir den jungen Mann aus. Wir wollten alles von ihm wissen, bevor wir uns mit ihm verabredeten. Wir trafen uns tatsächlich mit ihm in einer Cocktailbar im Hotel Hafen Hamburg, wo wir einen herrlichen Blick über den Hamburger Hafen genießen konnten. Wir amüsierten uns köstlich und flirteten heftig mit unserem Gastgeber. So viel Spaß hatten wir schon lange nicht mehr gehabt. Dabei blieb es dann auch. Ob der junge Adonis einen Schlüpfer trug oder nicht, haben wir jedoch nicht erfahren.

Abgelegt

Jedes Jahr zur Urlaubszeit kann man den Medien entnehmen, dass Eltern ihre Kinder auf Parkplätzen oder Tankstellen vergessen. Zum Teil legen sie viele Kilometer zurück, bevor sie merken, dass sie alleine im Auto sind. Ich konnte das nie verstehen und habe mich immer über diese „Rabeneltern" aufgeregt. Bis zu dem Zeitpunkt, als mir das gleiche passiert ist. Allerdings vergaß ich nicht meine Kinder, sondern ich wurde vergessen.

Wie das? Mein Mann und ich verbringen seit langer Zeit jedes Jahr eine Woche mit unseren Freunden in Holland. Zu diesem Zweck chartern wir eine schnittige Yacht. Die Orion bietet genügend Platz und Komfort für vier Personen. Ausgestattet mit genügend PS erlaubt sie uns, bequem durch die Kanäle von Ort zu Ort zu schippern. Obwohl wir die kleinen Städtchen entlang der Kanäle alle schon kennen, kehren wir immer wieder gern dorthin zurück.

Diese Art von Urlaub ist für uns Entspannung pur. Alle helfen mit beim An- und Ablegen im Hafen und dem Schleusen. Die Männer steuern das Schiff und wir Frauen kümmern uns um das Essen. Sobald wir in einem Hafen angelegt haben, genehmigen wir uns erst mal ein Anlegebier. Auch so mancher Cocktail wurde auf diesen Reisen kreiert. Auf jeden Fall hatten wir bisher immer viel Spaß. Und obwohl es öfter heißt, dass im Urlaub die besten Freundschaften kaputtgehen, hielt unsere auch nach der sechsten Reise noch.

Doch in diesem Jahr wurde unsere langjährige Beziehung auf eine harte Probe gestellt. Ich nutze die Zeit an Bord immer, um an meinem nächsten Kriminalroman weiterzuschreiben, ihn unter Umständen sogar zu beenden. Zu diesem Zweck begebe ich mich in die gemütliche Sitzecke unter Deck und haue in die Tasten meines Laptops. Meine Freundin und die beiden Männer lassen mich in Ruhe gewähren und halten sich auf dem Oberdeck auf, um mich bei meiner Arbeit nicht zu stören.

Die Urlaubswoche neigte sich bereits dem Ende zu, als wir morgens von Heeg in Flavoland ablegen wollten, um das vorletzte Reiseziel in Angriff zu nehmen. Es wehte ein böiger Wind, der immer unangenehmer auffrischte, die ersten Tropfen fielen vom Himmel. Wir hatten es eilig, wegzukommen. Ich löste die Leine von dem Poller und warf sie meinem Mann zu. Er ging vom Heck zum Bug, von dem aus er mich nicht mehr sehen konnte und fing die andere Leine auf, die ihm meine Freundin zuwarf. Sie kletterte schnell die Bootsleiter hoch und verschwand im Inneren des Bootes. Mein Mann holte besagte Leiter ein und verschwand ebenfalls in das Innere der Yacht, die daraufhin den Hafen verließ.

Ich dachte noch, die machen sich einen Spaß mit mir und kehren gleich wieder um, damit ich an Bord kommen kann. Leider war das nicht der Fall. Ich rief ihnen lauthals hinterher, doch der Wind trug meine Stimme davon. Die Yacht entfernte sich schnell und verschwand alsbald aus meinem Blickfeld. Ich stand mit offenem Mund staunend am Pier.

Aus den Augenwinkeln sah ich, wie der Hafenmeister die Sanitäreinrichtungen abschloss und mit seinem Auto davonfuhr. Das Hafenbecken war fast leer. Außer ein paar kleineren Jollen waren alle Yachten ausgelaufen. Ich blieb alleine in der Marina zurück, ohne Handy und ohne Geld, nur bekleidet mit Hose, T-Shirt und offenen Schuhen. Der nächste Ort war zwar nicht weit entfernt, aber ich kannte dort niemanden und ob es eine Polizeistation oder eine öffentliche Telefonzelle gab, wagte ich zu bezweifeln.
Zudem hatte der Regen so stark zugenommen, dass ich wahrscheinlich innerhalb kürzester Zeit total durchnässt sein würde. Ich suchte verzweifelt nach einem Unterstand. Außer dem Häuschen, in dem die Mülltonnen untergebracht waren, konnte ich nichts entdecken, was mir Schutz bot. So saß ich zwischen den stinkenden Müllbehältern am Boden, sah dem Regen zu und wartete, dass irgendjemand auftauchen und mich aus meiner misslichen Lage befreien würde.
Die Stunden verrannen. Weder der Hafenmeister noch sonst irgendein Mensch, geschweige denn die Orion, tauchten auf. Ich fühlte mich so einsam und hilflos und konnte mir nun denken, wie es Kindern geht, die von ihren Eltern an Tankstellen oder Parkplätzen zurückgelassen werden. Ich fand es auf jeden Fall nicht lustig und im Geiste entwickelte ich meinen nächsten Krimi. Wer darin die Hauptpersonen sein sollten, kann man sich unschwer ausmalen.
Erst zur Mittageszeit erlöste mich der Hafenmeister aus meiner Einsamkeit, bat mich in sein Büro und bot mir etwas zum Essen und einen heißen Tee an. Ich wählte

am Telefon des Hafenmeisters meine Mobilfunknummer, in der Hoffnung, dass jemand antworten würde. Leider vergebens. Mir fiel ein, dass ich mein Handy in unserer Koje am Vorabend auf stumm geschaltet hatte. Langsam erholte ich mich, meine Laune kehrte jedoch nicht zurück. Wie konnte es sein, dass mein Mann und unsere Freunde nicht bemerkten, dass ich gar nicht an Bord war? Ich konnte es mir nur so erklären, dass sie in der Annahme waren, ich würde wie üblich unter Deck an meinem Buch arbeiten. Aber irgendwann mussten sie doch einmal feststellen, dass dem nicht so war. Spätestens zur Mittagszeit, wenn wir uns an die Vorbereitungen des Essens machten, hätten sie mich doch vermissen müssen.
Irgendwann klingelte das Telefon. Ich hörte den Hafenmeister etwas sagen. Er sprach schnell und lachte zwischendurch so sehr, dass meine wenigen holländischen Sprachkenntnisse nicht ausreichten, um zu verstehen, was ihn so erheiterte. Schließlich legte er auf: „Die Orion wird bald wieder hier sein. Ihr Mann und ihre Freunde haben erst beim Anlegen in Akkrum gemerkt, dass man sie zurückgelassen hat.“ Ich schnaufte vor Zorn und malte mir aus, was ich den Rückkehrern alles an den Kopf werfen wollte.
Als die Orion endlich auftauchte, war ich dennoch erleichtert. Sobald die Yacht fest vertäut war, kletterte ich die Bootsleiter hoch und sah in die lachenden Gesichter meiner Mitreisenden: „Wenn wir Freunde bleiben wollen, dann sagt ihr jetzt keinen Ton“, schnauzte ich sie an und verschwand für den Rest des Tages in meine Kabine.

Intelligenterweise hielten sie sich daran. Keiner erwähnte in den letzten Tagen unseres gemeinsamen Urlaubes dieses Ereignis. So kehrten wir schließlich, immer noch Freunde, nach Hause zurück.
Beim Abschied sagte unser Freund: „Ach ja, ich habe die Orion wieder für die gleiche Zeit im nächsten Jahr gebucht. Das ist Euch doch recht?“
„Nur wenn ihr mir nicht wieder alleine zurücklasst“, lachte ich und drückte ihn und seine Frau zum Abschied.

Jetzt reicht`s, dachte Heike. Sie stoppte ihr Rad, stieg ab und sah ihrem davonfahrenden Mann Peter wütend hinterher. Nur noch ein Kilometer trennten sie von dem Hotel, an dem sie am Abend Halt machen würden. Aber sie hatte keine Kraft mehr. Sie musste sich einen Moment von dem hohen Tempo, das sie gefahren waren, erholen.

Ein scharfer Wind hatte dunkle Wolken an den Spätsommerhimmel geschickt. Es würde nicht mehr lange dauern, bis sich die bedrohliche Front in riesigen Wassermassen über das Land ergießen würde. Bunte Blätter wirbelten durch die aufgeheizte Luft. In der Ferne hörte sie leises Donnergrollen. In den letzten Tagen waren sie während ihrer einwöchigen Radtour immer wieder von Unwettern überrascht worden. Jedes Mal war ihr Mann kurz vor dem Etappenziel davongeeilt, um als erster vor ihr, möglichst trocken, im Hotel anzukommen und seinen verschwitzten Körper unter der Dusche abzukühlen. Es kam ihm nie in den Sinn, auf sie zu warten oder ihr Gepäck, das das Touristikunternehmen von Hotel zu Hotel befördert, mit aufs Zimmer zu nehmen.

Obwohl sie immer eine bestimmte Abfahrtszeit festlegten, war er morgens bereits zehn Minuten vor ihr bei den Rädern. Er bestimmte das Tempo und die Pausen. Während des gemeinsamen Frühstücks und dem Abendessen mit den anderen Radfahrern führte er das Wort am Tisch. Wenn sie es einmal wagte, etwas zur Unterhaltung beizutragen, ließ er sie nicht ausreden. Dabei sprach er immer von Wir und tat so, als ob sie grundsätzlich seiner Meinung sei und seine Auffassung teile. Die dummen Sprüche, die er lauthals immer wieder zum Besten gab, kannte sie auswendig und wusste genau, wann er sie einsetzen würde.

Auch sein Getue um sein Aussehen und das Kokettieren mit seinem Alter ging ihr auf die Nerven. Obwohl er um einiges älter war als sie, begann er die Sätze immer mit: „In unserem Alter, nicht wahr meine Liebe“. Seine Art, sich übertrieben jugendlich zu kleiden, empfand sie als lächerlich. Er stand morgens lange vor dem Spiegel, um sein Haar zu richten und brauchte ewig, um aus der umfangreichen Sportbekleidung das passende Outfit für den Tag auszuwählen. All das ging ihr nun durch den Kopf.

Die anderen Radfahrer aus ihrer Gruppe waren längst an ihr vorbeigefahren. Keiner hatte auf sie geachtet. Langsam schob sie ihr Bike, immer noch etwas atemlos, auf dem asphaltierten Streifen am Fluss entlang. Der Mitarbeiter eines Bauunternehmens sicherte gerade ein großes Loch auf dem Weg vor ihr mit rotweißen Baken. „Passen Sie auf, dass Sie nicht ausrutschen und in den Fluss fallen, wenn sie auf dem Grasstreifen ihr Rad vorbeischieben“, machte der Mann sie aufmerksam. Heike beobachtete sein Tun eine Weile. Er hatte in genügendem Abstand von beiden Seiten der Baustelle Schilder aufgestellt, um die Radfahrer vor dem Hindernis zu warnen. Heute würde bei dem Wetter sowieso niemand mehr hier entlangkommen.

Da war sie sicher. Zum Schluss hängte er Laternen an die Baken, die durch ihr rotes Licht ebenfalls auf die Absperrung hinwiesen.

Als der Mann in sein Fahrzeug stieg und davonfuhr, kam ihr eine teuflische Idee. Sie nahm ihr Handy aus der Bauchtasche und rief Peter an. „Peter, du musst zurückkommen. Meine Fahrradlampe geht nicht. Der Himmel hat sich so zugezogen, dass ich nichts mehr sehen kann. Ich habe Angst, dass ich in den Fluss falle." Ihr Mann schimpfte mit ihr, nannte sie eine dusselige Kuh. Widerwillig erklärte er sich bereit, noch einmal den letzten Kilometer zurückzufahren, um sie sicher in ihre Unterkunft zu bringen.

Eilig legte sie die Warnschilder vor der Absperrung um und schaltete die Laternen aus. Sie selbst hielt sich in einigem Abstand hinter der Baustelle auf. Mittlerweile hatte es angefangen zu regnen. Der Asphalt glänzte feucht. In einiger Entfernung sah Heike ein schwaches Licht, das rasch näher kam, zweifellos ihr Mann. „Peter", rief sie ihrem Mann zu, „hier bin ich." Plötzlich hörte sie ein Krachen und scheppern-des Metall, einen entsetzten Schrei und das Knacken von Zweigen. Dann einen Platsch, so als ob jemand ins Wasser gefallen sei. Der Hilferuf eines Menschen ging im Rauschen des Regens unter.

Heike machte sich nicht die Mühe, ihrem Mann zur Hilfe zu eilen. Der Fluss stand durch die starken Regenfälle in den letzten Tagen ziemlich hoch, das abwärts fließende Wasser hatte an dieser Stelle ein hohes Tempo. Peter konnte nicht schwimmen. Er würde irgendwo an Land treiben.

Heike stellte die Warnschilder wieder auf und schaltete die Laternen ein, schwang sich auf ihr Rad und eilte zum Hotel. Nachdem sie ausführlich geduscht und sich für das Abendessen angekleidet hatte, ging sie ins Restaurant. Dort traf sie die anderen Mitreisenden. Unschuldig fragte sie ihre Tischnachbarn, ob sie ihren Mann gesehen hätten. Allgemeines Kopfschütteln war die Reaktion. Keiner hatte ihn gesehen.

Am nächsten Morgen meldete sie ihren Mann als vermisst. Die Polizei fand einige Hundert Meter vom Hotel entfernt sein Rad im Gebüsch. Leider hatte der starke Regen alle Spuren verwischt. Anhand der umgeknickten Zweige konnte man jedoch vermuten, dass er der plötzlich vor ihm auftauchenden Bake ausgewichen, über das angrenzende Grasstück gefahren und durch das Gebüsch in den Fluss gefallen sei.

Heike unterbrach ihre Radreise und fuhr nach Hause. Sechs Wochen später wurde der Leichnam von Peter in den Ästen einer Buhne zur Einfahrt in eine Sportbootschleuse aufgefunden. Sein vom Wasser aufgeblähter Körper war alles andere als schön anzusehen. Sein Aussehen würde ihm sichern nicht gefallen, dachte Heike, als sie ihren Mann in der Gerichtsmedizin identifizieren musste.

Schon belegt

Die Schulferien sind vorbei. Die Urlaubszeit ist zu Ende. Die Straßen sind wieder voller und die Staumeldungen häufen sich.

Wenn man eine Reise macht, kann man was erzählen, heißt es im Volksmund. Es sind nicht immer lustige Begebenheiten, die einem widerfahren und die werden dann auch gern verschwiegen. Oder aber man hört von den Freunden und Bekannten nur Gutes über die Reisen, alles war bestens, alles vom Feinsten. Denn wer gibt schon gern zu, dass die schönste Zeit im Jahr gar nicht so schön war und man sich über so manchen Zeitgenossen geärgert hat.

Immer wieder kann man beobachten, dass Gäste in Hotels, auf Kreuzfahrtschiffen oder Ferienanlagen schon früh am Morgen mit Handtüchern unterwegs sind, um Liegen zu belegen. Man will ja schließlich nicht irgendeine Liege haben, sondern möglichst eine mit Blick auf das Meer, unter einem großen Sonnenschirm, der ausreichend Schatten spendet, am besten weit weg von allen anderen Gästen.

Der Hinweis, dass das Auslegen von Handtüchern bzw. das Reservieren von Liegen verboten ist, wird geflissentlich ignoriert. Die Gäste tun es trotzdem. Mittlerweile ist es so, dass in vielen Hotels die Handtücher vom Personal wieder entfernt werden.

So manch ein Gast stört sich auch nicht an der Reservierung und entfernt eigenhändig das Handtuch. Das hat schon mehr als einmal zu heftigen Streitereien unter den Gästen geführt und so manch Uneinsichtiger ist im Pool gelandet.

Doch die Geschichte, die ich kürzlich auf einem kleinen Flusskreuzfahrtschiff erlebt habe, dürfte ziemlich einmalig sein. Es war einer dieser heißen Tage, an denen man sich am liebsten nur im Schatten aufhielt. Das Schiff verfügte über ausreichend Liegen und Stühle. Jeder Gast konnte einen Sitz- bzw. Liegeplatz ergattern. Allerdings waren die Plätze unter dem Sonnensegel begrenzt.

An diesem Tag fuhr das Kreuzfahrtschiff über das Stettiner Haff, so dass alle Gäste an Bord waren. Für den Vormittag war ein bayrischer Frühschoppen mit Freibier und Weißwurst sowie Dicke-Backe-Musik geplant.

Da ich als gnadenlose Frühaufsteherin immer die Erste am Frühstücksbuffet bin, konnte ich auch als erste an Deck gehen und für meine Freundin und mich einen Platz an einem Tisch im Schatten suchen. Ich genoss die Stille, lies mir den Fahrtwind um die Nase wehen und las in meinem Buch, bevor der Rummel begann.

Plötzlich erschien ein älterer Herr, ging zielstrebig auf einen Tisch zu und klebte ein laminiertes Schreiben auf der Tischplatte mit Isolierband fest. Danach nahm er alle vier Stühle, kippte sie nach vorne und lehnte sie an den Tisch, um sie anschließend mit Isolierband zusammenzubinden. Zufrieden eilte er davon. Neugierig ging ich zu dem Tisch, um zu lesen, was auf dem Blatt stand: „4 Stühle und 1 Tisch reserviert".

Zunächst glaubte ich, er sei von der Rezeption dazu beauftragt worden. Doch als er eine Viertelstunde später erneut erschien und mit seiner Frau und einem weiteren Paar einen Platz in der Sonne belegte, war mir klar, dass er nicht dazu befugt war.

Nach und nach kamen die anderen Passagiere an Deck und suchten sich ein Plätzchen. Schließlich war nur noch der reservierte Tisch unbesetzt. Fast alle hatten einen Blick auf den Tisch geworfen und verwundert den Kopf geschüttelt. Ich beobachtete den älteren Herrn, der von seinem Liegestuhl in der Sonne mit Argusaugen verfolgte, wenn sich jemand seinem reservierten Platz im Schatten näherte.

Schließlich tauchten vier Damen auf und suchten vergeblich nach einem Liegestuhl oder einer anderen Sitzfläche. Alle Plätze waren belegt.

Nun machte sich meine gehässige Ader bemerkbar und ich machte sie auf den reservierten Tisch aufmerksam, den sie bereits erblickt, aber respektvoll gemieden hatten. Ich erklärte ihnen, dass eine unbefugte Person dafür verantwortlich sei und sie ohne weiteres dort Platz nehmen könnten. Das ließen sich die vier Frauen nicht zweimal sagen, entfernten das Isolierband und ließen sich dort nieder.

Schon während sie zu Gange waren, bemerkte ich, wie der ältere Herr in der Sonne aufgeregt mit den Armen fuchtelte. Plötzlich sprang er auf und baute sich in drohender Haltung vor den weiblichen Gästen an „seinem" Tisch auf. Mit zorniger Stimme erklärte er, dass dies sein Platz sei, ob man denn nicht das Schild gelesen habe. Das sei doch deutlich zu sehen gewesen. Die Damen sollten gefälligst verschwinden. Er wolle dort Platz nehmen, wenn es ihm und seinen Begleitern in der Sonne zu heiß werde.

Es entspann sich eine hitzige Diskussion zwischen dem älteren Herrn und den vier selbstbewussten Damen, in die sich alsbald immer mehr der anwesenden Gäste einmischten. Der ältere Herr sparte nicht mit Schimpfworten, die selbst ich noch nicht alle gehört hatte. Logische Argumente lehnte er mit einer energischen Handbewegung ab. Schließlich hatte er extra Isolierband und einen laminierten Vordruck in seinem Koffer mitgebracht. Bisher habe das immer funktioniert, erklärte er.

Auch der herbeigerufene Reiseleiter konnte den aufgebrachten Mann nicht beruhigen. Schließlich wurde es einigen der anwesenden Männer zu dumm. Sie packten den Mann und warfen ihn kurzerhand über Bord. Ein aufmerksamer Gast warf einen Rettungsring hinterher, der Reiseleiter verständigte den Kapitän und die Maschinen wurden gestoppt.

Glücklicherweise ist so ein kleines Kreuzfahrtschiff nicht sehr hoch und der „Tischreservierer“ konnte schwimmen. Als der ältere Herr mühsam zurück an Bord geholt worden war, verlangte der Kapitän eine Erklärung. Alle Anwesenden berichteten unisono, dass der Mann sich zu weit über die Reling gelehnt habe und dabei ins Wasser gefallen sei. Selbst seine Frau und seine Begleiter nahmen ihn nicht in Schutz und wandten sich schmunzelnd ab. Der Mann verbrachte den Rest des Tages schmollend in seiner Kabine und die anderen Gäste, einschließlich der Mitreisenden des „Tischreservierers“ genossen den bayrischen Frühschoppen.

Das schönste an Reisen sind die Erinnerungen, die wir auch noch viele Jahre später unvergessen in unserem Herzen tragen. Man bringt sie mit, wie ein wertvolles Gut, das nichts kostet und hütet sie bis ans Lebensende. Wir können sie jederzeit wieder hervorholen und uns daran erfreuen und, mitunter auch andere damit unterhalten. Lassen Sie mich jedoch die Geschichte von Anfang an schildern.

Mein Mann, ein liebenswerter, mitunter etwas brummiger Zeitgenosse hatte demnächst Geburtstag. Es war schon immer schwer, ihm etwas zu schenken, denn eigentlich hatte er bereits alles, was man sich wünschen konnte – ein schönes Haus mit einem wunderschönen Garten, eine liebe Frau und zwei großartige Töchter, alle gesund und munter. Zur Familie gehörten auch noch zwei Langhaardackel, die für reichlich Abwechslung sorgten. Deshalb hatten wir es immer schwer, ein passendes Geschenk für unser Familienoberhaupt zu finden.

Mein Mann liebte die Sendung „Wetten dass?“, die einmal im Monat im ZDF ausgestrahlt wurde. An diesen Abenden durften wir uns nichts vornehmen. Wir mussten alle vor dem Fernseher sitzen und die mitunter anzüglichen Sprüche von Thomas Gottschalk über uns ergehen lassen.

Die zweite große Leidenschaft meines Mannes hieß Formel Eins. Jede zweite Woche verbrachte er den frühen Sonntagnachmittag vor dem Bildschirm, um Schumi und Gefolge dabei zu beobachten, wie sie ihre Kreise zogen.

Während der Sendungen durfte niemand ein Wort sagen, geschweige denn aufstehen oder vor dem Fernseher herumlaufen. Die geringste Störung hatte sofort einen mittleren Wutausbruch meines Mannes zur Folge. Das Klingeln des Telefons wurde ignoriert und störende Besucher sofort an der Haustür abgewimmelt. Selbst unsere Dackel verhielten sich mucksmäuschen-still.

Unsere älteste Tochter Fraucke war in diesem Jahr zum ersten Mal alleine auf Sprachreise in den USA unterwegs und konnte uns bei der Auswahl des Geschenkes, was uns immer eine Zeit lang beschäftigte, nicht behilflich sein.

Unsere jüngste Tochter Freya hatte schließlich die geniale Idee für das passende Geburtstagsgeschenk. „Mama, lass uns doch über Papas Geburtstag nach Mallorca zu „Wetten dass?“ fahren. Da kommen Mika Häkkinen und Michael Schumacher. Da können wir gleich zwei Fliegen mit einer Klappe schlagen. „Da kommt aber auch Montserrat Caballé und die kann Papa nicht ausstehen und wenn die dann noch anfängt zu singen, wird der ganz verrückt“, meinte ich. „Egal, ein Opfer muss er bringen“ meinte Freya lakonisch.

Also stürmten wir am nächsten Tag ins Reisebüro in Butzbach und beauftragten unseren Lieblingsreisespezialisten Markus ein entsprechendes Arrangement zu buchen.

Da es mein Mann hasste, mit öffentlichen Verkehrsmitteln zu fahren, bestellten wir einen Limousinenservice, der uns jederzeit zur Verfügung stehen und uns überall abholen und hinbringen sollte.

Natürlich erzählten wir meinem Göttergatten nichts von unserem außergewöhnlichen Plan und so erfuhr er erst am Morgen seines Geburtstages, dass wir nach Palma zu „Wetten dass?" fahren würden. Dieses Geburtstagsgeschenk machte ihn fassungslos und ich erlebte meinen Mann nach 19 Jahren Ehe das erste Mal sprachlos. Aber er freute sich ehrlich darüber, was man an seinen glänzenden Augen sehen konnte.

So flogen wir an seinem Ehrentag mit der ersten Maschine von Frankfurt nach Palma. Am Flughafen erwartete uns ein großer, gut aussehender Einheimischer mit einer Tafel, auf der „Familie Heck aus Frankfurt" stand. Wir kamen uns richtig wichtig vor, als er uns das Gepäck abnahm und uns zu einer schwarzen Luxuslimousine führte, wo er unsere Koffer in einem riesigen Kofferraum verstaute. Auf der Rückbank der Nobelkarosse hatten wir alle drei Platz und fühlten uns wie die Könige.

In der rosa wie Perlmut schimmernden Morgensonne fuhren wir entlang der Küstenstraße nach Palma de Mallorca, einer faszinierenden Stadt am Mittelmeer. Schon von weitem erblickten wir die riesige Kathedrale „La Seu", die gotische Kathedrale des Lichts. Unser Fahrer erklärte uns in einwandfreiem Deutsch mit einem charmanten spanischen Akzent, dass man für den Bau der Festung des Glaubens dreihundert Jahre benötigt hatte. Vorbei an Restaurants, Jachthäfen und Parkanlagen führte uns der Weg bis in unser Hotel Victoria Melia in der Nähe des Hafenviertels El Terreno. Der maurische Baustil des Hotels erinnerte an einen Adelspalast aus früheren Zeiten. Vom Balkon unseres Zimmers sahen wir auf das Meer, das Gluckern der am Strand auflaufenden Wellen im Ohr. In der Ferne erblickten wir den Anleger der Kreuzfahrtschiffe, wo am Morgen die neue Aida Cara angelegt hatte. Sofort war die Idee für die nächste Reise geboren.

Wir waren begeistert von der Atmosphäre in dieser wunderbaren Stadt, von der Leichtigkeit des Seins, der entspannten Freundlichkeit und der mediterranen Lebensart, ganz zu schweigen von dem köstlichen Essen und den guten Weinen. Von den gegrillten Sardinen, den schmackhaften Oliven in Aoli und den Tapas konnten wir gar nicht genug kriegen. Der leichte Weißwein versetzte uns zudem in eine nie gekannte Ferienstimmung.

Unser Fahrer zeigte uns nicht nur Palma sondern auch die Umgebung. Über kurvenreiche Küstenstraßen brachte er uns zu den touristischen Highlights der Insel, aber auch zu verschwiegenen kleinen Dörfchen mitten im Land, wo wir in Ruhe bei einem Glas gekühlten Weißwein die Mittagssonne genießen konnten.

Viel zu schnell verflogen die Stunden und es war Samstagabend. Unser Fahrer brachte uns zur Arena am anderen Ende von Palma. Von hier aus wurde zum zweiten Mal die beliebte Fernsehshow am Samstagabend „Wetten dass?“ mit Thomas Gottschalk live übertragen. Unser Fahrer bedauerte sehr, dass er uns nach der Show nicht abholen könnte, doch auf Grund einer Familienfeier sei er verhindert. Nun, wir sahen das nicht so eng. Wir würden schon ein Taxi finden, das uns ins Hotel zurückbringen würde und wünschten ihm zum Abschied einen schönen Abend. Sein Grinsen deuteten wir als freundliche Geste, als er uns viel Spaß wünschte.

Die Tore zur Arena waren noch verschlossen und die wartende Menschenmenge drängte sich vor den Eingängen. Es war ein Geschiebe und Gedränge und obwohl jeder der Gäste eine Platzkarte hatte, schoben die Menschen unaufhörlich von hinten und pressten uns gegen die Gitterstäbe der großen Tore. In meinem langen schwarzen Kleid und den hochhakigen Schuhen fühlte ich mich irgendwie fehl am Platz. Freya klebte förmlich an mir, denn wir konnten uns in der Menschenmenge nicht bewegen.

Endlich öffneten sich die Tore und die Menge ströme auf ihre Plätze. Unser Lieblingsreisespezialist Markus hatte uns drei schöne Sitze ausgesucht, von wo wir das Geschehen in der Arena bestens verfolgen konnten.

Thomas Gottschalk begrüßte so namhafte Gäste wie Dirk Bach, Lou Bega, Montserrat Caballe', Sophia Loren und natürlich auch Mika Häkkinen und Michael Schumacher, die einen Mercedes Mac Laren präsentierten. Neben weiteren Showstars wie Ulla Cock am Brink, Frauke Ludowig, Verona Poth, Nina Ruge und Birgit Schrowange waren auch die Könige von Mallorca, Jürgen Drews und Costa Cordalis am Start.

Es war eine sehr unterhaltsame Show und die Zeit verging im Flug. Es war interessant, das Filmteam hinter den riesigen Kameras zu beobachten, die Beleuchter, die Leute von der Maske und den Regisseur, der ständig Anweisungen gab und natürlich auch Thomas Gottschalk, der jovial wie immer seine Gäste und die Wetten präsentierte.

Im Hintergrund waren während der ganzen Show ständiger Trommelwirbel und Trillerpfeifen zu hören. Irgendetwas ging vor den Toren rund um die riesige Arena vor sich. Wir konnten uns die Geräusche nicht wirklich erklären und glaubten, dass man ein Fest in dem angrenzenden Stadtteil feierte.

Begeistert von der Show verließen wir nach 23 Uhr die Arena und machten uns auf die Suche nach einem Taxi. Für uns war es selbstverständlich, dass eine lange Reihe von Taxen an den Ausgängen stehen würde, um die Zuschauer in die Stadt zurück zu bringen. Doch außer Bussen, die von den Hotels außerhalb von Palma gechartert worden waren, um ihre Gäste sicher zurück in ihre Unterkunft zu bringen, war von einem Taxi weit und breit nichts zu sehen.

Viele der Zuschauer irrten um die Arena herum und versuchten per Handy ein Taxi zu bestellen. Einige stiegen geistesgegenwärtig schnell in die letzten öffentlichen Verkehrsmittel, bevor auch diese um 24.00 Uhr ihre Dienste einstellten. Andere hielten vorbeifahrende Autos an und boten den Fahrern Geld, damit man sie mit in die Stadt nehmen würde. Weitere Zuschauer machten sich frustriert auf den Weg zu Fuß, um irgendwie in ihr Hotel zu gelangen.

Uns blieb nichts anderes übrig, als bergab in Richtung Hafen zu laufen. Schnell taten uns die Füße weh, denn auf eine mehrere Kilometer lange Wanderung waren wir nicht vorbereitet. Freya war müde und hing an meinem Arm wie ein Sack Blei. Aber sie beschwerte sich nicht und lief an meiner Seite bergab. Irgendwann konnten wir nicht mehr. Wir blieben einfach stehen und schauten uns um. Außer einer Dame, die am Straßenrand stand, war niemand mehr zu sehen. Die Straßenlampen hatten bereits auf Sparmodus geschaltet und beleuchteten die Bürgersteige nur noch spärlich.

Horrorszenarien stiegen vor meinem geistigen Auge auf. Ich sah mich schon in den Fängen brutaler Räuber, die uns ausraubten und blutend auf der Straße liegen ließen. Mutlos schauten wir uns an. Ohne auf meinen Göttergatten zu hören, ging ich auf die Dame am Straßenrand zu. Im Moment war sie meine einzige Hoffnung. Sie sah nett aus mit ihren langen blonden Haaren und dem hübschen Gesicht. In meinem spärlichen Spanisch fragte ich sie, ob sie uns ein Taxi bestellen könnte. Freundlich lächelte sie mich an, nahm mir mein Handy aus der Hand und tippte eine Nummer ein. Als sie mir das Handy zurückgab, glaubte ich zu verstehen, dass es eine Weile dauern könnte, bis ein Taxi kommen würde. Erleichtert bedankte ich mich. Also warteten wir. Mein Mann belächelte meinen Eifer und meinte nur, dass die Dame wohl eine Bordsteinschwalbe wäre, die auf einen Freier warten würde. Daraufhin schaute ich mir die Frau am Straßenrand etwas näher an. Sie war nicht allzu groß, mit den Kurven an den richtigen Stellen. Für meinen Geschmack war sie gut angezogen, der sommerlichen Temperatur durchaus entsprechend gekleidet mit einem zugegebener Maßen ziemlich großzügigen Dekolte'.

Nach zwanzig Minuten hielt auf der anderen Straßenseite ein Taxi. Bevor wir auch nur die geringste Chance hatten, die Straße zu überqueren und in das Auto zu steigen, kamen drei Männer aus einer dunklen Toreinfahrt und stürzten sich auf das Fahrzeug. Im Nu war es verschwunden und wir blieben mit der Dame alleine zurück. Freya fing nun an zu weinen. Das Kind war müde und sehnte sich nach seinem Bett.

Erneut ging ich zu der Dame und bat sie um Hilfe. In einem Schwall spanischer Wörter teilte sie mir etwas mit, aber ich verstand sie in meiner Aufregung nicht. Also probierte ich es noch einmal mit Englisch. Freundlich antwortete sie in einwandfreiem Englisch, das wir in dieser Nacht in ganz Palma wohl kein Taxi mehr finden würden. Die mallorquinischen Taxifahrer streikten. Sie waren sauer, weil nur die Deutschen Karten für die Show in der Arena bekommen hätten. Den Einheimischen war der Erwerb einer Karte für „Wetten dass?“ versagt worden. Damit erklärte sich auch der Trommelwirbel rund um die Arena, der dafür sorgen sollte, dass die Show gestört werden würde.

Ich konnte verstehen, dass die Menschen sauer waren, aber das half mir im Moment nicht wirklich weiter. Verloren standen wir auf der Straße. Freya hatte sich mittlerweile auf dem Bürgersteig niedergelassen und schlummerte an eine Hausmauer gelehnt, vor sich hin.

So vergingen ein paar Minuten bis die Dame auf mich zukam und mir erklärte, sie müsse erst jemanden anrufen, um etwas zu klären. Danach könnte sie uns vielleicht helfen und uns zum Hotel fahren. Wir sollten uns nur ein wenig gedulden. Sie verschwand um die Ecke.

„Na, die muss jetzt erst mal ihren Zuhälter anrufen und ihn um Erlaubnis fragen, ob sie sich von der Stelle rühren darf" meinte mein Mann. „Ach, was Du schon wieder weißt. Die sieht doch ganz nett aus" giftete ich ihn an. Die Hoffnungslosigkeit der Situation machte mich völlig fertig. Das war mir noch nie passiert. Ich hatte bis jetzt immer eine Lösung gefunden.

Es dauerte ganze 15 Minuten bis ein Ford Fiesta am Straßenrand hielt und die Beifahrertür von innen geöffnet wurde. Am Steuer des Kleinwagens saß die Dame. Freundlich forderte sie uns auf, einzusteigen. Ich hievte die schlafende Freya auf den Rücksitz und setzte mich neben sie in den engen Fond des Wagens. Mein Mann nahm auf dem Beifahrersitz Platz.

Über eine halbe Stunde fuhren wir durch kleine Gässchen zu unserem Hotel. Wir sahen viele Menschen auf der Straße, ganze Gruppen, die auch so aussahen als ob sie auf dem Heimweg in ihr Hotel seien. Ein Taxi war weit und breit nicht zu sehen.

Als wir endlich das Victoria Melia erreicht hatten, fragte ich die Dame, was wir ihr schuldig seien. Aber sie wollte kein Geld annehmen. Ich wollte sie zu einem Drink an der Hotelbar einladen, aber auch das lehnte sie ab ebenso wie ein gemeinsames Abendessen am nächsten Tag.

„Wenn sie etwas tun wollen, dann helfen auch sie Menschen in Not. Dann bin ich schon zufrieden".

Natürlich, dachte ich, würde ich jedem der in Not geraten wäre, helfen. „Selbstverständlich, das werde ich. Sie sind ein richtiger Engel. Vielen, vielen Dank". Sie schloss mich in ihre Arme und drückte mich ganz fest, so als ob sie mir danke sagen müsste und nicht umgekehrt ich ihr. Ich war beeindruckt von so viel Hilfsbereitschaft und Menschlichkeit und fragte mich, ob ich wirklich allen Ernstes fremde Menschen mitten in der Nacht durch die Gegend fahren würde.

„Warum wollte sie denn jetzt nicht unseren Dank annehmen? Wir hätten doch wenigstens noch mal was zusammen trinken können". Ich war richtig enttäuscht. „Mensch bist Du blöd. Die muss jetzt wieder an die Arbeit. Und wenn die hier an die Bar geht, trifft sie vielleicht einen ihrer Freier", O-Ton meines Mannes.

Übermüdet gingen wir zu Bett. Ich war froh, dass wir doch noch wohlbehalten in unserem Hotel angekommen waren und schlief sofort ein.

Am nächsten Morgen, wir waren ziemlich spät beim Frühstück, trafen wir auf einige Hotelgäste, die ebenfalls am Vorabend bei „Wetten dass?" gewesen waren und erst am frühen Morgen nach einem langen Fußmarsch im Hotel angekommen waren. Sie waren ziemlich sauer.

Unser Fahrer bescherte uns in den nächsten Tagen noch viele schöne Ausflüge über die Insel und entschuldigte sich, dass er uns Samstagnacht nicht hatte abholen können. Er hatte tatsächlich eine Familienfeier gehabt, aber es wäre ihm durchaus möglich gewesen, uns abzuholen. Doch wir müssten verstehen, dass das gegen seine Ehre gegangen sei. „Die Mallorquiner lieben die deutschen Touristen, aber das ist nicht in Ordnung, dass man die Einheimischen von der Show ausschließt". Ich gab ihm Recht und entschuldigte mich für Herrn Gottschalk und das ZDF.

Nach ein paar Tagen kehrten wir wieder nach Hause zurück, beeindruckt von der wunderschönen Insel, den freundlichen Menschen und den einmaligen Erlebnissen. Die Dame am Straßenrand und das Versprechen, das ich ihr gegeben hatte, konnte ich nicht vergessen. Immer wieder erzählten wir die Geschichte unseren Freunden, die uns ungläubig belächelten.

Wie heißt es so schön? Wer den Schaden hat, braucht für den Spott nicht zu sorgen. Das hat wohl die deutsche Fußball-Nationalmannschaft nach ihrer Niederlage gegen Südkorea deutlich zu spüren bekommen. In den Medien und den Internetportalen war die Enttäuschung über das verlorene Spiel über Tage nachzuverfolgen. Auch an Spott für die verpassten Tore mangelte es nicht.

Ganz anders erging es Herrn Schuller, einem begeisterten Fußballfan, der sich als selbständiger Unternehmer die Arbeit in seiner Firma so einteilte, dass er jedes Spiel verfolgen konnte. In seinem Freundeskreis findet er viele Gleichgesinnte und deshalb werden die wichtigsten Spiele vor einem großen Bildschirm gemeinsam angesehen, auch wenn Deutschland nicht mehr dabei ist.

Begleitend dazu wird gegrillt und so manche Kiste Bier geleert. Die Frauen unterstützen die Geselligkeit mit riesigen Fleischbergen vom Metzger und leckeren Salaten, halten sich aber sonst eher im Hintergrund und schlürfen selbst erfundene Cocktails, lästern über ihre bessere Hälfte und planen zum Trost die nächste gemeinsame Reise. Auch mit Kommentaren halten sie sich eher zurück. Bei diesen Treffen, die im Wechsel mal bei jedem der Freunde stattfinden, ist der Fußballsport den Männern vorbehalten. Dabei sind sich die Fußballfanatiker nicht immer einig. So wird manche hitzige Debatte geführt und das eine oder andere

Schimpfwort ausgetauscht. Die konsumierte Menge an Bier lässt die kleinen Zänkereien jedoch schnell wieder vergessen. Die Hauptsache, es wird ein schöner Abend unter Kumpels.

Das Endspiel zwischen Frankreich und Kroatien wurde dieses Mal bei Familie Schuller im Garten angeschaut. Es war herrliches Wetter, die Sonne schickte warme Strahlen vom azurblauen Himmel. Herr Schuller hatte am Vortag noch den Rasen gemäht und am Morgen die Blütenpracht im Garten gewässert.

Der riesige Bildschirm, der nur für diesen Zweck angeschafft worden war, stand bereit. Die aufgestellten Sonnenschirme waren so angeordnet, dass der Bildschirm im Schatten lag und man auch jede kleinste Bewegung der Spieler verfolgen konnte. Der Grill war aufgebaut und das Fleisch gewürzt. Frau Schuller hatte genügend Vorrat an Salaten zubereitet.

Die Freunde trafen ein und nach einem kurzen Austausch der allgemeinen Lage, ließen sich alle auf ihren Plätzen nieder.

Schnell war klar, dass drei der Anwesenden zu Frankreich hielten, während Herr Schuller und ein weiterer Freund die kroatische Mannschaft favorisierten. Die Frauen unternahmen bereits erste Versuche, einen neuen Cocktail zu kreieren. Der Gastgeber begab sich in den Keller seines Hauses, um das gekühlte Bier zu holen.

Als er den großen Kühlschrank öffnete, traf ihn fast der Schlag. Bis auf zwei Flaschen mit dem goldgelben Inhalt, war das Fach leer. Nur der Weißwein im unteren Fach war noch vollständig vorhanden. Er hatte vergessen, das begehrte Pils aus der nahen Nachbarstadt einzukaufen. Das Besorgen des Getränkes war allein seine Sache. Abgesehen von dem Spott seiner Gäste, konnte er nicht einmal seine Frau für den Mangel verantwortlich machen.

Die Freunde, die bereits ungeduldig warteten und dem Beginn des Spieles entgegenfieberten, sparten dann auch nicht mit gehässigen Kommentaren. Wegen des kurz bevorstehenden Anpfiffs des Endspiels kam auch niemand auf die Idee, mit einem Kasten Pils aus dem eigenen Keller auszuhelfen.

Herr Schuller blieb mit dem Problem allein. Er überlegte fieberhaft, wie er so schnell Abhilfe schaffen könnte. Es war ja nicht allein mit dem Bier getan, es musste ja auch gekühlt sein, und das Wichtigste von allem, es musste die bevorzugte Marke aus der Nachbarstadt sein. Wie zum Teufel sollte er an einem Sonntagnachmittag dieses Problem lösen?

Als er sich in seinen SUV setzte, hörte er im Radio den Anpfiff des Endspiels der Weltmeisterschaft zwischen Frankreich und Kroatien. Hektisch legte er den Rückwärtsgang ein und gab Gas. Er wollte möglichst wenig Spielzeit verpassen und so schnell wie möglich wieder vom Einkauf zurück sein. Bis dahin musste er mit der Übertragung aus dem Radio vorliebnehmen.

Ein ohrenbetäubender Knall ließ ihn den Fuß vom Pedal nehmen. Er schaute über die Schulter zurück. Das Garagentor hing verbeult in seinen Angeln. Herr Schuller hatte vor lauter Aufregung vergessen, den Öffner des elektrischen Tores zu betätigen. Auch die elektronischen Abstands-Sensoren, die mit einem

Piepston Alarm schlugen, hatte er ignoriert. Mit zitternden Knien stieg er aus und betrachtete den Schaden am Heck seines Wagens.

Den Spott seiner Freunde hat er heute noch im Ohr. Die Tatsache, dass Deutschland vorzeitig ausgeschieden war und auch sein Favorit Kroatien nicht als Sieger den Platz verließ, wog jedoch schlimmer als sein verbeultes Auto und die vielen teuren Flaschen Weißwein, die seine Freunde anstelle des vergessenen Bieres geleert hatten.

Das Prachtexemplar

Es war ein heißer Sommertag. Ein strahlend blauer Himmel wölbte sich über der kleinen Ortschaft in der Wetterau. Es herrschte eine friedliche Stille in dem Wohngebiet.

Susanne hatte ihren neuen Bikini angezogen. Zum Unkrautjäten war das knappe, aber sündhaft teure Teil eigentlich zu schade. Egal, sie wollte sich bei ihrer schweren Gartenarbeit wenigstens von der Sonne bräunen lassen. Ihre beiden pubertierenden Söhne waren mit ihren Eltern unterwegs, so hatte sie ihre Ruhe, hing ihren eigenen Gedanken nach.

Die Stille wurde durch ein Rauschen neben ihrem Ohr unterbrochen. Es war ein Geräusch, also ob ein Raumschiff vorüberschwebe. Direkt etwas unheimlich. Sie schaute auf und sah durch die Zaunstäbe eine schwarze Limousine mit Stern, tiefer gelegt, mit breiten Reifen, dunklen Panzerglasscheiben und wahrscheinlich allen erdenklichen Extras ausgestattet, in die Garage des Nachbarn gleiten.

Sie liebte rassige Autos, die meistens von den falschen Männern gefahren wurden. So ein Teil hätte sie auch gern mal besessen, aber als Chauffeuse von zwei sportbegeisterten Jugendlichen kam so ein Gefährt für sie nicht in Frage. Ihr SUV älteren Baujahrs, der im Inneren eher einer Müllhalde als einem fahrbaren Untersatz ähnelte, konnte da nicht mithalten.

Ihr Nachbar war ein schwerreicher Playboy. Seit einem Jahr wohnte er in der Villa nebenan, wechselte die

Frauen, wie andere ihre Bettwäsche. Er stieg aus, winkte ihr über den Zaun zu. Seine mittelgroße aber drahtige Gestalt näherte sich der Grundstücksbegrenzung. Sie wußte, dass er ein Faible für sie hatte. Schon öfter hatte sie bemerkt, dass er sie von seinem Ankleidezimmer im ersten Stock seines Hauses bei der Gartenarbeit ungeniert beobachtete, aber außer kleinen Wortplänkeleien und einem innigen Augenkontakt hatten sie keinerlei weitergehende Berührungspunkte gehabt.

Was sollte auch so ein schnuckeliger Junggeselle mit einer Hausfrau und Mutter von zwei Jungs anfangen? Für ihr Alter sah sie ja noch recht knackig aus, ihre Kurven waren an den richtigen Stellen. Dennoch fühlte sie sich gegenüber den jungen Dingern, die bei ihrem Nachbarn ein und ausgingen, wie eine alte Frau.

Aber offenbar störte ihn ihr Alter nicht. Nach genügender Bewunderung ihrerseits und lüsternen Blicke seinerseits forderte er sie auf, das Prachtexemplar in seiner Garage aus der Nähe zu betrachten.

Bei seinem Vorschlag lief es ihr heiß und kalt über den Rücken, dennoch begleitete sie ihn in seine Garage. Ihre Knie zitterten, ihr Herz raste. Sie fühlte sich, als ob man sie zum Schafott führen würde. Obwohl sie ahnte, was er vorhatte, war sie auf seinen Überraschungsangriff nicht vorbereitet. Während er einen Kuss auf ihren Nacken hauchte, betätigte er den Knopf des elektrischen Garagentores. Leise senkte es sich herab und schloss sie mit ihrem Nachbarn ein.

Erst einige Zeit später öffnete sich das große Rolltor wieder. Etwas erschöpft und durchgeschwitzt, aber sehr zufrieden, verließ Susanne die Garage, nicht bevor sie ihre Hand über den glänzenden Lack des Kofferraumdeckels der Luxuslimousine gleiten ließ und ihrem Nachbarn versicherte, dass er wirklich ein Prachtexemplar besaß. Jetzt gehörte auch sie zu den Extras. Sie eilte zurück in ihren Garten, um ihre Arbeit zu beenden.

Leider wiederholte sich das amouröse Abenteuer nicht. Der Junggeselle zog einige Zeit später aus. Jetzt wohnt nebenan ein alleinstehender Herr. Er besitzt einen wunderschönen Oldtimer mit rassigen Kurven.

Josef stand vor der Tür des Hotels und wartete, dass ein später Heimkehrer ihm Einlass gewähren würde. Nicht etwa, weil er den Schlüssel vergessen hätte, nein er hatte gar kein Zimmer hier gebucht. Er vermutete jedoch seine Frau in einem der schön eingerichteten Räume.

Seine Frau Maria liebte Musik von Elvis und sie verkleidete sich gern im Stil der 50iger Jahre. Sie beide waren viele Male zu dem alljährlich stattfindenden Elvis-Festival angereist und hatten die Wochenenden in vollen Zügen genossen. Sie hatten immer in diesem Hotel übernachtet. Zu diesem Zweck hatte Josef sich sogar ein Elvis-Kostüm für viel Geld anfertigen lassen und sich in dem einen oder anderen Song des großartigen amerikanischen Sängers probiert. Alles aus Liebe zu seiner Frau Maria.

Nachdem sie beide sich zwei Tage vor Weihnachten so heftig gestritten hatten, war sie kommentarlos verschwunden. Keiner der Freunde oder Verwandten hatte sie seitdem gesehen oder von ihr gehört. Deshalb hatte er sich auf den Weg in die Kurstadt in der Wetterau gemacht, in der Hoffnung, sie hier im Hotel Spöttel vorzufinden.

Es war schon spät, als er sein Ziel erreichte. Die Eingangstür des Hotels war bereits geschlossen. Er hatte über einer Stunde vor dem Eingang ausgeharrt, als endlich Rettung in Sicht kam. Ein älteres Ehepaar näherte sich der breiten Steintreppe. Josef tat so, als ob er eine Zigarette geraucht hätte und grüßte freundlich.

„Wollen Sie auch rein?“, fragte der ältere Herr den vermeintlichen Raucher vor der Tür. Josef antwortete so, als sei es das normalste von der Welt: „Oh ja, ich komme mit.“

Langsam durchschritt Josef den Empfang und wartete bis das Ehepaar im Fahrstuhl verschwunden war. Dann ging er zu dem Damenzimmer im Parterre des Hauses, in dem er seine Frau vermutete, und klopfte leise an: „Maria, mach mir die Tür auf. Ich bin es Josef.“ Er war ganz sicher, dass sich Maria in diesem Zimmer befand. Deshalb klopfte er nach einiger Zeit erneut. „Was soll das?“, warf ihm eine Dame an den Kopf, die plötzlich in der Tür erschien. Sie war nur mit einem Nachthemd bekleidet. „Hier wohnt keine Maria“, und schloss die Tür ziemlich energisch.

Josef schlich durch die Gänge und vertraute darauf, dass er irgendeinen Hinweis entdecken würde, wo er seine Frau finden würde. Da kam ihm die Idee, es mit einem Lied von Elvis zu versuchen. Er stieg in den ersten Stock und blieb an der Treppe stehen. Er begann mit kräftiger Stimme: „Love me Tender“ zu singen. Das war Marias Lieblingslied. Sicher würde sie seine Stimme vernehmen und sofort zu ihm eilen.

Doch er kam nicht weit mit seinem Ständchen. Ein älterer Herr öffnete die erste Tür, die neben der Treppe lag: „Sie verkappter Elvis, singen Sie bitte woanders weiter. Sie stören unsere Nachtruhe.“ Josef verstummte.

Doch er war noch nicht bereit, seine Bemühungen aufzugeben. Er schlich durch das Treppenhaus bis in den obersten Stock und rief immer wieder den Namen seiner Frau. Als er eine Weile still verharrte, glaubte er am

Ende des Ganges eine kleine, untersetzte Gestalt zu sehen. Sie kam mit raschem Schritt auf ihn zu, drohte ihm mit einem Regenschirm, der über ihrem Kopf schwang. In der Notbeleuchtung des Flures konnte er das Konterfei von Miss Marple erkennen. Er kannte die Geschichte der spukenden Miss Marple im Hotel Spöttel, hatte sie aber nie für ernst genommen. Doch nun bekam er es mit der Angst zu tun. Er floh vor Miss Marple, stürzte die Treppe hinab, durchquerte die Eingangshalle und gelangte ängstlich zitternd nach draußen.

Aber er war immer noch nicht bereit, aufzugeben. Laut rief er den Namen seiner Frau zu den Fenstern hinauf. „Maria, wo bist du?" Anstelle seiner Frau antwortete ihm nun ein Polizeibeamter, der mit seinem Kollegen auf der nächtlichen Streife in der Straße unterwegs war: „Was machen Sie da?"

„Ich suche meine Frau. Sie wohnt in dem Hotel", antwortete Josef.

„Warum gehen Sie nicht einfach hinein?", wollte nun der zweite Beamte wissen.

„Ich habe keinen Schlüssel."

„Können Sie sich ausweisen?", fragte der erste Beamte in anzüglichem Ton.

„Ja", erwiderte Josef und suchte hektisch den Autoschlüssel in seinen Hosentaschen. „Ich muss den Autoschlüssel im Hotel verloren haben. Meine Papiere sind im Wagen. Der steht dort drüben."

„Wie heißen Sie denn?", fragte der zweite Beamte etwas mitleidsvoll.

„Josef", kam es stotternd aus dem Mund des Befragten. Er schlotterte vor Angst und Kälte. Vor lauter

Aufregung war er nicht in der Lage, seinen Nachnamen zu nennen.

„Aha, und ihre Frau heißt Maria?", lachte nun der erste Beamte.

„Ja, woher wissen Sie das?", kam es erleichtert von Josef, der die Erwähnung des Namens seiner Frau schon wieder vergessen hatte.

„Und das Jesuskind haben Sie auch dabei?", lachte der erste Beamte frech.

„Nein, das liegt selbstverständlich bei uns zu Hause in der Krippe", antwortete Josef empört.

„Na, das wird ja immer besser. Sie lassen ihr Kind alleine zu Hause. Papiere haben Sie auch nicht. Sie kommen jetzt mal mit uns auf die Dienststelle", befahl der erste Beamte streng.

Sie nahmen Josef mit, machten eine Halterangabe anhand seines Autokennzeichens und ließen sich dann noch einmal in aller Ruhe genau erzählen, was eigentlich vorgefallen war. Josef blieb über Nacht im Polizeirevier. Man stellte ihm die Ausnüchterungszelle zur Verfügung.

Am nächsten Morgen begleiteten ihn die beiden Beamten in das Hotel Spöttel. Die Hotelbesitzerin empfing ihn freudestrahlend im Empfang: „Josef, da sind Sie ja endlich. Ihre Frau hatte schon befürchtet, dass Sie sie nicht suchen würden." Sie führte den müden Josef die Treppe hinab ins Frühstückzimmer. Dort erwartete ihn Maria an einem reichlich gedeckten Frühstückstisch. Mit Tränen in den Augen drückte sie ihren Mann an sich. „Ich freue mich so, dass Du doch noch gekommen bist."

Tod im Maisfeld

Die Sonne stand hoch am Himmel und warf ihre heißen Strahlen wie Feuerschwerter zur Erde. Das grelle Licht verursachte Schlieren vor seinen Augen. Der Boden glühte, der Asphalt begann aufzuweichen. Das Thermometer war auf über dreißig Grad geklettert, eine Temperatur, bei der man den Tag im Schatten oder im Haus mit geschlossenen Fensterläden verbringen sollte. Der Schweiß rann ihm über den Rücken, sein T-Shirt klebte an seinem verschwitzten Körper. Aber der Jogger lief immer weiter, den Blick auf Burg Münzenberg am Horizont gerichtet.

In einiger Entfernung erntete ein überdimensionaler Mähdrescher goldgelbes Getreide und verursachte eine riesige Staubwolke, die wie Rauchschwaden in den Himmel aufstieg. Bisher war ihm niemand begegnet, kein Auto- oder Radfahrer, der ihm den Betonbelag des landwirtschaftlichen Weges zwischen Ober-Hörgern und Münzenberg streitig machte, kein Hundehalter, der seinen Vierbeiner frei im Feld herumlaufen ließ.

An der Wegkreuzung mit der großen Linde, verweilte er einen Moment im kühlenden Schatten, trank aus seiner Wasserflasche und machte einige Dehnungsübungen. Jeden Tag lief er zu Trainingszwecken die gleiche Strecke von Ober-Hörgern über die kleinen Orte und den Wald hinter Arnsburg bis nach Lich und wieder zurück. Das Ziel seines täglichen Trainings war der Frankfurt Marathon im Juli. Als er zwischen

Feldern mit hochstehendem Mais den Berg hinauflief, drangen plötzlich laute Stimmen an sein Ohr.

„Bitte tue das nicht", hörte er die flehende Stimme einer Frau.

„Ich habe dir schon hundertmal gesagt, dass du das nicht machen sollst. Jetzt ist Schluss", war die atemlose Antwort eines Mannes zu hören.

Die Menschen, die sich so äußerten mussten sich im Maisfeld aufhalten. Vom Weg aus waren sie nicht zu sehen, aber er hörte das Rascheln der Frucht und sah schwankende Maispflanzen etwas weiter im Feld. Die Worte der beiden Personen verhießen nichts Gutes. Der Sportler blickte sich um. Was sollte er tun? Sollte er den Stimmen nachgehen und schauen, um was es bei dem Streit ging? Bevor er eine Entscheidung treffen konnte, erklangen die Stimmen erneut:

„Bitte lass mich am Leben. Ich verspreche dir, ich werde es bestimmt nicht wieder tun", keuchte die für ihn unsichtbare Frau, „ich flehe dich an, gib mir noch eine Chance." Gleich darauf folgte ein grauenhaftes Stöhnen.

Hier war eindeutig ein Verbrechen im Gange und dem Läufer war klar, dass er sich in unmittelbarer Gefahr befand. Geduckt lief er zu dem gegenüberliegenden Feld und suchte Schutz zwischen den Maisstängel. Angestrengt dachte er nach. Die Frau benötigte Hilfe, das war nicht zu überhören. Doch wie sollte er ihr helfen? Falls der Mann bewaffnet war und ihn zu sehen bekäme, würde er womöglich auf ihn losgehen, ihn auch umbringen. Er kramte sein Handy aus seiner Bauchtasche hervor und wählte den Notruf. Leise gab er seinen

Aufenthaltsort an und schilderte kurz seine Beobachtung. Während er mit dem Polizisten sprach, vernahm er im Hintergrund ein Wimmern. Man riet ihm, sich still zu verhalten und keinesfalls einzuschreiten. Man werde so schnell wie möglich, am „Tatort" sein.

Er war weiter in das Feld hineingegangen, um sich vor dem Mann in Sicherheit zu bringen. Das Schreien und Flehen der Frau hatten aufgehört. Nur noch ein leises Stöhnen war zu vernehmen. Sollte der „Mörder" schon zugeschlagen haben, womöglich lag die Frau blutüberströmt am Boden und stöhnte deshalb vor Schmerzen. Vor seinem geistigen Auge spielten sich fürchterliche Szenen ab. Ein bestialischer Schrei durchbrach die Stille. Vögel flogen erschrocken auf, flatterten aufgeregt durch die Luft. Danach folgte eine bedrohliche Stille.

Dem stillen Beobachter war trotz der Hitze kalt. Seine Haare an Beinen und Armen stellten sich auf. Sein Herz klopfte wild vor Angst. Er war Zeuge eines grauenhaften „Mordes" im Schatten der Burg, die hoch über dem kleinen historischen Städtchen Münzenberg thront.

Aus der Ferne hörte er endlich das Sondersignal eines Streifenwagens, der sich mit hoher Geschwindigkeit auf dem Betonweg von Gambach her näherte. Der Sportler verließ sein Versteck und sprang auf den Weg, um den Polizeibeamten auf die Stelle, an der der vermeintliche Mord geschehen war, aufmerksam zu machen. Mit quietschenden Reifen hielt das Polizeifahrzeug neben ihm, die Türen flogen auf und zwei bewaffnete Schutzpolizisten sprangen heraus.

„Da, da", stotterte der Läufer, „da im Feld ist es passiert." Er zeigte mit ausgestrecktem Arm auf die Stelle mitten im Feld.

„Hier spricht die Polizei, kommen Sie mit erhobenen Händen heraus", rief einer der Polizisten in das Feld hinein. Die Männer lauschten. Zunächst geschah nichts. Gerade wollte einer der Polizisten erneut die Personen auffordern, sich zu zeigen, als es im Feld raschelte und kurz darauf zwei Köpfe zwischen den Maiskolben zu sehen waren. Mit hochroten Gesichtern tauchte ein Pärchen vor ihnen auf. Sie hatten weder eine Schusswaffe noch sonst etwas Bedrohliches bei sich. Verlegen grinsten sie die Beamten an, die erleichtert ihre Pistolen in ihre Halfter zurücksteckten. Wegen der großen Hitze verzichteten die Beamten grinsend auf eine Anzeige wegen Erregung öffentlichen Ärgernisses. Der Läufer rannte eilig davon, als ginge es um sein Leben.

Ohne Handy geht es nicht

Kürzlich saß ich im Wartezimmer meines Orthopäden. Ich hatte mich auf Wartezeit eingerichtet und mir ein spannendes Buch eingepackt. Draußen regnete es in Strömen. Also würde ich nichts verpassen und konnte getrost auf meinen Termin warten. Das Wartezimmer hatte sich bis auf den letzten Platz gefüllt. Ein älteres Ehepaar hatte gerade die letzten beiden Plätze belegt. Die Dame hatte kaum Platz genommen, als sie begann, hektisch im Inneren ihrer großen Tasche zu wühlen, schließlich packte sie mehrere Utensilien aus und legte sie auf den Schoß ihres Mannes.

„Was machst du denn da?", fragte er gereizt.

„Ich suche mein Handy", kam es genervt zurück.

„Wieso brauchst du denn jetzt dein Handy? Kannst du nicht einmal ohne das blöde Teil auskommen?", motzte er seine Frau an.

„Ich will unsere Tochter anrufen", war die Erklärung für die verzweifelte Suche.

„Wieso denn? Wir fahren doch nachher sowieso dort vorbei."

„Ich will ihr doch nur sagen, dass es später werden kann."

„Das merkt sie dann schon."

„Das verstehst du nicht. Kannst du mir mal dein Handy geben?"

„Das habe ich nicht dabei."

„Wieso hast du das nicht dabei?"

„Ich brauche das doch nicht, wenn ich mit dir unterwegs bin."

„Für was hast du denn eigentlich ein Handy, wenn du es nie mitnimmst?"

„Ich bin halt nicht so verrückt wie du. Ich muss nicht ständig auf das Ding glotzen."

„Das tue ich ja auch nicht. Aber man muss es doch für Notfälle dabeihaben."

„Dafür habe ich doch dich dabei."

„Ja, aber ich habe mein Handy vergessen. Und wenn jetzt irgendwas unterwegs passiert, können wir niemanden informieren."

„Was soll denn schon passieren?"

„Es kann immer etwas passieren. Und dafür hat man ein Handy."

„Mir passiert schon nichts."

„Das weißt du doch gar nicht."

„Früher ging es doch auch ohne Handy."

„Früher war eben alles anders."

So ging das Gespräch eine Weile weiter. Ich fühlte mich an Loriot erinnert. Auf mein Buch konnte ich mich jedenfalls nicht konzentrieren. In den Gesichtern der anderen Patienten machte sich ein Grinsen breit. Der eine oder andere schüttelte auch leicht genervt den Kopf. Schließlich wurde es mir zu dumm. Zudem tat mir der Ehemann leid, der peinlich berührt unter sich schaute. Ich reichte der Dame mein Handy: „Hier bitte. Rufen Sie Ihre Tochter von meinem Handy an."

„Das geht nicht. Ich kenne ihre Nummer nicht auswendig. Die ist auf meinem Telefon gespeichert." Bevor der Ehegatte dazu etwas sagen konnte, wurde er von der Arzthelferin erlöst, die ihn in das Sprechzimmer des Arztes bat. Die Ehefrau blieb alleine zurück. Ihr Versuch, ein Gespräch mit den anderen Wartenden anzufangen, scheiterte. Alle senkten ihre Köpfe und starrten auf die Zeitschrift, die sie sich aus lauter Verzweiflung aus dem Zeitungskasten geholt hatten.

Nach einer Weile öffnete sich die Tür zum Wartezimmer erneut. Die Arzthelferin teilte den Wartenden mit, dass in einer an der Garderobe hängenden Damenjacke schon länger ein Handy bimmeln würde. Ob die Besitzerin vielleicht einmal nachsehen könnte. Die ältere Dame schlug sich mit der Hand gegen die Stirn und sprang wie von der Tarantel gestochen auf, um in den Vorraum zu gehen. Dort zog sie aus der Jackentasche ihr Mobiltelefon hervor. Offenbar hatte sie ganz vergessen, dass sie es dort hineingesteckt hatte. Das Gespräch nahm sie vor der Tür der Praxis entgegen. Dort fand sie ihr Mann eine Viertelstunde später vor, als sein Termin beendet war. Das Gezeter der beiden war bis ins Wartezimmer zu hören.

Ella stand vor dem großen Berg Kürbisse und betrachtete hingerissen die vielen Sorten in unterschiedlicher Größe und Form. Sie wählte einen besonders schönen Hokkaido-Kürbis mit einer prallen, makellosen Oberfläche aus, zahlte und eilte mit dem orangeroten Speisekürbis nach Hause.

Summend bereitete sie die Suppe für den Mittagstisch vor, denn sie wusste, dass ihr Mann Gerhard verrückt nach Kürbissuppe war. Schon oft hatte er die ungewöhnlich breitrunde Gemüsesorte mit nach Hause gebracht, damit sie ihm aus dem orangeroten Fruchtfleisch eine Suppe zubereitete.

Sie zerlegte das Objekt seiner Begierde in kleine Teile und kochte sie unter Hinzugabe von reichlich Wasser so lange, bis sie weich genug waren, um sie zu pürieren. Sie würzte die Flüssigkeit mit etwas Salz und Pfeffer, gab Kokosnussmilch hinein, füllte das Ganze mit Orangensaft auf und fügte zum krönenden Abschluss noch einen Schuss Sahne hinzu.

Schließlich wollte sie gerade heute ihren Mann mit einer ganz besonders guten Speise verwöhnen. Er war seit Tagen schwer erkältet. Männer sind ja bekanntlich sehr unleidlich, wenn sie eine Erkältung ausbrüteten. Aber bei ihrem Mann Gerhard machte der derzeitige Zustand keinen Unterschied zu seinem sonstigen schlechten Benehmen.

Dieses Mal war ihr die Suppe besonders gut gelungen. Sämig lief sie vom Löffel, verströmte einen wohlriechenden Duft und machte Appetit darauf, sie zu essen. Nur schade, dass Gerhard die gelungene Mahlzeit auf Grund seiner Erkältung weder riechen noch schmecken konnte. Doch er würde hoffentlich ihre gute Absicht, ihn zu verwöhnen, erkennen.

Sie teilte die Suppe auf zwei Teller auf. Gerhards Suppe würzte sie noch mit einer deftigen Prise Currypulver nach und rührte so lange um, bis das Gewürz sich mit der heißen Masse verbunden hatte. Sie selbst mochte dieses Gewürz nicht. Aber Curry sagte man ja auch eine heilende und wärmende Wirkung nach. Das würde sicher helfen, die Erkältung ihres Mannes etwas zu dämpfen.

Gut gelaunt trug sie die Suppe auf und reichte noch etwas Weißbrot dazu.

Gerhards Frage, warum sie so gut gelaunt sei, beantwortete sie damit, dass sie sich einfach nur freue, dass ihr die Suppe so gut gelungen sei und hoffe, auch ihm damit einen Gefallen getan zu haben. Seine gehässige Antwort, dass er ja gar nichts schmecken würde, ignorierte sie und tauchte ihren Löffel in den Teller.

Da ihr Mann seit dem Frühstück nichts mehr zu sich genommen und mittlerweile einen Bärenhunger hatte, begann er, die Suppe eilig zu schlürfen.

Ella beobachtete ihn aufmerksam. Nachdem Gerhard die Hälfte des Tellers geleert hatte, bemerkte sie, dass Schweißperlen auf seine Stirn traten und sein Gesicht langsam eine ungewöhnliche Röte annahm. Plötzlich begann er zu husten und zu würgen. Sie wusste, dass das der Moment war, in dem sein Kehlkopf begann, zuzuschwellen. Einen Augenblick lang war es vollkommen still. Dann sagte er mit krächzender Stimme: „Hast du ein anderes Gewürz verwendet? Mir ist so heiß."

„Aber nein, mein Schatz", sagte sie liebevoll ganz entgegen ihrer sonstigen Gewohnheit. „Ich habe alles wie immer gemacht. Das ist nur deine Erkältung. Die heiße Suppe treibt den Schweiß aus den Poren. Iss noch etwas davon, dann geht es dir bald besser."

Missmutig löffelte Ellas Mann weiter seine Suppe. Das Schlucken fiel ihm offensichtlich immer schwerer. Nach einer Weile fasste er sich an den Hals. Mit offenem Mund versuchte er, zu atmen. Es folgte ein Röcheln, seine Augen traten hervor. Es dauerte eine ganze Weile bis er schließlich immer noch röchelnd zusammenbrach und vom Stuhl kippte.

Ella kniete sich neben ihn und nahm die Hand ihres Mannes. „Was…?" mehr brachte Gerhard nicht hervor. Sie wusste genau, was er fragen wollte und beantwortete freiwillig seine letzte Frage: „Es war Curry in deiner Suppe. Das magst du doch so sehr." Er bäumte sich auf, schüttelte verzweifelt den Kopf, versuchte Luft in seine Lungen zu pumpen. Doch sein mittlerweile stark angeschwollener Kehlkopf verschloss seine Atemwege. Ein letztes Flehen entrang sich seiner Kehle: „Hilf mir!"

„Ich kann dir leider nicht helfen. Du bist hochgradig allergisch gegen Curry. Das weißt du doch. Du hast eine allergische Schockreaktion. Du wirst ersticken", sagte sie in sanftem Ton.

Ungläubig sah Gerhard sie an. Das Röcheln wurde immer stärker. Ihr Mann machte einen erneuten Versuch, etwas zu sagen. Seine Lippen bewegten sich, doch es kam kein Wort heraus. Er wandte seine Augen keine Sekunde von ihr ab. Sein Blick verriet Wut und Angst zugleich. Sie kam näher, bis ihre Lippen fast sein Ohr berührten: „Quäle dich nicht mein Liebling. Du hast es dir verdient. Das ist der Dank für die jahrelangen Demütigungen, Beleidigungen, dein schlechtes Benehmen, deine immerwährend schlechte Laune." Sie strich ihm sanft über den Kopf: „Bald ist es vorbei und dann mache ich mir ein schönes Leben und hole alles nach, was du mir verwehrt hast." Mit einem letzten verzweifelten Versuch griff er nach ihrer Hand. Sie ließ ihn gewähren und schaute ihm geduldig beim Sterben zu.

Tobias liebte seine Arbeit. Er hatte die Bäckerei vor einigen Jahren von seinem Vater übernommen. Mitten in Dorheim, direkt an der Durchgangsstraße, verkaufte er seine knackigen Brötchen, das knusprige Brot, die leckeren Torten und Kuchen. Er probierte auch gern einmal etwas Neues aus und scheute keine Mühen, seine Kunden zufrieden zu stellen. Die Leidenschaft für seinen Beruf spürte man in dem guten Geschmack und der Qualität der angebotenen Waren.

Jeden Morgen stand er um zwei Uhr auf, damit alle Backwaren rechtzeitig um fünf Uhr, wenn er seinen Laden öffnete, für die ersten Arbeiter und Angestellten, die auf dem Weg zur Arbeit hier vorbeischauten, bereitstanden. Ab und zu nahm er sich die Zeit und bediente seine Kunden persönlich. Er genoss es einen kurzen Plausch mit seinen Nachbarn, einem Freund, einem langjährigen Kunden zu halten und freute sich besonders, wenn man ihn mit „Guten Morgen, mein Lieblingsbäckermeister“ begrüßte, bevor er wieder in seine Backstube eilte, um für Nachschub zu sorgen. Um neue Kräfte zu sammeln, legte er sich nach getaner Arbeit noch für ein paar Stunden aufs Ohr. Nachmittags erschien er dann wieder im Erdgeschoss und verschwand in der Backstube. Hier widmete er sich mit Hingabe dem Brot- und Brötchenteig.

Es geschah im Frühjahr dieses Jahres, es war der erste sonnige Tag und die Tür zum Hof stand auf, als er am Nachmittag kraftvoll Brotteig knetete und daraus

Laiber formte, die er dann auf das bereitstehende Backblech setzte. Er pfiff fröhlich vor sich hin und dachte an das zurückliegende Wochenende, an dem er sich mal wieder so richtig entspannt hatte.

Plötzlich hatte er das Gefühl, nicht allein im Raum zu sein. Er hörte auf zu pfeifen und lauschte in die Stille. Er blickte sich im Raum um, aber er konnte nicht feststellen, was ihn eigentlich störte. Er schüttelte den Kopf, nahm erneut Mehl in die Hand, streute es auf den Holztisch und nahm das nächste Teigstück, um es in einen Brotlaib zu verwandeln. Plötzlich spürte er einen leichten Luftzug, eine Berührung an seinem Bein, so als ob ihn jemand mit einer Feder streicheln würde. Er war kein ängstlicher Mensch, trotzdem lief ihm ein Schauer über den Rücken, als ihm klar wurde, was die Störung verursacht hatte.

Sie war wieder da, war einfach durch die Tür hereinspaziert und marschierte durch die Backstube, so als ob sie hier zu Hause wäre. Seine Bitte, sofort zu verschwinden, ignorierte sie. Sie ließ sich weder anfassen noch mit süßen Speisen locken. Hier gefiel es ihr. Hier gab es so viel zu sehen, Nahrung im Überfluss. Es war warm und ein Plätzchen zum Schlafen bot sich hier allemal. Sie war ein kleines, freches Ding. Eigentlich ganz hübsch anzusehen mit ihren runden Äuglein, dem vorwitzigen Näschen und den süßen Ohren, den glatten Haaren. Er mochte das niedliche Geschöpf, aber es konnte nicht hierbleiben. In seiner Backstube hatte außer ihm und dem Lehrling niemand etwas zu suchen. Er legte großen Wert auf Ordnung und Sauberkeit und duldete es nicht, dass sich Fremde hier Zutritt verschafften.

Zudem hatte er in der letzten Zeit einige schwierige Hürden zu überwinden gehabt. Er war froh, dass aus dem Streit um den Titel des Lieblingsbäckers ein Lieblingsbäckermeister hervorgegangen war, dass er trotz der monatelangen Sperrung der Durchgangsstraße von Dorheim das finanzielle Tief überstanden hatte und er demnächst eine Zweigstelle in einem Nachbarort eröffnet würde.

Mit seiner fröhlichen Gelassenheit war es vorbei. Er war nicht in der Lage, sich auf seine Arbeit zu konzentrieren. Der Gedanke, wie er sie wieder loswerden konnte, beschäftigte ihn zu sehr. Er konnte nicht zulassen, dass sie alles, was er sich mühsam erarbeitet hatte, zunichte machte. Aber sie war schlau, tanzte kokett um ihn herum, um dann sofort wieder in eine andere Ecke des Raumes zu huschen. Sie wollte mit ihm spielen, ihn necken, seine Freundschaft gewinnen, damit sie bleiben durfte. Die Arbeit hinderte ihn daran, sie ständig mit Blicken zu verfolgen. Wütend knallte er den Teig auf die Holzplatte.

Als er seine Arbeit schließlich beendet hatte, die Teiglinge auf großen Blechen in den Gärunterbrecher geschoben hatte, suchte er nach ihr. Vergebens, sie war nirgendwo aufzufinden. Vielleicht hatte sie sich, genau wie das letzte Mal, ohne sich zu verabschieden, durch die offenstehende Tür aus dem Staub gemacht. Er verriegelte alles, in der Hoffnung, dass sie nicht zurückkehren würde.

In dieser Nacht schlief er schlecht. Sein Gewissen plagte ihn. Wie konnte er nur so gemein sein und sie nicht an seinem Leben teilhaben lassen. Immer wieder musste er an sie denken, sah im Traum ihr süßes Gesicht, ihren schlanken Körper, ihre kleinen Füßchen. Noch bevor der Wecker klingelte, erhob er sich und stieg in die Backstube hinab. Der Raum war leer. Sie war nirgends zu sehen. Auf der einen Seite war er froh, aber irgendwie war er auch traurig.

Schließlich begann er mit seiner Arbeit, öffnete die Tür des Gärunterbrechers. Was war das? Am Boden befand sich etwas, dass da eindeutig nicht hingehörte. Schockiert blickte er auf den eingefallenen Körper, der vor seinen Füßen am Boden lag. Die Gliedmaßen von sich gestreckt, starrten tote Augen ins Leere. Sie war es. Daran gab es keinen Zweifel und sie war mausetot. In einem unbeobachteten Moment musste sie gestern Nachmittag unbemerkt in den Gärunterbrecher gelangt sein, war hier einen grausamen Tod gestorben. Er holte eine Kiste, bettete sie hinein und beerdigte die Maus im Blumenbeet.

Abgeschleppt

Als ich kürzlich auf der Autobahn nach Offenbach unterwegs war, erblickte ich rechts von der Autobahn am Rebstockgelände in Frankfurt das Riesenrad, das zur Ausstattung der *Dippemess* gehört. Wie lange war es her, dass ich mich dort mit meinen Freundinnen und später mit meiner Familie amüsiert hatte?

Spontan fiel mir eine Begebenheit ein, die ich mit meiner ältesten Tochter Ende der 90er Jahre des letzten Jahrhunderts erlebt habe. Wir hatten eine französische Austauschschülerin zu Gast, Selda. Das Mädchen war recht langweilig. Sie wusste nicht, was sie wollte. Egal was man sie fragte, es kam immer die gleiche monotone Antwort: „Isch weiß nischt". Dabei zog Selda die Buchstaben so lang wie Kaugummi.

Doch als ich meiner Tochter und Selda anbot, mit ihnen nach Frankfurt auf die *Dippemess* zu fahren, war sogar unsere kleine Französin Feuer und Flamme. An einem Sonntagmorgen fuhren wir also nach Frankfurt. Obwohl eindeutig ein Parkverbot ausgewiesen war, reihte ich mich in die Schlange parkender Fahrzeuge an der Auffahrt zu einem Großmarkt ein. Außer einem Knöllchen würde nicht viel passieren, dachte ich mir. Die Polizei konnte schlecht alle Fahrzeuge abschleppen.

Wir bummelten eine Weile über die Messe, bis wir zu dem neuen „Freefall" kamen. Die beiden Mädels wollten unbedingt dieses Teil ausprobieren und stellten sich ans Ende der Schlange vor dem Karussell an. Geduldig wartete ich auf die mutigen Damen. Schließlich kamen sie mir nach Beendigung der Fahrt leicht torkelnd und ziemlich blass entgegen. Der „Freefall“ war ihnen wohl zu heftig gewesen und die Lust, weiter auf der Messe zu bleiben, war den beiden Jugendlichen vergangen.

Also machten wir uns auf den Weg zu meinem Auto, drängten uns durch die Menschenmassen, die uns entgegenkamen. An der Fußgängerampel vor der Zufahrt zum Markt wartend, sahen wir einen dunklen BMW auf einem Abschleppwagen an uns vorbeifahren. Wenn ich mich recht erinnerte, war dies das Fahrzeug, das gleich hinter uns geparkt hatte. Mit Erleichterung sah ich, dass sich mein Kleinwagen noch dort befand, wo ich ihn abgestellt hatte. Eine Polizistin stand auf dem Bürgersteig neben meinem Auto. Nach einem kurzen Wortwechsel forderte sie mich auf, ganz schnell zu verschwinden, bevor der nächste Abschleppwagen mein Fahrzeug an den Hake nehmen würde. Allerdings drohte sie mir mit einer Strafe wegen Falschparkens. Aber damit konnte ich leben. Wir wollten gerade einsteigen, als zwei junge Männer angerannt kamen und mit Entsetzen feststellten, dass ihr Auto, der eben abgeschleppte BMW, verschwunden war.

Die beiden sahen sich ratlos an. Sie taten mir leid. Sie waren gerade mal achtzehn und der Sprache und dem Aussehen nach nicht in unserem Land geboren. Sofort machte sich mein Helfersyndrom bemerkbar und ich bot ihnen an, sie zum ehemaligen Schlachthof zu bringen. Dort befand sich nach Aussage der Polizistin das Abschleppunternehmen. Zu fünft zwängten wir uns in mein kleines Auto und ich flitzte über die Hanauer

Landstraße. Wir fuhren gerade auf den Hof des Unternehmens, als der BMW entladen wurde.

Es stellte sich heraus, dass die beiden Türken weder über genügend Bargeld verfügten, noch eine EC-Karte besaßen, um den Wagen wieder auszulösen. Das würde Ärger geben mit dem Vater, erzählten sie mir. Es war schließlich nicht ihr eigenes Auto, sondern das ihres Erzeugers, das sie sich heimlich ausgeliehen hatten.

Selbst hier endete meine Hilfsbereitschaft nicht und ich legte den Rest der geforderten Summe auf den Tisch, damit das Auto wieder in die Hände der jungen Männer gelangte. Sie bedankten sich, steckten meine Visitenkarte ein und versicherten mir, dass sie das geliehene Geld am nächsten Tag bei mir vorbeibringen würden. Dann verschwanden sie blitzschnell.

Auf dem Heimweg ärgerte ich mich über mich selbst. Ich musste ganz schön blöd sein, mich auf so etwas einzulassen. Ich kannte die jungen Männer nicht, hatte mir nicht einmal einen Ausweis zeigen oder eine Adresse geben lassen. Ich hatte mir zwar das Nummernschild gemerkt, aber wie sollte ich beweisen, dass ich ihnen das Geld geliehen hatte? Die Mädchen saßen schlafend auf der Rückbank meines Autos und der Abschleppunternehmer hatte von unserem Deal nichts mitbekommen.

Zu Hause erzählte ich nichts von meinem Erlebnis. Auch die Mädchen schwiegen über die Aktion. Mein Mann würde mich nicht nur auslachen, sondern auch wegen meiner großzügigen Hilfe ausschimpfen. Insgeheim schrieb ich das Geld ab und nahm mir fest vor, in Zukunft etwas vorsichtiger zu sein.

Am nächsten Tag, wir saßen gerade beim Mittagessen, klingelte es. Vor dem Gartentürchen stand ein kleiner, älterer Mann. Ich wollte gerade sagen: „Wir kaufen nichts“, als er mir lächelnd einen Obstkorb über das Türchen reichte, in dem ein Umschlag steckte. Er stellte sich als der Vater der beiden Türken vor, entschuldigte sich für die Dummheit seiner Söhne und bedankte sich vielmals für meine großzügige Hilfe, die keineswegs selbstverständlich gewesen wäre. Peinlich berührt wegen meines vorausgegangenen Mißtrauens, nahm ich den Korb entgegen. Ich vermied es, das Geld in dem Umschlag vor den Augen des Mannes zu zählen. Nachdem wir uns noch eine Weile freundlich unterhalten hatten, verabschiedeten wir uns voneinander. In dem Umschlag steckte exakt der Betrag, den ich vorgelegt hatte. Nach dem Gespräch war mir klar, warum die beiden jungen Männer es so eilig gehabt hatten. Es war ihnen unangenehm gewesen, Geld von einer fremden Person und noch dazu von einer Frau anzunehmen. Noch größer aber war die Angst vor dem Vater. Ihm war das Verschwinden seines BMW`s nicht verborgen geblieben. Seine Erleichterung über das unbeschadete Wiederauftauchen seiner Söhne, überwog jedoch seinen Ärger. Er legte ihnen das Geld für die Abschleppkosten und die Strafe, die sie für ihre Ordnungswidrigkeit aufgebrummt bekommen hatten, vor. Den Betrag mussten sie in seinem Obstladen abarbeiten.

Seitdem gehören wir zum festen Kundenstamm des Obsthändlers. Über den Vorfall hat nie wieder einer von uns ein Wort verloren.

Carola hatte sich beeilt, um noch rechtzeitig zur Blutspende der Hilfsorganisation in einer Wetterauer Gemeinde zu kommen. Ihre Freundin Regina hatte sie bedrängt, mal wieder 500 ml ihres wertvollen roten Lebenssaftes abzugeben, da die Bereitschaft Blut zu spenden, in der Bevölkerung immer geringer wurde. Ihr Partner Thomas hatte sich überraschenderweise angeboten, sie zu fahren.

In mehreren Räumen einer Grundschule waren abgetrennte Bereiche bereitgestellt worden. An diesem Tag war ein anderes Team der Hilfsorganisation zur Stelle und sie kannte keinen der sonst üblichen Anwesenden. Auch Regina, die zu den Helferinnen gehörte, hatte sie bisher nirgends erblicken können. Thomas wartete vor der Tür.

Carola hatte den ganzen Tag über viel getrunken. Regina hatte ihr versichert, dass das Blut dann schneller durch die Adern fließe und sie nach wenigen Minuten wieder aufstehen könne. Sie war die letzte Spenderin, die kurz vor dem Ende der festgesetzten Zeit eintraf. Nachdem sie alle erforderlichen Daten angegeben und mehrere Fragen beantwortet hatte, führte man sie in eines der dafür bereitgestellten Klassenzimmer. Dort legte sie sich auf eine Pritsche.

Eine Ärztin entnahm Carolas Unterlagen ein Etikett, klebte es auf einen Beutel und führte anschließend eine Kanüle in die Vene ihres linken Armes ein, mit dem sie den Beutel für ihre Spende verband. Carola fühlte Schmerzen und eine leicht aufsteigende Übelkeit. Ihr wurde vorübergehend schwarz vor Augen. Sie hatte seit dem Mittagessen keine Nahrung mehr zu sich genommen, was sich jetzt unangenehm bemerkbar machte. Aber Regina hatte ihr von der üppigen Mahlzeit vorgeschwärmt, die sie dieses Mal nach dem Abzapfen des halben Liter Blutes wieder von der Hilfsorganisation erhalten würde.

Die anderen Pritschen waren bereits leer. Carola war, außer der Ärztin, die einzige Person im Raum. Von draußen waren laute Stimmen und Gelächter zu vernehmen. Sie vermutete, dass die Geräusche von den anderen Spendern kamen, die bereits beim Essen saßen. Die Ärztin äußerte sich zufrieden. Carolas Blut laufe schnell ab. Sie verließ den Raum mit der Entschuldigung, dass sie nach einem Spender sehen müsse, dem es schlecht geworden sei und dem Versprechen, nach einigen Minuten wieder nach ihr zu sehen. Sie solle sich ruhig verhalten und einfach liegen bleiben, eine Helferin werde zudem gleich zu ihr kommen.

Carola senkte die Lider und träumte vor sich hin. Die Tür ging erneut auf. Das musste die angekündigte Helferin sein. Sie spürte, wie ihr linker Arm unsanft angehoben wurde. Sie öffnete die Augen. Regina stand neben ihr und wechselte den Beutel mit ihrem bereits abgezapften Blut aus. Verwundert fragte Carola, warum sie das tat. Der Erklärung ihrer Freundin, dass die Kanüle verstopft und der erste Beutel deshalb nicht vollgelaufen sei, konnte sie nichts entgegensetzen. Sie kannte sich mit diesen Dingen nicht aus. Sie befolgte einfach den Rat der Freundin, schloss die Augen erneut, in der Annahme, dass man sie in wenigen Minuten von der schmerzenden Kanüle befreien würde und sie endlich etwas zu essen bekäme.

Carola wurde immer schläfriger und spürte, wie ihr Kreislauf immer mehr absackte. Halb benommen bemerkte sie, wie ihre Freundin erneut den Beutel wechselte. Sie wollte protestieren, doch sie war zu erschöpft, um irgendetwas zu sagen. Aus den Augenwinkeln sah sie, wie Regina die ausgewechselte Blutkonserve in eine große Tasche steckte. Carola fand das merkwürdig, hatte sie doch beim Betreten des Raumes gesehen, dass die Blutkonserven alle in einem großen Behälter untergebracht waren.

Irgendetwas war hier faul. Sie versuchte sich aufzurichten, doch sie war so schwach, dass sie nicht einmal mehr den Kopf anheben konnte. Wegen eines halben Liters entnommenen Blutes konnte ihr doch nicht so schlecht sein. Sie erinnerte sich an den Erste-Hilfe-Kurs während ihrer Führerscheinprüfung. Dort hatte sie gelernt, dass durch die Adern einer normal großen Frau ungefähr 5 Liter Blut fließen. Aber schon bei dem Verlust von 1,5 Liter ist das Herz nicht mehr in der Lage, den Lebenssaft durch die Adern zu pumpen, was unweigerlich zu einem Kreislaufkollaps und schließlich zum Tode führt, wenn man nicht innerhalb kürzester Zeit ausreichend Flüssigkeit zugeführt bekommt.

Plötzlich tauchte ihr Freund Thomas hinter Regina auf. „Und klappt alles?“, hörte Carola ihn wie durch einen Nebel fragen.

„Es läuft. Die dritte Konserve ist gleich voll“, antwortete Regina erregt.

„Dann wird meine süße Maus wie eine Tote schlafen“, Thomas lachte gehässig.

Wie elektrisiert, tauchten einzelne Bilder vor Carolas innerem Auge auf, die sich nun wie ein Puzzle zusammensetzten und eine unangenehme Erinnerung in ihr weckten. Thomas war in letzter Zeit oft spät heimgekehrt. Er war ihr irgendwie verändert erschienen. Ihre Freundin Regina hatte plötzlich keine Zeit mehr gehabt, die einsamen Abende mit ihr gemeinsam zu verbringen. Zudem hatte sich Regina von ihrem langjährigen Freund getrennt. Und dann waren da noch die intensiven Blicke, die die beiden ausgetauscht hatten. All das ergab nun einen makabren Sinn.

Mit letzter Kraft versuchte Carola, sich die Kanüle aus der Vene zu ziehen. Doch Thomas hielt ihren Arm fest. Er musste sich nicht einmal großartig anstrengen. Sie war mittlerweile so schwach, dass ihr die Sinne schwanden und sie in Ohnmacht fiel. Sie spürte und sah nicht, wie der letzte Beutel entfernt wurde, wie Regina ihn in ihre Tasche zu dem anderen steckte und den ersten Beutel wieder anhängte. Sie bemerkte auch nicht mehr, wie die Freundin den Raum verließ und Thomas ihr folgte.

Als die Ärztin kurz darauf in den Raum zurückkehrte, nahm sie den Blutbeutel mit dem Etikett, das Carolas Daten enthielt ab, zog die Kanüle aus der Vene und verband den Arm. Sie wunderte sich allerdings über die unnatürliche Blässe der Spenderin und klopfte ihr auf die Wangen. Carola reagierte nicht. Carola war tot. Auf dem Totenschein stand: Tod durch Kreislaufversagen.

Falsche Hoffnung

Florian schenkte das letzte Bier aus. Gleich war seine Schicht an der Bar in einem Hotel beendet. Als Student konnte man sich glücklich schätzen, wenn man sich hier nebenbei etwas verdienen konnte.

Da sah er sie, wie sie auf die Bar zukam, sich auf einen Barhocker schwang und ihn anlächelte, so als ob sie uralte Bekannte wären. Obwohl sie viel älter war als er – er schätzte sie zwischen dreißig und fünfunddreißig - fand er sie unglaublich anziehend. Sie war Gasthörerin in dem gleichen Kurs wie er. Dort hatte er sie in der ersten Reihe sitzen sehen. Ihr Anblick hatte ihn total fasziniert und von der Vorlesung abgelenkt. Er hatte vergeblich versucht, den Ausführungen seines Professors zu folgen. Allzu oft hatte er sich dabei ertappt, wie er in ihre Richtung sah.

Sein Kommilitone, dem seine sehnsuchtsvollen Blicke nicht entgangen waren, hatte ihm versichert, dass die Frau nur aus einem einzigen Grund an den Vorlesungen teilnahm, nämlich um einen jungen Studenten kennenzulernen, den sie als ausdauernden Liebhaber in ihr Bett holen könnte.

Seine Gedanken wurden unterbrochen, als sie ihn ansprach: „Könnte ich etwas zu trinken haben?“ Sie lächelte ihm augenzwinkernd zu, so als ob sie seine Gedanken erraten hätte. Florian fühlte sich ertappt. Sein Gesicht nahm eine rote Färbung an, die jedoch im Halbdunkel der Bar verborgen blieb.

„Sehr gerne. Was darf ich Ihnen anbieten?“, fragte er höflich.

„Was können Sie mir denn empfehlen?“, fragte sie mit ihrer wohltemperierten Stimme, die einen leichten Akzent verriet, den Florian jedoch nicht auf Anhieb zuordnen konnte.

„Lassen Sie mich raten“, antwortete Florian ungewohnt forsch. „Sie bevorzugen einen trockenen Weißwein. Vielleicht einen Chardonnay? Darf es ein französischer sein?“

Sie gönnte ihm ein weiteres strahlendes Lächeln. „Wenn Sie einen italienischen hätten, wäre ich Ihnen dankbar.“ Florian schloss aus der Antwort, dass sie selbst Italienerin war. Ihr rassiges Aussehen, die dunklen langen Haare, die in weichen Wellen auf ihre Schulter fielen, die fast schwarzen Augen zeugten von einer heißblütigen Südländerin.

„Kommt sofort.“ Gekonnt schenkte er den Weißwein großzügig ein.

„Allerdings macht es keinen Spaß, alleine zu trinken“, antwortete sie mit verlockender Stimme und führte das Glas an ihre Lippen. Dabei sah sie ihn aus ihren dunklen Augen verführerisch an.

Florian fasste ihre Aussage und ihren Blick eindeutig als Aufforderung auf, ihr Gesellschaft zu leisten. „Mein Dienst ist gleich zu Ende. Wenn es Ihnen recht ist, setze ich mich dann zu Ihnen“, antwortete Florian mutig.

„Ich heiße Florian“, sagte er, als er schließlich mit einem Glas Bier in der Hand neben ihr platznahm.

„Ich heiße Maria“, erwiderte sie und stieß mit ihrem Glas gegen sein Bierglas. „Salute“, sagte sie. Ihr italienischer Akzent gefiel Florian. Doch er musste behutsam vorgehen. Er wusste, dass Italienerinnen sehr temperamentvoll, aber nicht leicht zu haben waren.

„Was machen Sie so, wenn Sie nicht gerade eine Vorlesung in Betriebswirtschaftslehre besuchen?“, fragte Florian.

„Ich habe gerade meinen Job bei einer Kosmetikfirma gekündigt und möchte gerne ins Hotelfach wechseln.“

„Aus welchem Grund?“

„Ich habe als kosmetische Beraterin öfter an unterschiedlichen Orten gearbeitet. Mir war das ständige Hin und Her einfach zu viel. Deshalb wollte ich die Zeit, bis ich einen Job gefunden habe, als Gasthörerin nutzen.“

Das fing vielversprechend an, dachte Florian.

„Und was haben Sie so vor mit ihrem Studium?“ Sie nippte an ihrem Wein.

„Ich möchte mich bei einer großen, internationalen Bank bewerben“, sagte Sebastian. Er sah, wie sie den letzten Schluck aus ihrem Glas nahm und fragte sie: „Darf ich Sie noch auf einen Wein einladen?“

„Die Einladung würde ich gern annehmen, aber ich habe noch so viel zu tun.“

„Ich könnte Sie begleiten und Ihnen helfen, bei was auch immer“, sagte Florian. Er hatte seinen ganzen Mut zusammengenommen.

„Das hört sich gut an. Aber es ist ziemlich kalt und ich bin nicht entsprechend dem Wetter angezogen.

Ich bräuchte zunächst ein Taxi." Ihre Stimme klang hilfesuchend.

„Kein Problem. Ich rufe eines", sagte er und lächelte sie fürsorglich an. „Kommen Sie in ein paar Minuten hinaus vor die Tür."

Florian konnte sein Glück kaum fassen. Er warf einen Zwanzig-Euro-Schein auf den Tresen, rief dem Barkeeper zu „Stimmt so" und rannte hinaus in die eisige Kälte. Es dauerte nicht lang, bis ein Taxi am Straßenrand hielt. Er drehte sich um und sah, wie Maria auf das Taxi zukam. Er öffnete ihr die hintere Tür. Sie stieg ein und rutschte auf die andere Seite. Florian war gerade im Begriff, sich neben seine Angebetete zu setzen, als eine Stimme hinter ihm sagte: „Vielen Dank, Florian. Das ist sehr nett, dass Sie meiner Frau Gesellschaft geleistet und ihr ein Taxi besorgt haben. Wir sehen uns morgen in der Vorlesung."

Florian sah verdattert dem Taxi hinterher.

Auch der Herbst hat schöne Tage

Herbstlicht fällt golden auf die bunten Blätter. Ein leichter Wind säuselt durch die Äste und weht die bunte Vielfalt davon. Ich liebe diese Jahreszeit und ganz besonders, wenn sie noch ein paar warme Tage hervorbringt, in denen man im Freien verbringen kann.

Ich bin auf dem Weg nach Butzbach ins Cafe am Aldi-Kreisel, um mich mit einem ehemaligen Verehrer zu treffen. Vor ein paar Jahren haben wir heftig miteinander geflirtet, doch es ist niemals mehr als ein Flirt gewesen. Wir waren zu der Zeit beide verheiratet. Ich habe oft an ihn gedacht und von ihm geträumt. Ja, er war in den letzten Jahren der Mann meiner Träume.

Heute Morgen hat er mich nach langer Zeit angerufen. Er hätte in meiner Nähe beruflich zu tun und würde mich gern einmal wiedersehen. Ich habe spontan zugestimmt. Doch jetzt kommen mir Zweifel, ob ich mich wirklich mit ihm treffen soll. Manchmal sind ja Träume schöner als die Wirklichkeit.

Was soll ich ihm überhaupt erzählen und wie soll ich mich ihm gegenüber verhalten? Aber mit all diesen Gedanken will ich mich nicht belasten. Das macht mich zurückhaltend und das will ich nicht sein. Ich will das Zusammentreffen mit ihm genießen. Ich will mit ihm flirten, mit ihm lachen und ihn vielleicht auch küssen. So wie damals. Mal sehen, vielleicht wird ja dieses Mal mehr daraus. Ich habe langsam das Alleinsein satt. Möchte mich mal wieder verlieben, Schmetterlinge im Bauch spüren.

Zehn Minuten vor der Zeit fahre ich auf den Parkplatz des Cafes. Ich hole mir einen Latte Macciato und setze mich an einen freien Tisch auf der Terrasse in die Sonne. Alle anderen Tische sind besetzt und, wie könnte es anders sein, sehe ich auch Frauen aus meinem Heimatort. Ich winke ihnen verlegen zu. Nervös blättere ich in einer Frauenzeitschrift, die jemand auf dem Tisch hat liegenlassen, als plötzlich mein Handy klingelt. Das Display zeigt die Nummer meines Traummannes. Er wird doch jetzt nicht kurzfristig absagen?

Nein, er hat sich trotz Navi verfahren und ich lotse ihn per Telefon zum Parkplatz des Cafes. Da stehe ich nun am Straßenrand wie eine Bekloppte und winke dem herannahenden Auto zu. Die anderen Gäste denken bestimmt, ich habe sie nicht alle. Aber scheiß auf die Leute, scheiß auf die Gedanken.

Schwungvoll parkt die silbernfarbene Mercedes Limousine mit dem fremden Kennzeichen ein. Bevor ich beim Wagen bin, ist mein Traummann schon ausgestiegen und kommt grinsend auf mich zu. Sieht der Mann gut aus! Nein, nicht gut – attraktiv, anziehend, erotisch. Ja, das ist es. Er hat eine erotische Ausstrahlung, dieser große, breitschultrige, braungebrannte Mann mit seinen stoppelkurzen grauen Haaren in einem taillierten Hemd und engen Jeans. Er hat meinen erstaunten Blick bemerkt. Verschmitzt lacht er mich aus seinen stahlgrauen Augen an, drückt mir seinen Dreitagebart links und rechts an die Wangen, die ich ihm auf den Fußspitzen balancierend freiwillig hinhalte. Hinter mir höre ich aufgeregtes Getuschel. Ich spüre die Blicke der Damen aus meinem Heimatort in meinem Rücken. Das wird wieder schöne Gerüchte hervorbringen, denke ich.

„Meine Königin“, haucht er mir ins Ohr. Er hat mich damals immer seine Königin genannt. „Du kommst aus einer Stadt mit einer Burg, also bist du eine Königin, meine Königin“, hatte er eine Begründung für den Kosenamen geliefert. Er nimmt meine Hand und führt mich an den Tisch, auf dem mein Latte Macciato kalt geworden ist. Die Selbstverständlichkeit, mit der er Besitz von mir ergreift, ist unglaublich. Ich kann das Zittern meiner Knie kaum unterdrücken. Das Angebot für ein Stück Kuchen lehne ich dankend ab. Ich habe Angst, dass ich mich vor lauter Nervosität verschlucke. Als ob er meine Gedanken lesen könnte, nimmt er meine rechte Hand und führt sie an seinen Mund. Sachte haucht er einen Kuss auf die Haut. „Bleib ganz ruhig, ich tue dir nichts. Ich will nur ein bisschen mit dir reden.“ Mit meinen 49 Jahren werde ich doch tatsächlich knallrot. Mir wird heiß, der Schweiß läuft mir aus den Poren. Warum muss ich ausgerechnet jetzt eine dieser blöden Hitzewallungen haben? Ich lächle ihn verlegen von der Seite an, in der Hoffnung, dass er es nicht bemerkt.

Wir unterhalten uns zwei Stunden intensiv und sehen uns dabei tief in die Augen. Ich erfahre, dass er geschieden und beruflich viel unterwegs ist. Er möchte mich wiedersehen, die Verbindung nicht abreißen lassen. Die Luft zwischen uns ist elektrisch aufgeladen.

Die Sonne ist bereits am Horizont verschwunden, als wir aufbrechen. Wir verabschieden uns mit einem

Küsschen links und rechts. Ich hätte ihn gern auf den Mund geküsst, doch ich getraue mich nicht. Ohne mich noch einmal umzusehen, verlasse ich den Parkplatz und fahre wie auf Wolke sieben davon.

Im Rückspiegel sehe ich den silbernen Mercedes. Er blinkt mich an. Ohne zu zögern, drücke ich den Knopf der Warnblinkanlage und fahre auf den Pendlerparkplatz an der Abfahrt an der A 5. Der Mercedes folgt mir und bleibt hinter mir stehen. Wir steigen beide aus und gehen aufeinander zu. Ohne eine Wort zu sagen, nehme ich sein Gesicht in meine Hände und berühre mit meinem Mund ganz sacht seine Lippen. So verharre ich einen Moment. Er legt seine Arme um mich und zieht mich an sich ohne die Lippen von meinen zu nehmen. Mein Kuss wird fordernder, drängender und er erwidert ihn mit einer Leidenschaft, die mir den Atem raubt. Um mich herum versinkt die Welt. Ich nehme nichts außer seinem bebenden Körper und seinen männlichen Geruch wahr. Mein Herz klopft wild. Unser Kuss dauert ewig. Als sich unsere Münder lösen, hält er mich weiter umschlungen. Er sagt nichts. Nur sein schwerer Atem ist zu hören. Ich möchte am liebsten in ihn hineinkriechen. Minuten vergehen. Ich beruhige mich langsam.

Plötzlich ist die Welt um mich herum wieder da. Ich höre das Hupen und das Rauschen der vorbeifahrenden Autos, Türenschlagen und Gelächter. Ich lasse ihn los und schaue ihn an. In seinen Augen erkenne ich liebevolle Zuneigung. „Melde Dich sobald Du kannst“, bitte ich ihn. Mit heiserer Stimme verspricht er es mir. Sanft streicht er mir über die Wange, rollt eine Haarsträhne um seine Finger und zieht mich für einen letzten Kuss zu sich heran. „Mach´s gut, meine Königin."

Ich schaue ihm nach. Was war das denn jetzt? Ich kann es nicht fassen. Aber ich bin froh, dass ich mich getraut habe. Ich hoffe, ich sehe meinen Traummann wieder und er bleibt nicht nur der Mann meiner Träume, sondern der Traum wird Wirklichkeit.

Ein Hupen holt mich aus meiner Gedankenwelt. Ich starte den Motor und fahre langsam in die untergehende Sonne. Ich grinse vor mich hin. Im Radio ertönt die Musik der Bee Gees: "How deep is your love?"

Herbstnebel

Tobi und Basti streiften durch die Wiesen bei Münzenberg auf der Suche nach einem Nussbaum. Die Lehrerin hatte ihnen versprochen, am nächsten Tag mit den Schülern zu basteln. Dazu sollten sie buntes Laub, kleine rote Äpfel und Nüsse mitbringen.

Die Zwillingsbrüder hatten den Mittag beim Spielen vertrödelt. Als die Sonne schon tief am Himmel stand und das feuchte Gras zu glitzern begann, erinnerten sie sich an ihre Aufgabe und verließen das Haus. Sie entfernten sich immer weiter vom Ort, sammelten zwischen dem Laub eines mächtigen Baumes rote Äpfel vom Boden, stopften große bunte Blätter in den mitgebrachten Leinenbeutel und hielten Ausschau nach einem Nussbaum.

Die Sonne, die wie ein Feuerball am Herbsthimmel stand und die Landschaft in ein rotgoldenes Licht tauchte, versank langsam am Horizont. Das Tageslicht nahm bereits ab, als sie endlich einen Nussbaum entdeckten. Eilig füllten sie ihren Beutel mit Nüssen, denn es wurde immer kühler und sie begannen zu frieren.

Schließlich kehrten sie um und gingen den befestigten Weg in Richtung Münzenberg zurück, die große Ruine der mächtigen Stauferburg Münzenberg, die hoch über dem kleinen historisch geprägten Städtchen thront, immer im Blickfeld. Aus den Häusern links und rechts der Burg sahen sie nun vereinzelt Lichter.

Rasch wurde es nun dunkel. Nebel hatte sich wie ein weißer Schleier über die Landschaft gelegt und nahm den Brüdern immer mehr die Sicht auf den Ort. Es wurde unheimlich still, kein Vogelgezwitscher, fallendes Laub oder im Wind schwankende Äste waren zu hören. Eine merkwürdige Stimmung hatte sich ausgebreitet. Es war, als würde der Herbstnebel alle Geräusche verschlucken.

Plötzlich veränderte sich der Boden unter ihren Füßen. Der Betonbelag war verschwunden und sie liefen auf einem ausgetretenen Feldweg. Verunsichert setzten sie einen Fuß vor den anderen.

Im Dämmerlicht tauchte nun eine Gruppe von Menschen vor ihnen auf. Zwischen den Nebelschwaden erblickten sie Erwachsene und Kinder in einer merkwürdigen Bekleidung mit Laternen hinter einem Planwagen, der über den unebenen Weg holperte, herlaufen. Die Menschen unterhielten sich in einer eigenartigen Sprache. Die Brüder verstanden nur die Worte Tor und Riegel. Darauf konnten sie sich jedoch keinen Reim machen.

Tobi und Basti sahen sich erstaunt an: „Was sind das denn für Leute? Hast Du die schon mal hier gesehen?“, fragte Tobi seinen Bruder. „Die sehen aus, wie die, die immer an Pfingsten in der Nähe des Galgens einen Mittelaltermarkt abhalten“, antwortete Basti ihm. „Du weißt doch, die leben dann in einer anderen Zeit.“

Sie folgten den Menschen in einiger Entfernung. Nach einer Weile lichtete sich der dichte Nebel und sie erkannten die beiden Türme der Burg, die wie drohende Schatten in den dunklen Nachthimmel ragten. Plötzlich stoppte die Gruppe vor einem großen Tor, das in eine Steinmauer eingelassen war. Die Leute klopften an das Holz, doch das Tor blieb verschlossen. Aufgeregte Stimmen drangen an ihre Ohren und die Jungs sahen nun, wie die Gruppe umdrehte und auf sie zukam. Schnell flüchteten sie hinter einen Busch neben dem Weg und beobachteten, wie der Planwagen auf das gegenüberliegende Feld gelenkt wurde. Das Pferd wurde ausgespannt, ein Feuer entzündet, über das man ein Gestell mit einem großen Topf errichtete. Die merkwürdigen Leute versammelten sich um die Feuerstelle und ließen sich, in warme Umhänge gehüllt, auf Decken nieder.

Tobi und Basti verließen unbemerkt ihr Versteck und eilten in Richtung des Ortes davon, der rechts vor ihnen lag. Das Tor war verschwunden. Ohne eine weitere Verzögerung gelangten sie nach Hause. Die Uhr des schiefen Kirchturms unterhalb der Burg schlug bereits sechs Mal, als sie ihr Heim betraten.

Die Mutter empfing sie aufgeregt und schimpfte sie aus, weil sie so lange weggeblieben waren und sie in Angst und Schrecken versetzt hatten. Sie war kurz davor gewesen, die Polizei zu informieren. Die Brüder erzählten der Mutter von ihrem eigenartigen Erlebnis, den Menschen in ihrer ungewöhnlichen Aufmachung und der sonderbaren Sprache. Doch die Mutter glaubte ihnen nicht. Sie hielt die Erzählung ihrer Söhne für eine dumme Ausrede und schickte sie zur Strafe ohne Essen ins Bett.

Als der Vater von der Arbeit heimkehrte, hörte er die Geschichte seiner Söhne, die ihm seine Frau erzählte, mit Erstaunen. Er erinnerte sich wieder an eine ähnliche Begebenheit aus seiner Jugend, als er sich in eine andere Zeit zurückversetzt fühlte. Damals hatte man ihm auch keinen Glauben geschenkt und seine Erzählung als Fantasterei abgetan.

Am nächsten Morgen ging er zur Altstädter Pforte, durchschritt den Torbogen und sah auf der Wiese rechts unterhalb der Burg nach. Hier fand er Spuren von Wagenrädern, niedergetrampeltes Gras, Pferdeäpfel und Asche eines heruntergebrannten Feuers, Spuren eines Lagers vor den Burgmauern von Münzenberg. Die Zeugen der Vergangenheit waren eindeutig. Er glaubte seinen Söhnen. Zu Hause berichtete er seiner Frau von seiner Entdeckung und bat sie, nie wieder an den Worten ihrer Kinder zu zweifeln und ihnen zu vertrauen.

Jedes Jahr in der Vorweihnachtszeit häufen sich die bewaffneten Überfälle auf Banken, Tankstellen und andere Gewerbetreibende. In vielen Familien ist das Geld knapp und die Angst, den Kindern am Weihnachtsabend nichts unter den Tannenbaum legen zu können, groß. So mancher verzweifelte Vater glaubt, durch einen Überfall seine Sorgen lösen zu können. Doch meistens fangen die Sorgen damit erst richtig an.

Auch Rüdiger war es im vergangenen Jahr so ergangen. Er war seit längerem arbeitslos, hatte seiner Frau den Umstand der Arbeitslosigkeit aber verschwiegen. Als das Ersparte aufgebraucht, die Zinsen für das Haus ihm über den Kopf wuchsen und Weihnachten vor der Tür stand, ging er in seiner grenzenlosen Verzweiflung, bedeckt mit einem großen Hut und einer Sonnenbrille auf der Nase, in die Filiale einer Bank in der Nachbarstadt, legte der Frau am Schalter einen Zettel vor und hoffte in seiner Naivität, so an Geld zu gelangen.

Außer ihm und der Bankangestellten war niemand zu sehen. Vor Aufregung zitterte er am ganzen Körper und wartete ungeduldig darauf, dass man ihm das geforderte Geld aushändigte. Doch als die Frau die wenigen Zeilen: „Geben Sie mir 100.000 Euro oder ich zünde eine Bombe. Lassen Sie die Polizei aus dem Spiel", auf dem Zettel gelesen und gedanklich aufgenommen hatte, lächelte sie ihn freundlich an und sagte: „Bitte gehen Sie wieder. Ich werde Sie nicht verraten. Suchen

Sie eine andere Lösung für Ihre Probleme. Das hier bringt sie ins Gefängnis und zerstört ihr Leben."

Rüdiger war sprachlos, unfähig sich zu bewegen. Erst als ein weiterer Bankangestellter in den Schalterraum trat und freundlich nachfragte, ob alles in Ordnung sei, löste sich seine Erstarrung. Rüdiger eilte aus dem Gebäude.

Sein Versuch, die Bank zu überfallen, blieb ohne Folgen. Die Angestellte hinter dem Tresen hatte offenbar nicht die Polizei verständigt. Nachdem ein Jahr vergangen war, wollte sich Rüdiger bei seiner Retterin bedanken und stürmte, diesmal ohne Hut und Sonnenbrille, mit einem großen Strauß dunkelroter Rosen in die Filiale.

Die Bankangestellte kam wieder lächelnd auf ihn zu und fragte den vermeintlichen Kunden: „Was kann ich für Sie tun?"

„Ich wollte mich bei ihnen bedanken. Sie haben mir genau heute vor einem Jahr das Leben gerettet."

Die Frau hinter dem Schalter sah ihn mit großen Augen an: „Sie sind der verhinderte Bankräuber, stimmt`s?", sprach sie in leisem Ton, damit ihr Kollege sie nicht hören konnte. Rüdiger nickte und reichte ihr den Blumenstrauß. Verlegen nahm sie den Strauß entgegen: „Vielen Dank. Aber bitte gehen sie jetzt wieder, bevor die ganze Sache doch noch auffliegt." Ihr Kollege war gerade im Begriff, sich von seinem Schreibtisch zu erheben, als der „Bankräuber" erneut davoneilte.

Eine halbe Stunde später schloss die Filiale. Es war bereits dunkel. Die Fenster der umstehenden Häuser waren mit bunten Lichterketten geschmückt und verbreiteten eine vorweihnachtliche Atmosphäre. Die Bankangestellte kam schließlich, mit den Rosen im Arm, aus einer Seitentür, verabschiedete sich von ihrem Kollegen und eilte auf ihr Auto auf dem gegenüberliegenden Parkplatz zu.

Als sich Rüdiger aus dem Schatten eines Baumstammes löste und auf sie zutrat, erschrak sie zunächst. „Sie brauchen keine Angst zu haben. Ich bin es nur, der Bankräuber. Ich wollte sie fragen, ob ich Sie zum Dank auf den Weihnachtsmarkt einladen darf?", sprach er in einem beruhigenden Ton.

Ohne groß nachzudenken, folgte sie ihm zum Marktplatz und schlenderte mit dem ihr fremden Mann durch die Reihen der Buden, stieß mit Glühwein mit ihm an und stillte ihren Hunger mit einer leckeren Curry-Bratwurst.

Als sie und Rüdiger hoch über den Dächern der Stadt in einer Gondel des Riesenrades auf die beleuchteten Straßen hinabschauten, erzählte ihr der verhinderte Bankräuber seine Geschichte, die sie zutiefst berührte. An dem Abend, als er nach dem versuchten Bankraub nach Hause kam, beichtete er alles seiner Frau. Darauf verließ sie ihn mit den gemeinsamen Kindern, das Haus wurde verkauft. Er konnte seine Schulden tilgen und bezog ein kleines Appartement in der Stadt.

Durch den Verkauf des Hauses hatte er eine Immobilienmaklerin kennengelernt, die mit traurigen Geschichten wie seiner vertraut war. Allzu oft begegnete sie in ihrem Job Familien, die wegen Arbeitslosigkeit die Schulden nicht bezahlen konnten und ihr Haus verkaufen mussten. Sie bot Rüdiger an, für sie zu arbeiten und sich speziell um solche Familien zu kümmern. Sie war der Meinung, dass er für diese Kunden ein besonderes Gespür aufbringen und sie entsprechend behandeln würde.

Seitdem arbeitete er sehr erfolgreich als Makler. Die Erinnerung an den verhinderten Bankraub war ihm jedoch immer noch peinlich, aber er versicherte seiner Retterin, dass er ihr auf immer und ewig dankbar sein werde.

Fritzchen und der Nikolaus

Martina räumte noch schnell die letzten Sachen weg und rief Fritzchen zu, dass er endlich nach unten kommen solle. Seine beiden Brüder Oskar und Gustav saßen schon im Wohnzimmer vor dem Kamin und langweilten sich. Sie waren schon zu alt, um noch an den Nikolaus zu glauben. Aber es war vereinbart worden, dass der kleine Bruder noch in dem Glauben gelassen wird, dass es den Nikolaus gibt. Martina hoffte, dass der bestellte Nikolaus dem kleinen Fritz einmal gut zureden würde, damit dieser endlich seine Träumereien aufgab und sich wie ein richtiger Junge benahm. Mit seinen fast sechs Jahren war der kleine Mann viel zu verspielt und in sich gekehrt. Deshalb hatte Martina, die seit einiger Zeit mit ihrer Familie in der Reihenhaussiedlung am Stadtrand von Bad Nauheim wohnte, sich den anderen Eltern angeschlossen und bei der Eventagentur einen Schauspieler bestellt, der als die vorweihnachtliche Figur auftreten sollte.

Es klingelte und Martina eilte zur Haustür. Der Nikolaus war 10 Minuten vor der Zeit. „Fritzchen, komm endlich runter. Der Nikolaus steht vor der Tür. Du kriegst nix, wenn du nicht hier unten bist“, rief die Mutter durch das Treppenhaus. „Ich komme gleich“, kam es von oben zurück.

Es klingelte erneut. Jemand polterte gegen die Tür: „Hallo, der Nikolaus steht draußen und bittet um Einlass.“ Martina öffnete genervt und blickte in den Lauf einer Pistole. „Los, rein da“, zischte der als Nikolaus verkleidete Mann. „Wo sind deine Kinder? Mach schon und bring mich zu ihnen.“ Martina ging, die Knie schlotternd, dem Mann in dem roten Kostüm voraus ins Wohnzimmer, wo ihre beiden Ältesten auf der Couch saßen.

„Endlich mal ein cooler Nikolaus“, lachten Gustav und Oskar. „Schnauze“, raunzte der Mann sie an, „wo sind eure Wertsachen? Ich will Geld, Handys, Schmuck, alles! „Er holte zwei Kabelbinder aus seiner Jackentasche und reichte sie der immer noch ängstlich zitternden Martina. „Binde sie fest und dann gibst du mir, was ich verlange, sonst passiert was“, befahl er mit zorniger Stimme.

Martina tat, wie ihr befohlen, ließ sich aber Zeit. Hoffentlich bleibt Fritzchen in seinem Zimmer und macht einmal nicht das, was man ihm gesagt hat, dachte sie. Da hörte sie ein Knacken. Es kam von der obersten Treppenstufe. Bitte bleib oben, flehte die Mutter innerlich. Sie gab ihren beiden ältesten Söhnen ein Zeichen, sich still zu verhalten. Die beiden hatten mittlerweile verstanden, dass es sich hier nicht um einen Spaß handelte, sondern um einen Überfall und nickten der Mutter zu. „Was dauert das denn so lange?“, schnauzte der Räuber sie nun an. „Ich mach ja schon so schnell ich kann“, kam es weinerlich von Martina.

Fritzchen schlich indessen leise die Stufen hinunter. Er hatte oben an der Treppe gelauscht und mitbekommen, was unten im Wohnzimmer vor sich ging. Er spürte keine Angst. Ganz im Gegenteil, er überlegte scharf, wie er seiner Familie helfen könnte. Er wusste, dass unten neben der Haustür noch der Eishockeyschläger seines ältesten Bruders stand. Seine Mutter hatte vorhin noch zu Gustav gesagt, dass er den endlich aus dem Weg räumen solle, das mache doch einen schlechten Eindruck, wenn der Nikolaus ins Haus käme.

Fritzchen nahm vorsichtig den Schläger an sich, bewegte sich auf Zehenspitzen zum Wohnzimmer. Er sah seine Brüder auf der Couch sitzen. Seine Mutter fuchtelte an den Händen ihrer Söhne herum. Es wollte ihr nicht gelingen, die Kabelbinder um die Handgelenke zu legen. Der vermeintliche Nikolaus drängte sie aber immer wieder zur Eile.

Fritzchen legte einen Zeigefinger an die Lippen und bedeutete seinen Brüdern, sich still zu verhalten. Dann nahm er den Griff des Schlägers in beide Hände und holte aus, haute dem Mann, der mit dem Rücken zu ihm stand, schwungvoll in die Kniekehlen. Der falsche Nikolaus jaulte auf, fiel auf die Knie und landete dann längelang auf dem Boden. Seine Pistole schlitterte über das Parkett. Die Mutter schrie, die Brüder sprangen auf und eilten Fritzchen zu Hilfe, der sich auf den Rücken des am Boden Liegenden gesetzt hatte und ihn mit seinen Fäusten traktierte: „Du blöder, alter Mann. Du hast wohl gedacht, du könntest uns Angst einjagen“, schrie Fritzchen.

„Das ist ja nur eine Spielzeugpistole“, empörte sich Martina, die inzwischen die Waffe an sich genommen hatte. Wieder klingelte es. Das musste der bestellte Nikolaus sein, nahm Martina an. Sie rannte zur Haustür und öffnete sie. „Hohoho“, begrüßte sie der Wartende. Martina sah, dass auch vor den anderen Häusern jeweils ein Nikolaus darauf wartete, dass man ihn einließ. Aufgeregt informierte sie den „echten Nikolaus“ über den Angriff auf ihre Familie und bat ihn, die Polizei zu holen. Doch bevor der zu seinem Handy griff, pfiff er durch die Finger. Alle Nikoläuse, die noch vor verschlossenen Türen der Reihenhaussiedlung warteten, eilten herbei und nahmen den kriminellen Gesellen, der eine Schande ihrer Gattung darstellte, in Empfang.

Für Fritzchen gab es an diesem Abend noch viel Lob von seiner Familie und der Polizei sowie den anwesenden Nikoläusen. Hatte er doch mit einem einzigen Schlag ganz mutig einen langgesuchten Räuber schachmatt gesetzt. „Aber“ sagte Fritzchen grinsend zum Schluss zur Überraschung aller, „im nächsten Jahr könnt Ihr zu den Kindern gehen, die noch an Euch glauben.“

Weihnachten steht vor der Tür

Es war Ende September, als sich in den Läden bereits Spekulatius, Lebkuchen und Kokosmakronen türmten. Die Vorboten des Weihnachtsfestes erschienen jedes Jahr früher. Obwohl es noch lange bis zur Heiligen Nacht war, machte auch ich mir ab Mitte Oktober Gedanken, was ich meinen Lieben unter den Tannenbaum legen könnte und was ich bis dahin noch alles erledigen müsste. Denn ich wollte immer alles perfekt machen.

Ich schrieb also drei Listen, eine für Geschenke, eine für Zutaten der verschiedenen Gerichte an den Feiertagen und eine für Hausarbeiten. Mit Grauen dachte ich an die vielen Aufgaben, die vor mir lagen. Warum konnte nicht mal eine Fee oder ein Weihnachts-Elf erscheinen, der mir all diese Dinge abnahm?

Einige Zeit später, das Novembergrau hatte uns erfasst, hörte ich auf dem Weg zur Arbeit mit Überraschung im Radio die Ankündigung eines Gewinnspiels. Dabei ging es um Fragen rund um das Weihnachtsfest. Wer diese innerhalb kürzester Zeit richtig beantworten könnte, dem winkte ein spezieller Weihnachts-fest-Service. Dieser sollte darin bestehen, dass der Radio-Sender eine Woche vor den Feiertagen hilfreiche Geister ins Haus des Gewinners beorderte, um alle anfallenden Aufgaben zu erledigen. Darüber hinaus würde der Sender alle Kosten für den Hausputz, das Festessen und die Weihnachtsgeschenke übernehmen.

Ich hatte schon lange nicht mehr an einem Gewinnspiel teilgenommen. Nach vielen vergeblichen

Versuchen beim Lotto hatte ich es irgendwann aufgegeben. Doch diese Sache reizte mich über alle Maßen. Keine Plätzchen oder Stollen backen, Silber putzen und Gläser polieren, Fenster reinigen und Gardinen waschen, in der Schlange an der Kasse anstehen oder warten, bis die Geschenke endlich eingepackt waren und am 24. Dezember den ganzen Tag durch das Haus hetzen, um ein mehrgängiges Menü zu kochen und zwischendurch den Weihnachtsbaum zu schmücken, den ich in allerletzte Minute erstanden hatte. Kein Weihnachtsstress!

Also probierte ich mein Glück. Immer wieder wählte ich die Nummer des Radiosenders. Ständig war besetzt. Ich konnte im Radio verfolgen, wie mehrere Zuhörer vor mir scheiterten. Die Fragen waren gar nicht mal schwer, aber eine war immer dabei, die keiner beantworten konnte. Ich gab nicht auf und tatsächlich ging mein Anruf durch und ich war an der Reihe. Wie selbstverständlich beantwortete ich alle Fragen, die bisher nicht gestellt worden waren und selbst die eine, auf die es ankam, konnte ich lösen.

Ich konnte mein Glück kaum fassen, freute mich auf die hilfreichen Geister und sah dem Fest gelassen entgegen. Kein Weihnachtsstress, kein Problem damit, dass Weihnachten immer so plötzlich kam.

Am angekündigten Termin standen drei Frauen vor meiner Tür. Sie schoben mich zur Seite und bedeuteten mir, mich irgendwo im Haus gemütlich niederzulassen und sie nicht zu stören. Sie putzten mein Heim von oben bis unten, belagerten die Küche, buken Plätzchen und Stollen, füllten meine Speisekammer mit

Köstlichkeiten. Ständig stand ich im Weg und fühlte mich völlig deplaziert. Also ging ich in die Stadt. Doch was sollte ich da tun? Ich musste ja keine Geschenke besorgen. Die Wunschliste für meine Familie hatte ich abgeliefert. In den Geschäften war es warm, voll und laut. Auch hier kam ich mir völlig überflüssig vor. Meine Freundinnen hatten für einen vorweihnachtlichen Plausch in einem gemütlichen Cafe keine Zeit und mein Mann besuchte eine Weihnachtsfeier nach der anderen bei seinen Kunden.

Am Weihnachtsabend glänzte das Haus, alle Fenster waren beleuchtet, der Weihnachtsbaum strahlte in festlichem Glanz. Darunter lagen schön eingepackte Geschenke und es duftete im ganzen Haus nach Gänsebraten, Rotkohl und Maronen. Der Tisch war bereits für die ganze Familie festlich gedeckt. Obwohl ich total entspannt hätte sein können, war ich von der ständigen Anwesenheit der Frauen genervt, die meinen Kindern und Enkelkindern am Heilig Abend die Tür öffneten, ihnen die Mäntel abnahmen und ihre Geschenke unter den Baum legten.

Alles lief in geordneten Bahnen. Weihnachtsmusik erklang, als das Festessen aufgetischt wurde. Die Gans wurde fachmännisch zerlegt und die Beilagen serviert. Kaum war das Glas geleert, wurde nachgeschenkt, kaum war der Teller leer, wurde er abgeräumt und durch einen sauberen ersetzt. Ich konnte das Festmahl nicht genießen.

Es kam einfach keine Weihnachtsstimmung auf. Wir fühlten uns fremd im eigenen Heim. Während wir schließlich die Geschenke auspackten, wurde der

Tisch abgeräumt und das dreckige Geschirr unter großem Geklapper in der Küche gespült und weggeräumt.

Endlich verließen die hilfreichen Geister unser Haus. Als die Tür hinter ihnen ins Schloss fiel, traten mir vor Erleichterung Tränen in die Augen. Sicher war die Idee mit dem Helfer-Service gut gemeint, doch für mich waren die letzten Tage die Hölle. Niemals wieder würde ich mich über Weihnachtsvorbereitungen beklagen. Hektik und Stress gehörten einfach zu Weihnachten wie das Christkind und der Tannenbaum. Für das nächste Jahr habe ich mir vorgenommen, alle Weihnachtsvorbereitungen wieder selbst zu treffen. Es muss ja nicht alles so perfekt sein.

Frohe Weihnachten.

Das Weihnachtshaus

Es war nicht irgendein Haus, das sich in die Reihe anderer Ein- und Zweifamilienhäuser in dieser Straße einfügte. Nein, dieses Haus war etwas Besonderes mit seinen roten Ziegelsteinen im Erdgeschoss und dem Fachwerk unter dem großen Dach. Es stand am Ende einer langen Straße, die durch das ganze Dorf führte in einem großen Park, umgeben von sanft geschwungenen Hügeln, saftigen Wiesen und alten Bäumen, deren Blätter im Herbstwind davon wirbelten und die Rasenfläche unter sich bedeckte. Auch ein kleiner See gehörte zu diesem Paradies, dessen Oberfläche wie ein Spiegel in der Sonne glitzerte. Nie war dort jemand zu sehen. Keiner der Dorfbewohner hatte jemals einen der Besitzer des Hauses zu Gesicht bekommen.

Mit Beginn der dunklen Jahreszeit war außer einem kleinen Licht in einem der vorderen Zimmer kein Anzeichen von Leben in diesem Haus zu spüren. Auch an Halloween, Ende Oktober, wenn die Kinder lachend und tobend durch die Straßen zogen, auf der Suche nach etwas Süßem und einem Abenteuer, blieb das Tor, das zu dem Anwesen führte, verschlossen. Auf das Klingeln an der Pforte reagierte niemand. Nur aus den Schornsteinen schlängelten sich kleine weiße Rauchwölkchen in den dunklen Nachthimmel und der Duft von Kaminfeuer vermischte sich mit der Abendluft.

Es war ein ungeschriebenes Gesetz in dem Dorf, dass vor dem Totensonntag niemand eine Weihnachtsbeleuchtung anbrachte oder sein Haus weihnachtlich schmückte. Doch am Tag danach begann eine besondere Zeit. Wie durch einen Zauber konnte man plötzlich viele hell erleuchtete Fenster in der Straße sehen. Rentiere und Weihnachtsmänner, die einen Schlitten hinter sich herzogen, zierten die Vorgärten. Nikoläuse hangelten sich an Fassaden entlang und in der Luft lag ein Hauch von Zimt, Anis und Nelken.

Und siehe da, auch das große Haus am Ende der Straße war aus seinem Schlaf erwacht und erstrahlte wie in jedem Jahr in weihnachtlichem Glanz. Der Park hatte sich in eine malerische Winterlandschaft verwandelt. Alle Fenster, und es waren viele Fenster, waren mit kleinen Lämpchen bestückt. Obwohl niemand einen Handwerker dort gesehen hatte, standen auf einem Platz vor dem Haus plötzlich Holzbuden und ein kleines Kinderkarussell.

Die Kinder aus dem Dorf, die schon mehrfach vergebens versucht hatten den Zaum rund um das weitläufige Gelände zu überklettern, um einmal einen Blick auf das Innere des Hauses und seine Bewohner zu erhaschen, betraten freudestrahlend den weihnachtlich geschmückten Park und stapften durch die frostkalte Winterlandschaft. Sie bestaunten die Stände, die Weihnachtsschmuck und Schnitzereien aus dem Erzgebirge anboten. Ihre Gesichter spiegelten sich in den handgemachten Weihnachtskugeln und sie naschten gebrannte Nüsse und Mandeln und ließen sich Bratäpfel und Maronen schmecken.

Das kleine Karussell mit den bunten Pferden und Kutschen, drehte unaufhörlich seine Runden. Überall war Weihnachtsmusik zu hören und der Geruch von Lebkuchen und Glühwein erfüllte die Luft.

Mit schön geschnitzten Schlitten konnten die Kinder stundenlang einen Hang hinab rutschen oder sich eine Schneeballschlacht liefern. Denn der Schnee, der wie ein weißes Tuch den Boden bedeckte, war das Erstaunlichste an dieser geheimnisvollen Idylle. Obwohl es in der ganzen Region nur noch selten schneite, fielen hier in der Adventszeit große weiße Flocken zu Boden und blieben bis Weihnachten liegen. Auf dem kleinen See, der eine dicke Eisschicht trug, glitten die Kinder auf ihren Schlittschuhen dahin.

Jedes Jahr am 6. Dezember bescherte der Nikolaus die kleinen Gäste und holte schön verpackte Geschenke aus seinem großen Sack. Erst als alle Kinder bedacht worden waren, ließ er sich mit seinem von Rentieren gezogenen Schlitten in den Sternenhimmel davontragen. Lange konnte man seine Spur am Himmel verfolgen und das Bimmeln der Glöckchen hören.

Jeden Tag kamen die Kinder aus dem Dorf, um die weihnachtliche Pracht zu genießen. Es war eine eigene, kleine Welt, die durch nichts gestört wurde. Hier drangen kein Fluglärm oder Autogeräusche herein, hier gab es keinen Streit oder ein lautes Wort. Für einige Wochen war hier Frieden eingekehrt. Hinter den großen Fenstern des Hauses sah man Leute im Gespräch zusammenstehen oder miteinander tanzen. Aber niemand trat jemals vor die Tür oder sprach zu den Kindern.

Pünktlich am Weihnachtsabend, wenn die Glocken zum Kirchgang einluden, schloss sich das große Tor zum Park automatisch, erloschen alle Lichter und das Weihnachtshaus blieb als dunkler Schatten im Park zurück. Die Buden und das Karussell waren wie durch einen Zauber verschwunden und nichts erinnerte mehr an die wunderschöne Vorweihnachtsstimmung. Elf Monate lang blieb das Tor verschlossen, lag der Park friedlich hinter dem hohen Zaun. Niemand konnte sich dieses Wunder erklären, das viele Jahre die Kinder aus dem Dorf anzog. Der Zauber hörte auf, als bereits im September Lebkuchen und Nikoläuse in den Läden angeboten wurden, Weihnachtsmärkte lange vor dem ersten Advent ihre Tore öffneten und kitschige Weihnachtskugeln aus China angeboten wurden, die Menschen zwischen den Buden hindurcheilten, um sich anschließend an den Glühweinständen und Wurstbuden lauthals zu unterhalten. Die Weihnachtsmusik verstummte. Der Kommerz hatte die weihnachtliche Idylle verdrängt.

Das Missverständnis

Doris liebte es, ihr Haus zu jeder Jahreszeit besonders zu dekorieren. Für die Unterbringung des Dekorationsmaterials stand ihr ein kleiner Raum mit Regalen zur Verfügung. Dort hatte sie alle Utensilien fein säuberlich in beschrifteten Kartons untergebracht, so dass sie jederzeit die passenden Gegenstände hervorholen konnte.

Ihr Mann hatte sich schon immer lustig über ihr seltsames Hobby gemacht, zumal Doris ständig mit einer neuen Figur, einer kleinen Vase oder Dose von den verschiedenen Künstler-, Kreativ- und Weihnachtsmärkten, die sie gern besuchte, nach Hause kam. Passend zur Jahreszeit besorgte sie dann noch frische Blumen, Kränze oder Topfpflanzen und Kerzen in jeder Größe, die über das Haus verteilt wurden.

Doris mochte jede Jahreszeit, doch die schönste war für sie die Adventszeit. Hier bevorzugte sie besonders rote Farben zu dunklem Tannengrün und vielen kleine Lichter. Als ihre Kinder noch mit ihnen im Haus lebten, hatten sie gemeinsam nach dem Totensonntag alle Fenster mit Lichterketten versehen. Die Leute blieben sogar auf der Straße stehen, um das festlich geschmückte Haus zu bestaunen. Doch das war Doris nun zu aufwendig geworden. Stattdessen sorgte sie dafür, dass in den Räumen jede Ecke liebevoll gestaltet wurde.

Ihre Sammlung von Bozener Engeln in verschiedenen Größen und Farben bekamen einen besonderen Platz. Ihre Mutter hatte ihr jedes Jahr einen dieser wunderschön gestalteten Weihnachtsengel geschenkt. Nach ihrem Tod hatte Doris sich selbst damit beschenkt.

Ihr Mann zog sie immer wieder damit auf und machte sich einen Scherz daraus, über das ganze Jahr hinweg ihre Leidenschaft für das Dekorieren zu trüben, indem er Dekoartikel versteckte oder vertauschte. Plötzlich saß ein Osterhase in der Seifenschale, lagen die bunten Eier in den Blumentöpfen, oder hing ein Fischernetz, das zur Sommerausstattung gehörte, am Lampenschirm. Den Leuchtturm fand man auf den Treppenstufen ins Obergeschoss.

Anfangs fand Doris das noch ganz lustig, doch irgendwann begann sie sich darüber zu ärgern und jedes Mal, wenn sich ihr Mann wieder einen seiner Scherze erlaubte, gab es große Diskussionen. Besonders ärgerte sich Doris darüber, wenn er ihren Weihnachtswald, den sie liebevoll vor dem Esszimmerfenster aufgebaut hatte, zerstörte. Ständig lagen die Rentiere um oder die Beleuchtung der Tannenbäume war ausgeschaltet. Richtig wütend aber wurde sie, wenn er einen ihrer Engel versteckte oder an einem Platz, der überhaupt nicht dafür geeignet war, platzierte.

Dieses Jahr nun hatte sie sich vorgenommen, auf die Dekoration zur Weihnachtszeit zu verzichten. Ihrem Mann fiel bereits nach dem Totensonntag auf, dass etwas fehlte. Doch Doris ging nicht auf seinen Einwand ein. Die Rentiere und Engel, die Nikoläuse aus Holz und die goldenen Hirsche blieben in ihren Kisten, die kleinen Dosen und Teelichter, die Schnitzereien aus dem Erzgebirge ebenso. Nichts erinnerte an die Adventszeit, kein Kranz an der Haustür oder ein Weihnachtsgesteck mit vier Kerzen, dass den Wohnzimmertisch zierte. Die niedlichen Rehe und Nikoläuse auf den Stufen des Eingangs fehlten ebenso wie die vielen Laternen und Weihnachtssterne, die normalerweise über das ganze Haus verteilt waren.

Am ersten Advent holte Doris eine längliche Metallschale hervor, bestückte sie mit vier roten Kerzen und umgab sie mit Tannengrün. Dieser lieblose Weihnachtsschmuck fand seinen Platz auf dem Esstisch. Jeden Morgen zündete Doris eine Kerze zum Frühstück an. Sie bemerkte, dass sich ihr Mann über ihr seltsames Verhalten wunderte, gab jedoch keine Erklärung dafür ab. Es wurde still im Haus. Es gab keinen Streit mehr um die vertauschte Weihnachtsdeko. Beide saßen morgens stumm vor der Ausgabe der Tageszeitung und kauten lesend an ihrem Frühstück. Doch irgendwann wurde es Doris Ehemann zu blöd. „Sag mal, willst du dieses Jahr nicht die Räume dekorieren? Wo sind denn deine schönen Engel und all die niedlichen Rentiere? Ich vermisse den Weihnachtswald und die vielen Lichter und Kerzen? Bist du krank?"

„Es ist alles gut. Einen Tannenbaum brauchst du dieses Jahr auch nicht zu kaufen", gab sie patzig zur Antwort. Obwohl es jedes Jahr endlose Diskussionen darüber gegeben hatte, ob der Tannenbaum erst am Weihnachtstag aufgestellt und geschmückt würde oder schon einige Tage vorher, äußerte sich ihr Mann nun entsetzt. „Aber das geht doch nicht, wir können doch Weihnachten nicht ohne Tannenbaum feiern. Unsere Kinder und die Enkelkinder werden traurig sein."

„Das ist mir egal“, antwortete Doris traurig. „Ich bin deine blöden Scherze, die ewigen Streitereien leid, genau wie deine schlechte Laune, wenn du den Baum schmücken musst.“

Doris Mann war sprachlos. Es brauchte eine ganze Weile, bis er darauf antwortete. Tränen schimmerten in seinen Augen. Traurig sagte er: „Liebe Doris, das hast du völlig missverstanden. Ich habe es doch niemals böse gemeint, wenn ich deine Engel versteckt oder die Rentiere umgelegt habe, genauso wenig wie all die anderen Gegenstände, die ich im Laufe des Jahres vertauscht habe. Ich wollte doch nur, dass wir miteinander reden. Es ist so still im Haus geworden. Seit die Kinder nicht mehr da sind, haben wir uns kaum etwas zu sagen.“ Schließlich schaute er unter sich. Eine Träne löste sich aus seinem Auge und fiel auf die Zeitung. Schluchzend sagte er: „Und außerdem bist du so süß, wenn du wütend bist.“

Nun war Doris sprachlos. Es dauerte eine ganze Weile, bis sie begriff, was ihr Mann da gerade gesagt hatte. Sie stand auf, ging zu ihm und nahm ihn in die Arme. „Es tut mir so leid“, mehr brachte sie nicht hervor. Sofort machte sie sich an die Arbeit, das Haus zu dekorieren. Dieses Mal übertraf sie sich selbst. Es dauerte nicht lange, bis sie den ersten Weihnachtsengel im Kühlschrank fand. Doch dieses Mal schimpfte sie nicht, sondern lachte herzlich.

Das Wunder von Bad Nauheim

Marlene lag in ihrem Bett. Die Augen hatte sie geschlossen, ihr Brustkorb hob und senkte sich in gleichmäßigem Rhythmus. Sie sah friedlich aus. Nur die Beutel mit der klaren Flüssigkeit für die künstliche Ernährung verrieten, dass sie nicht einfach nur schlief, sondern ohne Bewusstsein war.

Nach einem Unfall hatte man sie in ein künstliches Koma versetzt, um ihr die Schmerzen zu ersparen. Alle Bemühungen, sie nach der Heilung der Frakturen, die sie sich zugezogen hatte, wieder aufzuwecken, waren bisher gescheitert. Die Ärzte vermuteten, dass der Schock, den sie durch den schrecklichen Unfall erlitten hatte, nicht zuließ, dass sie wieder aufwachte.

Ihre Mutter saß täglich stundenlang an ihrem Bett und las ihr Geschichten vor. Sie sprach mit Marlene, als würde die Tochter alles verstehen. Auch ihr Bruder und die Schulfreundinnen aus der St. Lioba-Schule besuchten sie häufig. Sogar die Eishockeyspieler der Roten Teufel des EC Bad Nauheim waren mehrfach an ihrem Bett aufgetaucht.

Marlene liebte Eishockey und besuchte normalerweise mit ihrem Bruder jedes Spiel, das im Colonel-Knight-Stadion von Bad Nauheim ausgetragen wurde. Zudem lief sie gern Schlittschuh und war öfter auf dem Eis anzutreffen.

Seit vielen Jahren war Marlene mit ihren Schulfreundinnen zum Weihnachtssingen in das Eisstadion von Bad Nauheim gekommen. Dieses Event ließ sie sich nie entgehen. Sie genoss das Zusammensein mit den vielen Menschen, die aus der Stadt und den umliegenden Ortschaften hierherkamen, um einige Tage vor Weihnachten gemeinsam bei Kerzenschein Weihnachtslieder zu singen und Spenden für einen guten Zweck zu sammeln.

In diesem Jahr würde das Weihnachtssingen ohne Marlene stattfinden. Die Familie und die Freunde hatten gehofft, dass Marlene an diesem Tag wieder genesen sei und dieses besondere Ereignis mit ihnen teilen würde. Sie wollten nicht akzeptieren, dass sie das Bewusstsein nicht wiedererlangte.

Deshalb ließen sich die Freundinnen etwas Besonderes einfallen. Sie wollten Marlenes Lieblings-Weihnachtslied im Eisstadion singen und alle Menschen in der Stadt auffordern, mitzusingen. Sie bereiteten Zettel vor, auf dem das Weihnachtslied von Marlene mit all seinen Strophen abgedruckt war. Den Liedtext verteilten sie an ihre Familien, Mitschüler, Freunde und Nachbarn. Zudem sprachen sie alle Menschen, die ihnen in der Stadt über den Weg liefen an und baten sie, an diesem besonderen Abend auf die Straße oder an das offene Fenster zu treten und mitzusingen. Sogar die Wetterauer Zeitung berichtete von dieser einzigartigen Idee. Ganz Bad Nauheim und die umliegenden Ortschaften waren informiert.

An diesem Tag hatte es stundenlang geschneit und über der Stadt lag eine weiße Haube aus pulvrigem Schnee. Die Lichter des Weihnachtsschmucks, der die Straßen der Stadt schmückten, zauberten eine festliche Atmosphäre.

Marlenes Mutter und der Bruder waren von der Idee der Freundinnen gerührt, die Mediziner begeistert. Als es nun soweit war, standen die Ärzte hinter der Mutter am Bett von Marlene.

Die Fenster der Wohnungen und Häuser in der Innenstadt von Bad Nauheim waren geöffnet, ihre Bewohner warteten auf das verabredete Zeichen. Auf den Straßen hatten sich Menschenschlangen gebildet, die durch den Park bis zum Eisstadion reichten. Die Autos hatten angehalten, ihre Fahrer waren ausgestiegen und gesellten sich zu den Menschen auf den Bürgersteigen. Aus den umliegenden Orten waren viele Neugierige gekommen, um das einmalige Schauspiel mit zu erleben.

Im Eisstadion herrschte freudige Erwartung. Jeder Sänger hielt eine Kerze in der Hand, deren Flamme leicht flackerte und den Liedtext beleuchtete.

Als nun das Weihnachtslied von den Freundinnen angestimmt wurde, erhoben sich tausende von Stimmen und sangen miteinander „Stille Nacht, Heilige Nacht“. Wie eine Welle setzte sich der Gesang vom Eisstadion durch den Park, über die Straßen bis ans Bett des schlafenden Mädchens fort. Auch die Ärzte, Marlenes Bruder und Mutter sangen voller Innbrunst das bekannte Lied.

Nach der ersten Strophe bemerkte die Mutter, dass Marlenes Augenlieder zuckten. Während die zweite Strophe ertönte, bewegten sich ihre Finger über die Bettdecke. Als die letzte Strophe endete und die Stimmen des ungewöhnlichen Chores verstummten, wagte niemand zu sprechen.

In Marlenes Zimmer blickten alle erwartungsvoll auf die Schlafende. Plötzlich schlug Marlene die Augen auf. Blinzelnd sah sie in die erstaunten Gesichter der Anwesenden. Die Mutter lächelte ihre Tochter liebevoll an und strich ihr über die Wange. „Frohe Weihnachten, mein Kind", sagte sie mit belegter Stimme. Tränen der Freude und Erleichterung kullerten ihr über die Wangen. Es dauerte eine Weile bis Marlene zu sprechen begann: „Ist denn heute schon Weihnachten?" fragte sie, als sei es die normalste Frage der Welt.

Wie ein Lauffeuer verbreitete sich die frohe Botschaft von der Rückkehr Marlenes in die reale Welt. Die Menschen klatschten begeistert, jubelten und fielen sich gegenseitig um den Hals. Eine fröhliche Stimmung breitete sich in der ganzen Stadt und im Eisstadion aus. Es war einfach unglaublich. So etwas hatte Bad Nauheim noch nicht erlebt. Alle freuten sich mit Marlene und ihrer Familie und wünschten sich gegenseitig ein Frohes Fest.

Als die Sänger das Colonel-Knight-Stadion verließen, die Menschenschlangen sich auflösten und alle durch die beleuchteten Straßen nach Hause strebten, begannen die Glocken der Kirchen in der Stadt zu läuten. Sie läuteten für das Wunder von Bad Nauheim.

Suher saß am Gate im Frankfurter Flughafen, beobachtete die ankommenden und abfliegenden Maschinen, die sich schwer in den Himmel aufschwangen. In einer Stunde würde sie in der Kabine eines Flugzeuges sitzen. Es würde sie in die Heimat zurückbringen. Endlich! Sie freute sich unbändig auf das Wiedersehen mit ihren Eltern. Sie würde sie in ihre Arme schließen und nie wieder loslassen.

Vor über vier Jahren war Suher mit ihrem ältesten und ihrem ein Jahr jüngeren Bruder in ihrer Heimat aufgebrochen. Die Eltern hatten sie fortgeschickt, mit Geld ausgestattet und so viel lebenswichtigen Dingen, wie sie tragen konnten. Sie waren zunächst einem Mann gefolgt, der versprochen hatte, sie die weite Strecke bis in den Westen zu begleiten, wo sie in Sicherheit wären, sie ein Haus und Arbeit erwarteten. Wenn sie sich eingelebt hätte, wollten sie die Eltern nachkommen lassen.

Doch der Mann war nach einigen Tagen über Nacht verschwunden, hatte sich mit einem Teil ihres Geldes abgesetzt. In ihrer Hilflosigkeit und Verzweiflung schlossen sie sich andern Menschen aus ihrer Heimat an, die ebenfalls den Versuch, in ein sicheres Land zu gelangen, unternommen hatten.

Suher hatte nicht nur Geld eingebüßt, sondern auch die beiden Brüder verloren. Der jüngere der beiden hatte den Anstrengungen des langen Weges, den Entbehrungen, der Kälte und dem Hunger, dem Heimweh und der Sehnsucht nach den Eltern nicht überlebt. Er war in einer eisigen Winternacht erfroren. Die Erinnerung an den kalten, leblosen Körper des Bruders hatte sie seitdem nicht mehr losgelassen, genauso wie das schlechte Gewissen und das Gefühl, schuld an seinem Tod zu sein. Der größere Bruder war eines Tages verschwunden. Suher wusste nicht, wo er abgeblieben war. Sie hörte jedoch Gerüchte, dass er sich einer militanten Organisation angeschlossen hätte. Sie ging mit anderen Flüchtlingen weiter, die es nach einer ihr endlos vorkommenden Zeit doch noch schafften, an das Ziel ihrer Träume zu gelangen.

In dem fremden, westlichen Land wurde sie freundlich aufgenommen, in eine Unterkunft gebracht, mit warmer Kleidung und Essen versorgt. Doch die Enge, das Zusammensein mit Menschen unterschiedlicher Nationalitäten und Religionen, dem Stimmengewirr und den vielfachen Gerüchen, machten ihr schwer zu schaffen. Sie hatte nichts zu tun, lebte in den Tag hinein, ohne Aufgabe oder Hoffnung, auf das Wiedersehen mit ihrem hoffentlich noch lebenden Bruder und den Eltern. Die Erinnerungen an die Flucht, die vielen schrecklichen Erlebnisse holten sie nachts immer wieder ein.

Als sie in ein Haus einzog, in dem andere jugendliche Flüchtlinge untergebracht waren, ging es ihr etwas besser. Sie spürte das Bemühen der ihr fremden Menschen, sie zu trösten, zu behüten, ihr die fremde Sprache beizubringen und sie an das ungewöhnliche Essen und die Lebensweise zu gewöhnen.

Doch wenn sie nachts in ihrem Bett lag, fühlte sie die Einsamkeit, Verlorenheit und die Sinnlosigkeit, in einem fremden Kulturkreis Fuß zu fassen. Sie dachte an ihre Eltern in ihrer zerstörten Heimat, an die vielen toten Menschen, die einem sinnlosen Krieg zum Opfer gefallen waren.

Ihre Stimmung wurde auch nicht besser, als sie eine Schule besuchte, sich alleine in den Straßen der großen Stadt bewegen konnte. Die Hektik und der Lärm verunsicherten sie, die misstrauischen Blicke der vorübereilenden Menschen, die Wortfetzen, die sie aufschnappte und nicht Gutes bedeuteten.

Die Willkommenskultur, mit der sie bei ihrer Ankunft am Bahnhof empfangen worden war, gehörte der Vergangenheit an. Die Gutmenschen, die sie aufgefangen hatten, waren immer weniger geworden. Auch nach zwei Jahren in ihrer neuen Heimat, war sie noch nicht angekommen.

Ihr Entschluss, wieder nach Hause zu ihrer Familie zurückzukehren und lieber Tod und Verderben hinzunehmen, verfestigte sich, als die Weihnachtszeit erneut begann. Sie konnte auch dieses Mal nichts damit anfangen. Die vielen bunten Lichter in den Fenstern, die allgegenwärtige, für sie ungewöhnliche Musik und die Menschen, die sich zu freuen vorgaben, aber eigentlich keine Zeit füreinander hatten, stimmten sie traurig.

Mit diesem Jesus und dem Christentum konnte sie nichts anfangen, die Bibel war ihr fremd und die Gotteshäuser erschienen ihr eher kalt und abweisend. Die Oberflächlichkeit der Menschen wurde ihr vollends bewusst, als sie bei einer Familie zum Weihnachtsfest eingeladen wurde. Die vielen Geschenke unter dem geschmückten Tannenbaum und die fette Weihnachtsgans, die aufgetragen wurde, konnten nicht über die Herzlosigkeit hinwegtäuschen. Es war einfach nur eine Party, die zelebriert wurde. Es fehlte die Wärme und die Freundlichkeit, die ihr die eigene Familie entgegengebracht hatte. Der Versuch, sie als Gast zu beeindrucken, misslang und bestärkte sie in ihrem Entschluss, in die Heimat zurückzukehren und sei es auch nur, um die Eltern noch einmal in die Arme schließen zu können. Dafür würde sie gern ihr junges Leben lassen.

Die Erscheinung

Andrea war auf dem Heimweg von der Faschingsveranstaltung im Bürgerhaus. Sie hatte sich vor der Tür mit den anderen Rauchern verquatscht. Ihre Clique hatte nicht länger warten wollen und war vorausgegangen. Es war zwar noch nicht so spät, aber die Straßen lagen verlassen da. Der Mond war hinter dunklen Wolken verschwunden. Die Spuren des närrischen Lindwurms waren noch an den Papierschnipseln und übriggebliebenen Karamellen, Dosen und leeren Flaschen auf dem Boden zu erkennen.

Es war so üblich, dass man nach dem Faschingsumzug noch einmal einkehrte und den Tag gemeinsam mit einem Absacker ausklingen ließ. Aber alle achteten darauf, dass man bei Zeiten nach Hause ging. Schließlich standen den Anhängern der närrischen Tage noch zwei anstrengende Veranstaltungen bevor.

Andrea war müde und sie fror. Trotzdem summte sie ein Lied und machte ab und an einen Hüpfer. Sie dachte an die bunten Wagen, die schönen Kostüme und die Kapellen, die den Zug begleitet hatten. Weder die Dunkelheit noch die Kälte machten ihr Angst. Dennoch hatte sie die rechte Hand in der Jackentasche, die das Pfefferspray umklammerte. Man wusste ja nie.

Wie aus dem Nichts tauchte plötzlich eine große Gestalt vor ihr auf, den Rücken ihr zugewandt. Der Figur nach war es ein Mann. Er war ganz schwarz gekleidet und trug einen großen, breitkrämpigen Hut. Die Art wie er ging, kam Andrea merkwürdig vor. Den Oberkörper leicht nach vorne gebeugt, ging er sehr schnell. Es sah fast so aus, als würde er knapp über dem Boden schweben. Immer wieder hob er den rechten Arm und winkte ihr, schneller zu gehen. Aber er drehte sich nicht einmal um, rief ihr auch nichts zu. Nur dieser erhobene Arm signalisierte ihr, sich zu beeilen. Was für ein sonderbarer Zeitgenosse, ging es Andrea durch den Kopf.

Sie näherte sich der großen Kreuzung, die in der Nähe ihrer Wohnung lag. Nur den Zebrastreifen musste sie noch bei grünem Licht überqueren und eine Minute später wäre sie zu Hause. Dort wartete ihr gemütliches Bett und Kater Merle.

Die Fußgängerampel sprang auf Rot um. Obwohl der fremde Mann hätte stehen bleiben müssen, betrat er die Fahrbahn und eilte auf die andere Seite zu. Dabei winkte er ihr immer weiter zu. Andrea dachte jedoch nicht daran ihm zu folgen und blieb am Straßenrand stehen, wartete auf das Lichtzeichen, die Straße überqueren zu dürfen.

Auf der gegenüberliegenden Seite angekommen, drehte sich der schwarzgekleidete Mann um und sah zu ihr herüber. Er legte die Hand an den Mund und rief ihr zu: „Komm rüber, Andrea."

Wer war das? Sie konnte sich nicht erinnern, ihn schon einmal gesehen zu haben. Wieso kannte er ihren Namen? Und wieso wollte er, dass sie bei Rot über die Straße ging? Sie ignorierte seine Aufforderung, wartete geduldig auf das grüne Licht. Als die Ampel umsprang, setzte sie einen Fuß auf den Zebrastreifen. In diesem Moment hörte sie ein lautes Brummen. Ein Auto mit viel PS näherte sich.

Plötzlich spürte sie eine Hand auf ihrer Schulter. Sie wurde zurückgerissen. Andrea stolperte nach hinten, landete unsanft auf ihrem Hintern. Sofort spürte sie ihr Steißbein und schrie auf vor Schmerz. Ein Sportwagen schoss mit rasanter Geschwindigkeit an ihr vorbei und verschwand in der Dunkelheit. Nur die roten Rücklichter waren noch eine Weile zu sehen.

Andrea rappelte sich langsam auf, klopfte den Straßendreck aus ihren Kleidern. Die Ampel war wieder auf Rot umgesprungen. Der Mann auf der anderen Seite war verschwunden. Sie wollte sich bei ihrem Retter bedanken. Hätte er sie nicht aufgehalten, wenn auch sehr unsanft, hätte der Sportwagen sie überfahren. Sie drehte sich um, suchte nach der Person, die sie vor großem Schaden bewahrt hatte. Doch da war niemand. Hinter ihr war nur eine Hauswand. Sie schaute die Straße entlang, aber die war menschenleer. Sie war ganz alleine. Ihr wurde es unheimlich zu Mute. Als es endlich wieder grün wurde, eilte sie über die Straße. Sie wollte nur noch nach Hause.

Als sie auf der anderen Seite angekommen war, drehte sie sich noch einmal um, in der Hoffnung, dass sie doch noch jemanden sehen würde. Plötzlich erschien ein kreisrundes Licht. Für einen kurzen Moment glaubte sie, in dem Lichtkreis eine Figur zu erkennen. Eine Figur mit Flügeln. Engelsflügeln

Heimkommen

Susanne fuhr ihren Computer runter, verstaute ihre Akten im Schreibtisch und verließ das Büro. Sie freute sich auf zu Hause, sehnte sich nach Waldemar, ihrem Schatz, der sicher schon auf sie wartete. Die Straßen waren wie immer um diese Uhrzeit voll und laut. Menschen, die nach einem arbeitsreichen Tag nach Hause eilten, querten ohne nach links und rechts zu schauen die Fahrbahn. Radfahrer kamen ihr gegen die Fahrtrichtung auf ihrer Spur entgegen oder schnitten ihr den Weg ab. Touristen bevölkerten zu dem die Bürgersteige und hielten sich selten an Verkehrsregeln, gingen bei Rot über die Ampel oder versperrten grüppchenweise die Sicht an einer Kreuzung. Berlin hatte sich zu einem Moloch entwickelt. Trotzdem liebt sie diese Stadt, ihre Heimatstadt. Nachdem sie mehrfach das Haus, in dem sie mit Waldemar eine gemütliche Eigentumswohnung besaß, umfahren hatte, lenkte sie ihren Kleinwagen in eine der letzten Parklücken. Den mehrere hundert Meter langen Fußmarsch bewältigte sie in Rekordzeit, immer getrieben von der Freude auf das Wiedersehen mit ihrem Schatz.

Sie nahm zwei Stufen auf einmal und blieb schließlich vor ihrer Wohnungstür im dritten Stock des Berliner Altbaus stehen. Leider gab es hier keinen Aufzug und die Schlepperei ihrer Einkäufe über 90 Treppenstufen verlangte ihr oft viel Kraft ab. Dadurch blieb sie aber auch fit. Waldemar gefiel das Treppensteigen allerdings gar nicht. Oft musste sie ihm gut zureden.

Als sie die Tür aufgestoßen hatte, rief sie nach ihm. Aber nichts rührte sich. Wahrscheinlich schlief er auf der Couch. Leise betrat sie das gemeinsame Wohnzimmer. Da lag er in seiner ganzen Schönheit, ausgestreckt, bequem und total relaxt. Selbst im Schlaf verströmte er ein Selbstbewusstsein, das seinesgleichen suchte. Um ihn nicht zu erschrecken, näherte sie sich auf Zehenspitzen seinem Lager, ging in die Hocke und flüsterte ihm zärtliche Worte ins Ohr. Aber er ließ sich nicht stören, schlief tief und fest. In regelmäßigen Atemzügen hob und senkte sich seine Brust. Leises Schnarchen drang an ihr Ohr. Ein Glücksgefühl durchströmte sie. Voller Dankbarkeit dafür, dass er zu ihrem Leben gehörte, sah sie ihn an.

Sie pustete ihm ins Ohr. Ein kurzes Innehalten des Schnarchens erfolgte. Susanne fuhr ihm durch das struppige Haar, ließ ihren rechten Zeigefinger hinter seinem Ohr entlanggleiten. Ein wohliger Seufzer war die Folge. Waldemar schien zu träumen, denn das Schnarchen wurde plötzlich von einem langgezogenen Schnaufen unterbrochen. Ihr Finger glitt über seinen Nasenrücken, suchte sich einen Weg bis zu seiner Brust, die sie sanft streichelte.

Doch Waldemar wachte nicht auf. Er war ein guter Schauspieler, verstellte sich oft, in der Hoffnung, dass sie ihn weiter liebkosen würde, was er reichlich genoss. Jetzt fuhr sie mit der Hand tiefer bis zum Bauch, streichelte ihn ununterbrochen. Er drehte sich zur Seite und lächelte sie an. Ein untrügliches Zeichen, dass sein Bewusstsein an die Oberfläche gelangt war und er diesen Zustand mit tiefster Zufriedenheit empfand, nach mehr verlangte. Doch irgendwann reichte es Susanne. Waldemar sollte endlich aufstehen. Sie wollten noch eine Runde im Park drehen. Der tägliche Spaziergang gehörte zu ihrem Ritual. Zuvor wollte sie ihm noch das Rinderfilet braten, dass im Kühlschrank auf seine Verarbeitung wartete. Waldemar war ein Feinschmecker.

Sie rüttelte Waldemar an seiner Schulter: „Steh jetzt endlich auf, du Faulpelz. Du hast nun lange genug geschlafen." Waldemar richtete sich mit einem Schwung auf und küsste sie temperamentvoll. Susanne konnte sich seinen stürmischen Küssen nicht entziehen. Sie liebte ihren Schatz einfach zu sehr und er liebte sie.

Schließlich erhob sich Waldemar von der Couch und eilte Susanne voraus in die Küche, um endlich etwas in den Magen zu bekommen. Nachdem er das Filet verdrückt hatte, war er bereit für den Spaziergang im Park. Bellend, in freudiger Erwartung auf einen ausgedehnten Spaziergang, wo er überall fremde Gerüche erschnuppern konnte, lief der Rauhaardackel seinem Frauchen zur Wohnungstür voraus..

Geschichten von Gernot Heck

Teil 2

In den Sand gesetzt

Wir waren Freunde, Partner für einige Zeit gewesen. Nun war es vorbei. Ich konnte ihre affektierte, unnatürliche Art einfach nicht länger ertragen. Einverstanden, sie war eine bemerkenswert gute Schauspielerin, doch es fiel ihr schwer, zwischen ihren Rollen und dem wirklichen Leben zu unterscheiden. Irgendwie spielte sie immer eine Rolle, produzierte sie sich. Wo sie sich auch aufhielt, man hatte stets das Gefühl, als bewegte sie sich vor einer laufenden Kamera.

Dabei war sie wirklich gut, für eine Nebenrolle zu schade. Das war unter ihrer Würde. Und unter meiner Würde war es, sie noch länger um mich zu haben. Sie ging mir nur noch auf die Nerven, schon ihr Anblick machte mich aggressiv. Ihr ewiges Getue, was mir anfangs als ein Teil ihrer faszinierenden Persönlichkeit vorgekommen war, wirkte heute auf mich wie eine leere Hülle, wie billigste Show.

Natürlich schmeichelte es meiner männlichen Eitelkeit, dass sich der hoffnungsvolle Nachwuchsstar, dem man eine glänzende Karriere voraussagte, ausgerechnet mit mir, einem nur sporadisch beschäftigten Drehbuchautor, der das meiste für den Papierkorb schrieb, eingelassen und zum Lebensgefährten auf Zeit auserwählt hatte.

Für mich war sie eine doppelte Chance: Privat und beruflich. Privat bot sie mir alles, was eine aufregende Frau einem Mann bieten konnte und von ihrem Glamour färbte auch ein wenig auf mich ab. Und das war die berufliche Chance. Von unserer Liaison versprach ich mir ein paar Drehbuchaufträge mehr, die meiner chronisch schwachen Kassenlage gut tun würden.

Diese Rechnung war aufgegangen. Die Kämpfe auf der Besetzungscouch hatte sie alle überzeugend gewonnen, schließlich war sie hochbegabt. Während sie Film für Film die Erfolgsleiter empor kletterte, schrieb ich Buch um Buch und nicht zuletzt war es ihrem persönlichen Einsatz zu verdanken, dass sie nicht im Papierkorb landeten, sondern Abnehmer fanden und ordentlich Geld einbrachten. Ich machte mir damit einen guten Namen und plötzlich verdiente ich eine Menge Dollars. Jeder Dollar machte mich ein bisschen unabhängiger von ihr, bis ich schließlich hätte frei und unabhängig sein können. Ich brauchte sie nicht mehr.

Unsere gemeinsame Zeit war um. Aber ich war nicht frei. Ich hatte sie am Hals. Sie, die inzwischen jeden Star mit einem Fingerschnippen hätte haben können, die ihre Filmpartner nach Belieben aussuchen konnte, blieb bei mir und hatte einen Narren an mir gefressen.

Ich wollte kein Narr sein. Schon gar nicht ihrer. Sie schien nicht zu bemerken, meine Gefühle zu ihr hatten sich in den letzten Monaten drastisch verändert, aus heißer Liebe war eiskalter Hass geworden. Sie spielte eben ihre Rolle diszipliniert weiter und wenn wir zusammentrafen, hatte ich mehr denn je das Surren einer Kamera im Ohr.

Wozu eigentlich war ich ein erfolgreicher Drehbuchautor? Irgendwann reifte in mir der Entschluss, ihre Rolle umzuschreiben. Es würde kein Happyend für sie geben. Ich würde sie sterben lassen. Sie musste abtreten und ich würde das Drehbuch dazu schreiben und gleichzeitig die Regie führen.

Die gleißende Sonne von Malibu stand schräg am Himmel und blendete mich. Trotzdem sah ich Lena schon von weitem auf mich zukommen. Während die Strandjungs ihr staunend nachgafften und sie mit bewundernden Blicken verschlangen, schien sie nur Augen für mich zu haben. In perfekter Pose schritt sie durch den weißen Sand. In meinen Ohren rauschte es. Aber das kam nicht von den Wellen, die an den Strand schlugen, es kam vom Blut, das vor Aufregung durch meine Adern wallte.

Nicht sie brachte mich wegen ihrer noch immer erotischen Ausstrahlung in Wallung, das war lang vorbei. Nein, mein Plan war es, den es jetzt durchzuführen galt. Er war perfekt und alles würde sich vor hunderten von Zeugen abspielen, die hinterher bestätigen konnten, alles war ganz plötzlich und ohne mein Zutun geschehen. Die Zeitungen würden in großen Lettern von einer »Tragödie am Strand« berichten.

Mein Skorpion, einer von der tödlichen Sorte, den ich in einem Terrarium hielt, war wütend. Seit Tagen hatte er nichts zu Fressen bekommen, hatte ich ihn systematisch gestört, wenn er in seinen Ruhephasen war. Ich hatte ihn regelrecht aufgestachelt.

Jetzt saß er in der dunklen, engen Karton-Hülle eines Videobandes. Die Kassette war nicht ganz in die Hülle geschoben, so dass ihm ein Minimum an Platz geblieben war. Seine Laune hatte das nicht gebessert.

Ich nahm die Videokamera und begann, meinen Star zu filmen, der nur noch wenige Schritte von mir entfernt war. Lena lächelte hinreißend und legte ihre letzten Schritte mit betörender Anmut zurück. Elegant ließ sie sich auf dem weißen Sand neben der Strandmatte nieder und genoss ihren Auftritt.

Ich filmte weiter und sah durch den Sucher, dass ihr so vielen Menschen bekanntes Gesicht durch die extrem hellen Sonnenstrahlen einen leicht verfremdeten Ausdruck bekommen hatte. Plötzlich zeigte mir die Elektronik der Kamera das Ende des Films an. »Bleib so, wie du bist, ich möchte noch ein paar Aufnahmen von dir machen«, bat ich sie. »Nicht vom Fleck rühren«, wies ich sie wie ein Regisseur an und tastete nach der präparierten Videokassette.

Sie schloss die Augen und hielt ihr Gesicht in die Sonne. Das machte es mir leichter. So war es kein Problem, die bespielte Kassette aus der Kamera zu nehmen. Nur beim Herausziehen der neuen Kassette aus dem Cover musste ich verdammt vorsichtig sein. Ich legte sie ein und die Kamera surrte los.

Mit der freien Hand drehte ich die Hülle um und mein Skorpion, bis auf den Stachel gereizt, fiel heraus. Nach einer Schrecksekunde besann er sich seiner aggressiven Stimmung. Er kannte nur ein Ziel, nämlich das nächstgelegene, und das befand sich direkt vor ihm, nur wenige Zentimeter entfernt.

Ich hatte ihr Gesicht noch immer im Visier, als es passierte. Durch den Sucher sah ich, wie sie vor ungläubigem Erstaunen, das sich in Entsetzen verwandelte, die Augen aufriss. Sie stieß einen kurzen, spitzen

Schrei aus, der in ein röchelndes Wimmern überging, wand sich vor Schmerzen im Sand und die Kamera fing alles gnadenlos ein.

Ich musste schon ein paar mal kräftig zutreten, bis es mir gelungen war, den Skorpion im weichen, nachgiebigen Sand zu zermalmen. Auch wenn das undankbar war, er musste beseitigt werden. An der Schuhsohle meiner Strandschuhe klebend, würde er keine verräterischen Spuren hinterlassen. Bei der obligatorischen Autopsie würde der Arzt zu keinem anderen Ergebnis als »Tot durch plötzliches Herzversagen« kommen. Die Sonnenhitze hatte schon öfter solche Opfer gefunden.

Ich ließ den Auslöser der Kamera erst wieder los, als Lena sich nicht mehr rührte. Nach ihrer Zappelei im Sand sah sie aus wie ein paniertes Schnitzel, braungebrannt und genauso tot. Ganz Hollywood würde um sie trauern. Vielleicht würde man ihr kurzes aber vom Starruhm versüßtes Leben sogar verfilmen und ich könnte das Drehbuch dazu schreiben.

Die Polizisten waren entsetzt, als sie das Videoband ansahen und Lenas verzweifelte Zuckungen vorgeführt bekamen. Selbst diesen abgebrühten Profis widerfuhr es nicht alle Tage, dass sie einen Star sein Leben auf dem Bildschirm aushauchen sahen und es geschah nicht, weil die Filmrolle es so vorschrieb, sondern es war live. Wie gelähmt starrten wir auf die flimmernden Bilder von Lena, die in einer letzten Zuckung alle Viere von sich streckte.

Tief betroffen von dem herben Schicksal, dem Lena nicht entgehen konnte, bekam ich es in meiner Trauer zunächst gar nicht mit. Ich registrierte die neue

Situation erst, als Lena schon neben mir stand und tröstend den Arm um mich gelegt hatte. »Dabei habe ich Vanessa nur zu Dir an den Strand geschickt, weil sie mit einer Szene nicht zufrieden war und mit Dir sprechen wollte, ob Du die Rolle nicht umschreiben könntest. Jetzt werde ich mir wohl ein neues Double suchen müssen. Wird verdammt schwer werden, wieder jemanden zu finden, der mir so verblüffend ähnlich sieht wie eine Zwillingsschwester«, sagte sie ohne die geringste Spur von Mitleid für ihre dahingeschiedene Stellvertreterin in der Stimme.

»Stell Dir doch einmal vor, was alles hätte passieren können, wenn ich zum Strand gegangen wäre.« Lena lächelte vieldeutig. »Komm, lass uns nach Hause fahren, für heute hast Du genug Aufregung gehabt.« Es klang wie ein einstudierter Satz aus einem ihrer Filme.

Als sie mich aus dem Gebäude der Kriminalpolizei herausgeführt hatte, wurde mir erst so richtig klar, was geschehen war. Irgendetwas klebte an mir. Es war das Pech, es war Lena und es war der zermanschte Skorpion, der noch immer an meiner Schuhsohle klebte.

Einem guten Drehbuchautor muss immer etwas einfallen. Ich brauchte nicht lange und ein neues Drehbuch war in meinem Kopf entstanden. Schließlich hatte ich noch eine Schuhsohle frei und mein zweiter Skorpion würde ohnehin vor Alleinsein sterben. Da konnte er sich vor seinem Ableben ruhig noch einmal nützlich machen.

Unsere neue Waschmaschine hatte von Anfang an ihre Macken. Obwohl sie von einem bedeutenden deutschen Hersteller stammt, gibt sie uns regelmäßig Anlass, an der berühmten deutschen Ingenieurskunst zu zweifeln.

Bereits mehrfach mussten wir den Kundendienst der Firma in Anspruch nehmen, damit dieser die Maschine wieder zum Laufen brachte. Das Ergebnis war jedes Mal dasselbe. Nach ein paar Handgriffen des Mechanikers war die Fehlermeldung auf dem Display des Gerätes verschwunden und die Maschine lief wieder.

»Ich weiß nicht, was Sie anstellen, aber an der Maschine gibt es nichts auszusetzen. Sie arbeitet einwandfrei, sie müssen nur das Fusselsieb reinigen und es gibt keine Probleme«, sagte der Mann in leicht gereiztem Tonfall.

»Bei unserer letzten Maschine, die ebenfalls von ihrer Firma stammte, haben wir das nur ein paar Mal im Jahr gemacht, ohne dass es jemals zu irgendwelchen Komplikationen gekommen ist. Es kann doch nicht sein, dass es bei der neuen Waschmaschine notwendig sein soll, das Sieb nach jedem zweiten Waschgang zu reinigen. Ich konnte auch nicht erkennen, dass sich in dem Sieb, als sie es herausdrehten, Fussel oder sonstiger Dreck befand.«

»Was soll ich dazu sagen? Sie scheinen stark verschmutzte Wäsche zu waschen, sonst würde sich das Sieb nicht zusetzen«, war seine wenig überzeugende

Antwort, die mit keinem Wort auf meine Bemerkung, im Sieb hätte sich keine Verstopfung gefunden, einging.

Wie dem auch immer sei, unsere Waschmaschine lief seit dem letzten Einsatz des Kundendienstmechanikers schon ganze fünf Wäschen durch und wir hofften, das Problem sei jetzt endgültig gelöst.

Die nächste Wäscheladung befand sich gerade in der Maschine und ich wurde durch fürchterlich schrille Pieptöne, die mir nur allzu gut bekannt waren, aber nichts Gutes bedeuteten, alarmiert. Es folgte der Aufschrei meiner Frau »Nein, nicht schon wieder!« Verärgert stand ich von meinem Schreibtisch auf. Ich war gerade dabei, eine neue Geschichte zu verfassen und ließ mich dabei nur ungern stören.

Ich lief in den Waschkeller und mit jedem Schritt, mit dem ich mich ihm näherte, wurde das Gepiepe lauter und zerrte an meinen Nerven. Als ich schließlich vor der Maschine stand, las ich vom Display die Information F 128 ab, die nichts anderes bedeutete, als die sattsam bekannte Fehlermeldung Fusselsieb verstopft.

Das konnte doch nicht wahr sein! Schon wieder dieses verdammte Fusselsieb!

»Scheißmaschine«, fluchte ich laut und ging in die Knie, um die Klappe zu öffnen, hinter der sich das Teil befand. Ich drehte unter fortgesetztem Gefluche das Sieb heraus und im nächsten Augenblick traf es mich wie ein Schlag!

Das Wasser, das mir entgegenfloss, war blutrot! Tausend Gedanken schossen mir gleichzeitig durch den Kopf. Wo kam das Blut her? Während ich das Sieb weiter herausdrehte und der Schwall blutigen Wassers immer kräftiger wurde, spürte ich mit Erleichterung die Schnauze unseres Hundes an meinem Bein. Den Bruchteil einer Sekunde hatte ich schon gefürchtet, er könnte aus der ihm angeborenen Neugier versehentlich in die Waschmaschine geraten und durchgeschleudert worden sein.

Eben diese Neugier war es, die ihn veranlasste, jetzt mit seinen Pfoten durch die rote Brühe zu tapsen und mit der Nase daran zu schnüffeln. Ich konnte ihn nur scharf ermahnen, diesen Unsinn zu unterlassen, aber wirklich helfen tat das nicht. Unser Dackel hatte seine eigenen Vorstellungen.

Endlich hatte ich das Sieb komplett herausgedreht. Ich kniete in einer großen Lache blutigen Wassers und öffnete zusätzlich den Verschluss der Wasserablaufpumpe, was einen weiteren Schwall der roten Flüssigkeit zur Folge hatte.

»Um Himmels Willen, was ist denn hier für eine Schweinerei passiert, wo kommt denn das ganze Blut her?«, rief meine Frau, die plötzlich hinter mir im Waschkeller aufgetaucht war und entgeistert auf die Szenerie starrte, die sich ihren Augen bot.

»Tja, wir haben wohl eine Leiche im Keller«, antwortete ich ihr schlagfertig. Wiederwillig musste meine Frau in die Blutlache treten, um an den Türverschluss der Waschmaschine zu gelangen. Sie öffnete ihn und zog mit spitzen Fingern die in sich verschlungenen rot eingefärbten Wäschestücke heraus.

Als sie meine einstmals hellen Jeans in den Fingern hielt, konnte ich an deren Tasche einen großen, äußerst intensiven blutroten Fleck erkennen. Da fiel es mir wie Schuppen von den Augen.

Der Rötel! Jener Rotstift, mit dem ich manchmal meine Geschichten illustrierte. Ich musste ihn irgendwann in meine Hosentasche gesteckt und dort vergessen haben. Sicher bei einer dieser immer wiederkehrenden Störungen, die meine Arbeit unterbrachen und mich aus dem Konzept brachten.

Gerade eben zog meine Frau den übriggebliebenen Stummel des Rötels aus der Hosentasche und warf mir einen vernichtenden Blick zu. »Das ist ja mal wieder typisch für dich! Der zerstreute Herr Professor, und ich habe wieder die Arbeit.«

Ich verzichtete auf einen Kommentar und dachte mir meinen Teil. Lieber einen verwaschenen Rötel in der Hosentasche als eine Leiche im Keller.

Der Wespenbussard

Wie jeden Nachmittag ging Fraucke, sofern es das Wetter zuließ, mit ihrer kleinen Tochter Anna im Kinderwagen im Wald spazieren. Natürlich nicht mitten im Wald, sondern auf einem recht gut ausgebauten Weg in Waldrandnähe. Immer dabei war ihr schwarzbraun gefleckter Langhaardackel Effie, der sich immer auf diese Wanderung freute.

Zunächst ging Effie an der Leine brav neben dem Kinderwagen her, schließlich musste er Frauchen und Anna bewachen. Diese Aufgabe nahm er sehr ernst und wehe, es näherte sich ein anderer Spaziergänger den Dreien, dann konnte die Dackeldame recht ungemütlich werden. Sie knurrte drohend und zog die Lefzen leicht hoch, um ihre Zähne zu zeigen. Hatte der andere Spaziergänger die kleine Gruppe passiert, ohne ihr etwas zu tun, schaute Effie noch einmal zurück, um sicherzugehen, dass die Bedrohung durch einen Fremden wirklich schadlos vorbeigegangen war.

Bei anständigem Wetter, wenn der Waldweg halbwegs trocken und kein anderer Mensch zu sehen war, dann befreite Fraucke das Tier auch schon einmal von der Leine und ließ es frei laufen, was dem Hund eine ganz besondere Freude war. Bisher war das immer gutgegangen und Effie hatte, ganz untypisch für einen Dackel, stets Frauckes knappe Anweisungen befolgt. Wenn sie nach ihm rief, stand er kurz darauf bei Fuß.

Wenn sie zuhause waren, verhielt er sich oft ganz anders. Da musste sie ihn mehrfach rufen, bis er endlich widerwillig gehorchte. Er hatte viel zu viel Unsinn im Kopf, um sich um irgendwelche Befehle seines Frauchens zu scheren. Es gab so unendlich viel durcheinander zu bringen, da war er zu beschäftigt, um sofort zu parieren.

Das hatte Fraucke manchmal an den Rand des Wahnsinns getrieben, da er ihr neben dem ständigen Kümmern um ihre kleine einjährige Tochter jede Menge zusätzlicher Arbeit verschaffte. In Kurzmitteilungen über ihr Handy hatte sie mehrfach geschrieben, sie wünschte, dass Effie vom Wespenbussard geholt werden würde, damit sie vom Arbeitsbeschaffer erlöst sei. Natürlich war das nicht ernstgemeint, sie liebte den Hund viel zu sehr, um ihn herzugeben, aber manchmal war sie von ihm eben ziemlich genervt. Trotzdem endeten ihre Mitteilungen immer mit zwei lustigen Smileys, einer Wespe und einem Bussard.

Jetzt war der Waldweg frei. Soweit Fraucke sehen konnte, war kein anderer Wanderer in Sicht. Sie rief nach Effie, die an der ausziehbaren Leine ein ganzes Stück vorausgelaufen war, zu sich. Der Hund war sofort bei ihr, er wusste, was dieser Ruf bedeutete. Fraucke ließ den Kinderwagen einen Augenblick los, bückte sich und löste den Karabinerhaken vom Halsband. Effie war frei. Aufgeregt lief sie davon, die Nase kurz über dem Boden. Sie schnüffelte im Laub, blieb hier und da stehen, um im nächsten Moment wieder davon zu schießen. Sie genoss ihr Hundeleben und im Übereifer entfernte sie sich so weit, dass sie bereits hinter der nächsten Wegbiegung verschwunden war und Fraucke sie nicht mehr sehen konnte. Dann rief sie nach ihr und sie kam zurück.

Effie kam um die Biegung herum und raste mit fliegenden Ohren auf Fraucke und ihr Töchterchen zu. Da geschah es! Es raschelte plötzlich und aus dem Dickicht hoppelte ein Kaninchen. Es verharrte einen Augenblick am Wegrand, nahm den Hund wahr, um, erschrocken vom Anblick und Gefahr witternd, quer über den Weg zu rennen. Es wollte sich wieder im Wald verstecken.

Die Dackeldame bremste kurz ab, schlug einen Haken, als wäre sie selbst ein Hase, begann lauthals zu bellen und raste dem Kaninchen hinterher. Ihr angeborener Jagdtrieb war erwacht. Nach wenigen Sekunden war sie im dichten Wald verschwunden. Fraucke, die von der so plötzlich veränderten Situation selbst überrascht war, brauchte einen Moment, um zu reagieren.

»Effie, kommst du sofort hier her!«, rief sie, doch nichts tat sich. Sie wiederholte ihren Ruf mehrfach und wurde dabei immer lauter. Keine Reaktion, ihr Hund war verschwunden, irgendwo im Wald auf der Jagd nach einem Kaninchen. Verdammt, was sollte sie nun tun?

Sie konnte ihre Tochter, die friedlich im Kinderwagen lag und schlummerte, nicht hier im Wald alleine lassen. Aber sie musste ihren Hund wieder finden, konnte aber mit ihrem Gefährt nicht in den Wald hineinfahren, dafür war das Gestrüpp viel zu dicht. Frauckes Aufregung steigerte sich sekündlich. Ihre Ratlosigkeit ebenso. Weder Tochter noch Hund konnte sie im Stich lassen. Sie wollte noch einmal nach ihrem abgängigen Dackel rufen, aber das laute Schreien hatte ihren Stimmbändern so zugesetzt, dass nur noch ein heiseres Krächzen aus ihrer Kehle drang.

Es gab für sie nur eine Entscheidung. Sie musste zu allererst ihre Tochter in Sicherheit bringen. Hoffentlich war ihre freundliche Nachbarin daheim und konnte sich um sie kümmern. Die beiden kamen eigentlich immer gut miteinander aus. Erst dann konnte sie sich aufmachen und nach ihrem verschwundenen Hund suchen. Wie sollte sie ihn finden? Eigentlich kannte Effie den Wag nach Hause, aber sie war ja von Weg abgebogen und tief in den Wald hinein gerast. Dort war sie noch nie zuvor gewesen. Und selbst wenn sie den Heimweg fände, sie müsste dazu mehrfach stark befahrene Straßen kreuzen, um zu ihrem Haus zu gelangen. Wie sollte sie das schaffen, ohne dass sie unter eines der Autos geriet?

Verzweifelt stand Fraucke auf dem Waldweg und drehte den Kinderwagen in die andere Richtung, um ihrerseits den Heimweg anzutreten. Sie musste sich beeilen. Mit jeder Minute, die verging, entfernte sich ihr Hund noch weiter von ihr weg. Im Dauerlauf schob sie den Kinderwagen vor sich her, was auf dem unebenen Weg eine mühsame Angelegenheit war. Ihr Atem ging stoßweise, sie schnappte nach Luft, trat in Pfützen und verdreckte sich ihre Jeans und die Schuhe, aber das war jetzt egal. Endlich hatte sie ihre Straße und ihr Haus am Waldrand erreicht. Sie klingelte bei der Nachbarin, erklärte ihr atemlos die Situation. Die freundliche Frau verstand sofort und nahm den Kinderwagen nebst Töchterchen Anna im Empfang. Fraucke wusste, sie bei ihr in den besten Händen.

Kaum hatte sie ihre Tochter sicher untergebracht, hastete sie wieder zurück in Richtung Wald. Diesmal ging das leichter, sie musste nicht auch noch den Kinderwagen schieben. Sie hatte bald die Stelle im Wald erreicht, an der Effie von Weg abgewichen war und sich auf die Verfolgung des Kaninchens gemacht hatte.

Von ihrem Vierbeiner war nichts zu sehen. Ein erneuter Versuch, nach ihrem Hund zu rufen, scheiterte. Ihre Stimmbänder verweigerten ihren Dienst. Was sollte sie nur tun? Wie sollte sie in diesem dichten Wald nach dem Tier suchen, ohne sich selbst zu verlaufen? Langsam fühlte sie Panik in sich aufsteigen.

Gerade als sie den Entschluss gefasst hatte, dass Risiko einzugehen und sich in den Wald zu begeben, nahm sie ein sich aufgeregt anhörendes Geräusch war. Sie brauchte einige Zeit, um sich zu orientieren, bis sie schließlich festgestellt hatte, woher es kam. Ein schriller Ruf Yyiiiihää erklang hoch über ihrem Kopf. Sie blickte nach oben. Dort, mitten über dem Waldweg, stand ein großer Vogel in der Luft. An dem typischen Muster und der Färbung des schönen Federkleides erkannte Fraucke sofort, dass es sich um einen Wespenbussard handeln musste.

Ein Wespenbussard? Ausgerechnet jener Vogel also, den sie sich so oft im Scherz herbeigewünscht hatte, um ihren Dackel loszuwerden? Das konnte doch nicht sein! Aber es war so. Der Vogel rief immer eindringlicher sein Yyiiiihää und stand nun nicht länger fest an einer Stelle am Himmel, so als wollte er sich im nächsten Augenblick herabstürzen, er begann Kreise zu ziehen. Oder waren es Ovale? Die Flugbahn ging immer deutlicher hin in eine bestimmte Richtung und der Vogelruf klang jetzt wie eine Aufforderung, ihm zu folgen.

Das konnte doch nicht sein! Wollte etwa der Raubvogel, der im Scherz ihren Hund holen sollte, sie jetzt im Ernst zu ihm hinführen? So etwas gab es doch gar nicht. Doch der Vogelruf wurde immer lauter, eindringlicher, auffordernder. Fraucke konnte sich ihm nicht länger entziehen. Wider jede Vernunft lief sie los, immer in die Richtung, die ihr der Vogel vorzugeben schien. Bereits nach wenigen Metern hatte sie den Wespenbussard aus den Augen verloren. Die Kronen der Bäume standen so dicht zusammen, dass ihr die Sicht auf den Himmel genommen war.

Doch sie hörte ihn rufen. Das Yyiiiihää war ihr immer ein paar Schritte voraus und wenn sie die Richtung, in die sie laufen musste, verloren hatte, kam der Ruf von der Seite, in die sie sich bewegen musste. Fraucke hatte längst alle Orientierung verloren. Sie verließ sich ganz auf ihren Vogel-Lotsen und stolperte auf dem feuchten Waldboden voran. Sie verfluchte die quer liegenden, abgebrochenen und verdorrten Äste, die ihr im Weg lagen und in denen sich ihr Schuhwerk mehr als einmal verfing, was sie beinahe zu Fall gebracht hätte.

Sie hätte nicht sagen können, wie lange sie nun schon dem unaufhörlich rufenden Wespenbussard gefolgt war. Neben der Orientierung hatte sie auch jedes Zeitgefühl verloren und ihr wurde allmählich kalt, zumal kein Sonnenstrahl den Waldboden hier traf.

Plötzlich registrierte sie mehr im Unterbewusstsein, irgendetwas hatte sich verändert. Na klar, der Ruf des Vogels war nicht mehr zu hören. Fraucke erschrak. Was sollte sie jetzt tun? Ihre Aufmerksamkeit wurde jetzt von einem unerwarteten Rascheln gefordert. Sie blickte in die Richtung, aus der sie das Geräusch zu hören geglaubt hatte. Und das sah sie es! Durch die Äste der hohen Bäume segelte geschickt ein Vogel zu Boden. Es war der Wespenbussard, der wenige Meter neben ihr landete. Der Vogel stelle sich steil auf und sah sie durchdringend mit den Augen eines Räubers an.

Fraucke konnte sich diesem Blick nicht entziehen, er war magisch. Jetzt tippelte der Wespenbussard ein paar Hüpfer zur Seite und hob einen Flügel an. Es kam ihr vor, als wollte er ihr zeigen, dort musst du hin. Sie nahm ein anderes Geräusch wahr, ein leises Wimmern, ein Jaulen. Vor ihr lag, ein paar Meter entfernt, ein dichtes Gestrüpp aus Brombeerhecken. Sie ließ sich auf ihre Knie fallen und sah noch einmal zu dem Vogel. Der bewegte seinen Kopf, also wollte er ihr zunicken.

Auf allen Vieren robbte Fraucke voran. Das Winseln wurde ein bißchen lauter und die Hecke immer dichter. Die Dornen verfingen sich in ihren Jeans, sie riss sich die Hände auf, aber sie verspürte keinen Schmerz. Als sie ein ganzes Stück weiter gekrochen war, erklang ein klägliches, kurzes Bellen. Effie! Sie war hier!

Mühsam wand sich Fraucke weiter vorwärts. Sie streckte ihrem Arm aus, tastete den Boden ab und ihre Hand griff in etwas Wuscheliges. Es war Hundefell und jetzt sah sie es auch: Es war schwarzbraun. Es hing an einem großen Heckendorn und war aus dem Körper herausgerissen.

Fraucke konnte sich in der dichten Hecke nicht aufrichten, um besser nach Effie zu suchen. Sie tastete sich weiter vor und ihre Finger stießen plötzlich auf etwas Warmes. Es war wieder Hundefell, doch diesmal mit Hund daran. Effie stöhnte auf und drückte sich der Hand entgegen. Fraucke musste zahlreiche Ranken der Brombeeren beiseiteschaffen, um den winselnden Hund, der sich bei seiner Verfolgungsjagd heillos in der dichten Hecke verfangen hatte, zu retten. Alleine wäre er hier niemals mehr herausgekommen. Er war verletzt und blutete nicht nur an der Stelle, an der er sich das Fell herausgerissen hatte.

Fraucke hatte viel zu tun, um den entkräfteten Hund vorsichtig aus seiner Falle zu befreien. Endlich hatte sie es geschafft. Sie war aus dem Gestrüpp heraus und konnte sich wieder aufrichten. In ihren Armen hielt sie Effie, die sie aus traurigen Augen ansah. Als Fraucke in diese Augen sah, fielen ihr wieder die durchdringenden Augen des Wespenbussards ein, der sie hierher geführt hatte.

Wo war er geblieben? Wie sollte sie jetzt, mit dem verletzten Hund auf den Armen, wieder den Weg aus dem dichten Wald heraus finden?

Als könne er Gedanken lesen und verstehen, dass man ihn wieder brauchte, machte sich der Raubvogel bemerkbar. Über den Wipfeln der Bäume war erneut das Yyiiiihää zu hören. Das durchdringende Geräusch, das jetzt nicht mehr so aufgeregt klang, leitete sie durch den Wald bis hin zu dem Weg, an dem Effie, vom Jagdfieber gepackt, dem Kaninchen in den Wald gefolgt war.

Unverzüglich begab sich Fraucke auf den Heimweg. Der Wespenbussard war, genauso überraschend wie er vor zwei Stunden aufgetaucht war, wieder verschwunden. Der Hund auf ihren Armen schien immer schwerer zu werden. Er winselte ab und zu, die Fleischwunde schien ihm mächtig wehzutun.

Zuhause angekommen, war Töchterchen Anna bereits im Haus. Die Nachbarin hatte sie bei Nico, Frauckes Ehemann abgeliefert, als sie gesehen hatte, dass dieser von der Arbeit heimgekehrt war. Fraucke setzte Effie im vertrauten Garten ab, damit er sich von dem Erlebten beruhigen konnte, bevor sie mit ihm zum Tierarzt fahren wollte. Im Dämmerlicht der hereinbrechenden Nacht hatte sie sich für einen winzigen Augenblick eingebildet, am Himmel einen Kreise ziehenden Wespenbussard zu sehen. Aber das war sicher nur Einbildung und ihren strapazierten Nerven geschuldet.

Fraucke hörte Nico aus der Küche rufen. »Komme rein, ich habe uns etwas zum Essen gemacht, du wirst Hunger haben.«

»Was gibt es denn Gutes?«, wollte Fraucke wissen.

Nico antwortete kurz und trocken: »Kaninchen-Eintopf.«

Man schrieb das Jahr 1963. Es war in der Vorweihnachtszeit, an einem kühlen und windigen Wintertag. Vom Himmel fiel Schneeregen. Der Wind blies teilweise so heftig, dass er sich Eintritt in die Ärmel eines weißen Wettermantels verschaffen konnte. Dieser Mantel war zwar schwer und vor allem wasserdicht, aber dem Wind bot er kaum Widerstand. Erst recht nicht, wenn sein Träger die Arme ausgestreckt in der Waagrechten hielt.

Der Mantel wurde von Wachtmeister Haas getragen, der auf dem Marktplatz in Offenbach seinen Dienst tat. Auf jenem seltsamen Platz, auf dem trotz seines Namens noch niemals ein Markt stattgefunden hatte. Dafür gab es den Wilhelmsplatz, der wenige hundert Meter vom Marktplatz entfernt lag. Warum das so war, blieb eine der vielen Offenbacher Ungereimtheiten.

Der Platz war ein Verkehrsknotenpunkt, falls man zu diesen Zeiten einen solchen Ausdruck überhaupt kannte. Hier trafen unter anderem die Frankfurter-, die Schloß-, die Bieberer-, die Geleit- und die Waldstraße zusammen. Es herrschte also ein ganz schöner Betrieb an dieser Stelle.

Hinzu kamen die Haltestellen von O-Bussen und Straßenbahnlinien, unter anderem die berühmte Linie 16, die von Offenbach ins verfeindete Frankfurt fuhr. Wo die beiden Stadtgebiete ineinander übergingen, musste ein neuer Fahrschein beim Schaffner gelöst werden, denn es gab zwei unterschiedliche Tarife.

Die Haltestelle, an der das zu geschehen hatte, hieß noch immer Landesgrenze, obwohl es diese seit undenklichen Zeiten nicht mehr gab. Aus alter Offenbacher Tradition heißt der Bach, der an dieser Stelle in Kanalrohren unter der mit Basaltsteinen gepflasterten Straße verlief, auch heute noch konsequenterweise Grenzgraben.

Mitten auf dem Marktplatz stand also Wachtmeister Haas auf einem kleinen Podest und versuchte, irgendwie Ordnung in den aus allen Richtungen fließenden Verkehr zu bringen. Haas war eine Offenbacher Institution. Ein jeder Autofahrer oder Fußgänger kannte ihn und das eiserne Regiment, das er führte.

Es war jedem Verkehrsteilnehmer angeraten, sich nicht mit ihm anzulegen, denn er kannte keine Gnade, wenn einer nicht so spurte, wie er sich das vorstellte. Da konnte es auch schon mal passieren, dass er nach mehreren schrillen Pfiffen aus seiner Trillerpfeife jemanden, der sich nicht nach seinen Anweisungen gerichtet hatte, zum Stoppen brachte.

Haas verließ dann gewichtigen Schrittes sein Podest, lief zu dem Sünder hin und verpasste ihm, wenn er übel gelaunt war, ein sogenanntes Knöllchen, ein Verwarnungsgeld. Es betrug 5 Deutsche Mark, für damalige Verhältnisse viel Geld. Aber meistens war Haas gut gelaunt und relativ gnädig, wenn ein Sünder sein Fehlverhalten eingesehen hatte.

Jetzt, in der Vorweihnachtszeit, war seine Laune ganz besonders gut. Er freute sich über die Autofahrer, die während er mit ausgestreckten Armen den Verkehr regelte, ganz dicht an sein Podest heranfuhren und ihm eine kleine, meist hübsch verpackte Aufmerksamkeit zukommen ließen. Sie war als Dank dafür gedacht, dass er ein weiteres Jahr den Verkehr sicher geregelt hatte.

Je näher Weihnachten rückte, umso größer wurde der Stapel an Geschenken, die rund um das Podest aufgereiht standen. Es war auch schon vorgekommen, dass eine Straßenbahn anhalten musste, weil die Päckchen in den Schienenbereich hineinragten und sie sonst unter die Räder geraten wären.

Ich fuhr mit meinem Freund Heinz in dessen 1957er Opel-Kadett von der Waldstraße in Richtung Marktplatz. Heinz, der das Fahrzeug steuerte, grinste vor sich hin. Was ihn so vergnügt machte, wollte ich von ihm wissen.

»Ich will mal unser Häschen ein bißchen ins Rennen bringen,« meinte Heinz. »Hier in der Tüte ist ein kleines Weihnachtsgeschenk, das er sich aber erst verdienen muss.«

»Was hast du vor? Mach' keinen Quatsch! Du weißt, dass der Haas recht ungemütlich werden kann, wenn man ihn ärgert«, warnte ich Heinz, von dem ich wusste, dass er immer den Kopf voller Unfug hatte.

»Jetzt pass genau auf, es wird lustig werden«, war seine Antwort.

Er steuerte den Wagen durch den Schneematsch ganz dicht an das Podest heran und stoppte. Mit einer Handkurbel versenkte er die Seitenscheibe im Türrahmen. Ein Griff neben den Hebel der Handbremse und er zog einen Beutel heraus, in dem sich wohl eine Flasche befand.

Wachtmeister Haas stand auf seinem Sockel und zeigte uns seine schmale Seite. Seine Arme waren stramm ausgebreitet, das Signal für freie Fahrt für unsere Richtung. Der Wind pfiff durch die Ärmel seines Mantels. In diesem Augenblick sah er aus wie die Reklamefigur eines französischen Reifenherstellers.

Heinz bugsierte den Beutel samt Inhalt durch die Scheibe nach draußen und streckte ihn dem Wachtmeister entgegen. »Hallo Jägermeister, hier ist eine kleine Aufmerksamkeit.«

Um zu verstehen, was nun folgte, muss erwähnt werden, dass die hessischen Polizeibeamten zu dieser Zeit grüne Uniformen trugen. Die konnte man jetzt unter dem schweren Mantel zwar nicht sehen, aber das Stückchen Hosenbein, das herauslugte, war unverkennbar grün. Nicht umsonst nannte man die Polizisten damals die Grünen, was heute eine ganz andere Bedeutung hat.

»Wieso Jägermeister? Was soll das«, donnerte es von oben herab. Haas bückte sich tief von seinem Podest herab und sein Gesicht erschien vor dem Seitenfenster. Beinahe wäre ihm die Polizeimütze vom Kopf gefallen.

»Na ja, ich dachte, grüne Flasche zu grüner Flasche«, reizte Heinz den Beamten und ich glaubte, mir bliebe die Luft weg vor so viel Unverfrorenheit.

Der Wachtmeister machte einen verblüfften Eindruck und stand einen winzigen Augenblick wie festgenagelt. Diesen Moment nutzte Heinz und gab Gas. Er steuerte den Kadett wieder in die Fahrbahnmitte, frei nach dem Motto *Und ab durch die Mitte*.

Mit zwei Dingen hatte Heinz aber so nicht gerechnet. Er hatte den Wagen kaum auf Tempo gebracht, da musste er scharf abbremsen, da Fußgänger die Fahrbahn überquerten. Es fehlte eben an Wachtmeister Haas, der den Verkehr gerade nicht regeln konnte und die Fußgänger hatten die Verkehrslücke für sich ausgenutzt.

Der zweite Punkt aber war, dass Haas nach Ausstoßen etlicher schriller Pfiffe die Verfolgung unseres Autos aufgenommen hatte. Die unverschämte Bemerkung zum Jägermeister hatte ihm zum Meisterjäger gemacht. Er jagte uns hinterher. In erstaunlichem Tempo, dass er trotz seines hinderlichen, unförmigen Mantels anschlug, holte er mächtig auf, wobei ihm zu Gute kam, dass die Fußgänger Heinz am Weiterfahren hinderten . Nach wenigen Augenblicken war er am Kadett angelangt und riss die Tür auf.

»Dich kenne ich doch, du Bürschchen. Das war eben Beamtenbeleidung und dafür musst du büßen! Ich verdonnere dich zu Sozialarbeit. An zwei Samstagen hintereinander erscheinst du nachmittags in der Schillerschule und hilfst mir beim Aufbau eines Übungsparcours zur Verkehrserziehung von Schulkindern. Wie ein solches hast du dich gerade eben erst benommen. Und versuche erst gar nicht, mit mir zu debattieren, ob ich dazu befugt bin oder nicht, sonst müsste ich mal mit deinem Vater reden.«

Heinz leistete seine Stunden Sozialarbeit ohne zu murren ab. Ich leistete ihm dabei Gesellschaft. Im Übungsparcour war auf einer mit Kreidestrichen künstlich markierten Kreuzung ein Podest aufgestellt. Auf ihm stand Wachtmeister Haas und regelte den Verkehr.

Zwei Jahre später wurde für den Verkehrsknotenpunkt Marktplatz eine moderne Ampel - oder wie es so schön heißt - Lichtzeichenanlage eingeführt. Danach haben wir Wachtmeister Haas, der eine Respektsperson und trotzdem ein Gemütsmensch war, nie wiedergesehen.

Lose Hose

Einmal mehr war ich in meinem Lieblings-Baumarkt. Ich hatte einige Dinge zu besorgen. Das Haus und der 700 qm große Garten erforderten dort regelmäßige Besuche. Ich war seit vielen Jahren Stammkunde. Diesmal sollte ich auf Wunsch meiner Frau einen Brenner besorgen, den man an eine Gasflasche anschließen kann. Mit Hilfe dieses Gerätes sollte das Unkraut bekämpft werden, das sich in unschöner Regelmäßigkeit in der Gosse der Straße vor unserem Haus ausbreitete. Auch in den Fugen zwischen den Steinen unserer Gartenwege und auf dem langen Gang zur Haustür wucherte dieses Grünzeug, über das man mit herkömmlichen Mitteln nicht mehr Herr werden konnte. Nicht ohne Grund gibt es den bekannten Gärtnerspruch: *Wenn nichts wächst, das Unkraut wächst immer.* Neben dem Brenner erwarb ich noch etlichen Kleinkram wie eine Flasche Grundreiniger für Natursteine, mit denen unsere Terrasse belegt ist und die deutliche Spuren vom vielen Grillen zeigten. Außerdem lagen ein paar Arbeitshandschuhe, eine Rolle Bindedraht, eine Ersatzflasche für ein kleineres Gasbrennermodell sowie ein Besen in meinem Einkaufswagen. Geduldig stand ich in der Warteschlange an und fragte mich, wieso in dem Baumarkt so viel Personal scheinbar ziel- und planlos herumlief, aber anscheinend niemand sich zuständig fühlte, die zweite Kasse zu besetzen. Als ich endlich an der Reihe mit dem Bezahlen war, legte ich die Gegenstände, die ich zu erwerben gedachte, auf das Laufband. Die Kassiererin ließ eine Scannerpistole die jeweiligen Markierungen einlesen und nannte mir den Betrag, den ich zu zahlen hatte. Ich holte meine Kunden- und meine EC-Karte aus dem Portemonnaie, die ebenfalls eingelesen wurden. Nun hatte ich nur noch eine Unterschrift zu leisten, die erworbenen Waren wieder in den Einkaufswagen zurückzulegen, dann konnte ich, begleitet von einem freundlichen *Einen guten Tag noch*, den Baumarkt wieder verlassen.

Ich schob den Wagen über den Parkplatz zu der Station, in der die Wagen, einer in den anderen eingeschoben, untergebracht waren. Die eingekauften Dinge entnahm ich meinem Wagen und schob ihn in die Reihe der wartenden anderen. Die Entnahme des Chips, den man zurück erhielt, wenn man den Wagen mit dem Vorderwagen mittels einer Kette verbunden hatte, gestaltete sich etwas umständlich und schwierig, da ich eigentlich beide Hände voll hatte und der Gasbrenner sperrig verpackt war. Die Kartonage, an der er mit nicht weniger als neun Kunststoff-Kabelbindern befestigt war, war deutlich größer, als das Gerät. Irgendwie bekam ich das hin und fummelte den Chip aus dem Schlitz. Ich fluchte innerlich über die Unsitte, viele Waren so aufwendig zu verpacken, was überhaupt nicht notwendig war. So produzierte man überflüssigen Müll, der hinterher nicht nur die Meere verseuchte. Ganz gewiss bin ich kein Grüner, aber ich war, was den Naturschutz anbelangte, schon grün, als es die Partei der Grünen noch längst nicht gab. Voll bepackt verließ ich die Wagenstation und wollte in Richtung meines Autos laufen, das vier Parkplatzreihen entfernt abgestellt war. Da spürte ich es! Meine Hose begann langsam aber stetig über die Hüften zu rutschen. Verdammt, ich hatte doch den Dorn der Gürtelschnalle in das letzte Loch des Gürtels gesteckt und dennoch rutschte die Hose immer weiter nach unten. Ich hatte in den vergangenen drei Monaten, obwohl ich schon immer schlank war, etwas mehr als 10 Pfund an Körpergewicht eingebüßt. Sicher eine Nebenwirkung des Medikamentes, das ich seit dieser Zeit einnehmen musste. Meine Hosen schlotterten an mir herum, was meine Frau zu der Bemerkung veranlasste *Du hast überhaupt keinen Hintern mehr in der Hose.* Hintern hin - Hintern her, das war im Augenblick meine geringste Sorge. Vielmehr war ich damit beschäftigt, irgendwie zu verhindern, dass meine Hose komplett über die Hüften rutschte. Ich versuchte schneller zu laufen, um zu meinem Wagen zu kommen, doch das stellte sich ganz rasch als kontraproduktiv heraus. Ich war nur noch wenige Meter von meinem Auto entfernt, da passierte es. Mitten auf der Straße, die als Ausfahrt des Parkplatzes diente, machte meine Hose einen weiteren Rutsch nach unten, über die Hüften hinweg. Beinahe wäre ich der Länge nach hingestürzt. Ich ließ alles, was ich in meinen Händen trug, fallen. Mit einem aufdringlichen Scheppern knalle der Gasbrenner auf den Asphalt. Die Flasche Steinreiniger folgte und diesmal war ich der Kunststoffverpackung dankbar, denn wäre die Flasche aus Glas gewesen, sie wäre in tausend Stücke zersprungen und hätte den giftigen Inhalt auf der Straße verteilt.

Durch den scheppernden Aufschlag des Brenners waren die anderen Menschen auf dem Parkplatz auf mich aufmerksam geworden. Ich musste für sie ein lächerliches Bild abgeben. Um mich herum lagen die von mir erworbenen Dinge auf dem Boden. Ich stand mitten drin, untenherum nur noch mit der Unterhose bekleidet. Meine Jeans lagen am Ende meiner spindeldürren Beine auf meinen Knöcheln. Ich hörte einige Leute lauthals lachen, andere schüttelten nur mit dem Kopf über diesen Exhibitionisten, eine in der Nähe stehende Frau nahm den Daumen nach oben und rief *Zugabe*! Meine Güte, war mir das peinlich- und doch irgendwie auch lustig. Ich entschloss mich dazu, nicht zu fluchen, sondern ganz einfach nur zu lachen. Ich bückte mich, packte den Hosenbund und zog die Jeans mühsam wieder nach oben. Dann hob ich meinen Einkauf Stück für Stück auf und brachte ihn zu meinem Wagen. Mit einer Hand hielt ich sicherheitshalber meinen Hosenbund fest. Diese Panne sollte sich nicht wiederholen. Die anderen Menschen auf dem Parkplatz entsannen sich darauf, weshalb sie eigentlich da waren und gingen wieder ihrer Wege. Als ich alles in meinem Auto verstaut hatte und hinter dem Steuer saß, ging mir nur eines durch den Kopf: *Besser die Hose verloren als den Verstand!*

Ralf Bender war müde. Er fühlte sich ausgelaugt, mit seinen Kräften am Ende. Die vielen Stunden Nachtarbeit, die er in den letzten Monaten zusätzlich im Labor geleistet hatte, waren nicht spurlos an ihm vorbeigegangen.

Seit ein paar Wochen litt er unter Depressionen. Jetzt hatte es also auch ihn erwischt, was nicht einer gewissen Ironie entbehrte, denn eigentlich war es seine Aufgabe, Depressionen zu bekämpfen. Als Chemiker eines großen Pharma-Konzerns war er mit der Entwicklung von neuen, hochwirksamen Psycho-Pharmaka beauftragt. Mit diesen Drogen sollten die sich rapide ausbreitenden seelischen Erkrankungen eingedämmt werden, unter denen die Menschheit zu leiden hatte.

Er sollte ein Medikament entwickeln, wie es die Zeit, in der er lebte, verlangte. Überall im Land herrschte tiefste wirtschaftliche Rezession. Die fetten Jahre des Wirtschaftswunders, der scheinbar unbegrenzten Zuwachsraten, waren unwiderruflich vorbei. Die Wirtschaft befand sich nun seit Jahren in einer rasanten Talfahrt und keiner der hochgeschätzten Konjunktursachverständigen konnte ein Ende der Durststrecke absehen.

Über 6,5 Millionen Menschen waren ohne Arbeit und damit auch ohne nennenswertes Einkommen. In einem halben Jahr würde die Zahl die Siebenmillionen-Grenze überschreiten. Der wirtschaftliche Verfall schien unaufhaltsam. Politiker aller Parteien stritten um Patentrezepte, wohl wissend, dass es keine gab, um die Lage wenigstens ein wenig zu stabilisieren.

Besonders verheerend wirkte sich die hohe Jugendarbeitslosigkeit aus. Die jungen Menschen kamen von den Schulen und Universitäten und fanden keine Arbeits- oder Ausbildungsplätze. Jetzt, wo die Zeit gekommen war, das Erlernte in der Praxis anzuwenden, gab ihnen niemand eine Chance.

Was blieb, war Frustration. Die orientierungslos gewordenen Jugendlichen lungerten auf den Straßen herum, hockten in Discotheken, ließen sich mit billigem Alkohol vollaufen oder nahmen gefährliche Drogen, um der trostlosen Wirklichkeit zu entfliehen. Für ein bißchen vermeintliche Glückseligkeit ruinierten sie ihre Gesundheit und verschleuderten damit das einzige Kapital, über das sie verfügten, ihre Jugend.

Nicht viel anders erging es den älteren Arbeitnehmern, die dreißig oder mehr Berufsjahre hinter sich gebracht hatten, um dann plötzlich arbeitslos zu sein. Sie wussten nicht, wie sie ihre Familien ernähren und die eingegangenen finanziellen Verpflichtungen erfüllen sollten, die sie vor Jahren im Vertrauen auf eine gesicherte Zukunft eingegangen waren. Jetzt auf einmal waren sie nutzlose Mitglieder der Gesellschaft.

Jung und Alt teilten plötzlich dasselbe Schicksal. Der Generationskonflikt, der einen immer tieferen Graben zwischen ihnen aufgeworfen und zur totalen Entfremdung geführt hatte, war durch gemeinsame Probleme zugeschüttet worden. Arbeitslosigkeit und eine weitgehend zerstörte Umwelt, das waren die Themen der Stunde.

Zusammen ging man auf die Straße und demonstrierte gegen die Massenarbeitslosigkeit und eine weitere Zerstörung der Umwelt. Nach wenigen erfolglosen Wochen begannen die zunächst friedlichen Demonstrationen auszuarten. Es kam zu Auseinandersetzungen und Tätlichkeiten. Geschäfte, besonders Apotheken, wurden geplündert. Den Gewerkschaftsfunktionären, die sich, obwohl sie zu einem beträchtlichen Teil die Mitschuld am wirtschaftlichen Desaster trugen, an die Spitze der Demonstranten gestellt hatten, war die Entwicklung längst aus den Händen geglitten.

Niemand nahm ihnen ab, dass sie sich für die berechtigten Interessen der Arbeitnehmer einsetzten. Ihre Redner wurden ausgebuht und niedergeschrien. Das Heer der Arbeitslosen hatte begriffen, dass es nicht zuletzt der maßlosen Politik der Gewerkschaften zuzuschreiben war, dass so viele Arbeitsplätze wegrationalisiert worden waren. Mit ihren ständigen Forderungen nach weiteren »Verbesserungen« für die Arbeitnehmer, höheren Einkommen bei niedrigerer Arbeitsleistung, hatten die Gewerkschaften schließlich dafür gesorgt, dass die Produktionskosten in Dimensionen vorgestoßen waren, die der Wirtschaft die Basis ihrer Wettbewerbsfähigkeit entzogen hatte.

Die Menschen taumelten zwischen Depression und Aggression. Sie zogen auf die Straßen, um dort in ihrer Wut und Enttäuschung auf ihre verzweifelte Situation aufmerksam zu machen. Immer öfter kam es zu schweren Ausschreitungen mit zahlreichen Verletzten. Die Sachschäden gingen in die Millionen. Keine Versicherung wollte dafür aufkommen. Mit jedem Tag wurde die Lage gefährlicher, wuchs die Bedrohung der öffentlichen Ordnung. Es musste dringend etwas geschehen, damit der Staat, der diese Entwicklung durch eine dilettantische Wirtschaftspolitik mit verursacht hatte, nicht jede Autorität verlor.

Das Volk musste besänftigt werden. Besser noch wäre es, die Menschen in eine Art Ruhestellung zu versetzen, bis sich ein wirtschaftlicher Wiederaufschwung abzeichnete, von dem freilich niemand sagen konnte, ob und wann er eintreten würde.

Bis dahin musste der Staat seine Bürger manipulieren. Dazu war eine Droge, ein Medikament notwendig, das die Aggression der Bevölkerung in harmlose Freundlichkeit und die Depressionen in verträgliche Gleichgültigkeit verwandelte. Die Menschen brauchten einen Seligmacher, der sie von der Strasse fernhielt, der sie das Übel, das über sie gekommen war, ertragen und vergessen ließ. Eine Droge musste erfunden werden, die der arbeitenden Bevölkerung auch einen Ersatz dafür bot, dass sie seit Jahren aus Umweltschutzgründen auf die beliebten Fernreisen mehr und mehr verzichten mussten. Die zahllosen Kondensstreifen am Himmel, hinterlassen von rund um den Globus rasenden Düsenjets sowie die pechschwarzen Abgas-Wolken, die aus den Schloten der Kreuzfahrtschiffe in die Luft geblasen wurden, hatten ihren Anteil an dieser Entwicklung.

Seit auch die chemische Industrie und die Pharma-Konzerne in eine schwere Krise geraten waren, hatte der Staat die Aktienmehrheit des Pharma-Unternehmens aufgekauft, für das Ralf Bender arbeitete. Mit der

Übernahme des Aktienpaketes, das der Konzern zur Beschaffung dringend benötigter finanzieller Mittel auf dem Kapitalmarkt anbot und für das er keinen privaten Investor finden konnte, hatte der Staat den Konzern vor der Pleite bewahrt und damit tausende von Arbeitsplätzen gesichert. Dies alles erfolgte, obwohl die beteiligten Politiker, die sich als Retter des Unternehmens feiern ließen, lautstark für sich in Anspruch nahmen, zu den unbedingten Verfechtern des Systems der freien sozialen Marktwirtschaft zu gehören.

Der Pharma-Konzern war nach der staatlichen Übernahme nicht mehr frei in seinen geschäftlichen Entscheidungen. Dafür sorgte die Zusammensetzung seines Vorstandes, in dem sich Politiker der zweiten Garde einträgliche Positionen gesichert hatten. Sie fanden sich Seite an Seite mit den Vertretern der Banken, die zu den Hauptgläubigern des Konzerns zählten.

Aus diesem Gremium kam schließlich die Anweisung zur Entwicklung der Droge, der Urlaubspille. Die Politiker hatten die heftige Kritik und die ewigen Demonstrationen leid, die sie an ihre Verantwortung erinnerten. Sie brauchten und forderten die Volksdroge, die unter strikter Geheimhaltung zu entwickeln war.

Die Banken dagegen sahen in erster Linie den wirtschaftlichen Nutzen. Die Produktion einer Massendroge musste dem Unternehmen eine Gewinnexplosion bescheren. So könnte der Pharma-Konzern mühelos die gewährten Kredite zurückzahlen und zugleich konnten die Banken mit fetten Dividenden rechnen, die sich positiv in ihren Bilanzen niederschlagen würden.

Unter höchster Geheimhaltungsstufe wurde in einem freien Winkel des Werksgeländes ein hochmodernes Labor eingerichtet. Ralf Bender erhielt den Auftrag, die Droge in Zusammenarbeit mit einer Crew hochqualifizierter Mitarbeiter zu entwickeln. Er konnte sich nicht gegen diesen, wie er meinte, unmoralischen Auftrag wehren. Zum einen konnte er nichts riskieren, was seinen Arbeitsplatz gefährdet hätte, zum anderen hatte ihn seine Firma in der Hand. Sie hatte ihm ein zinsgünstiges Darlehen gewährt, als es um die Finanzierung seines Eigenheims gegangen war, das er vor einigen Jahren gebaut hatte, als die wirtschaftliche Situation noch rosig ausgesehen hatte.

Die Aufgabenstellung war klar. Die Droge sollte den, der sie einnahm, von Depressionen befreien und ihn in eine Art Urlaubsstimmung versetzen. Ihm sollte eine Welt mit blauem Himmel, Palmen, Strand und Meer vorgegaukelt werden. In einer solchen friedlichen Stimmung käme niemand auf die Idee, sich zusammenzurotten und zu demonstrieren. Damit möglichst viele Menschen die Pille einnahmen und damit die Bevölkerung ruhiggestellt werden konnte, musste die Pille anfangs unentgeltlich angeboten werden. Nachdem die Abhängigkeit eingetreten war, konnte man einen moderaten Preis dafür verlangen.

Ralf Bender war mit seiner Versuchsreihe an einem Punkt angelangt, der es erforderte, einen weiteren Praxistest zu unternehmen. Er hatte, das wusste er aus bisher vorgenommenen Selbstversuchen, eine Mixtur herausgefunden, die ziemlich nahe an das Anforderungsprofil herankam. Ein Problem, das er noch zu lösen hatte, lag in der Wirkungsdauer der Pille. Bis jetzt hatte er nur erreicht, dass sich nach der Einnahme augenblicklich ein Hochgefühl einstellte. Er sah sich mit beschwingten Schritten an einem schneeweißen Strand entlanglaufen, er fühlte sich entspannt und die Palmen, die sich in einem lauen Wind bewegten, sorgten für einen angenehm kühlen Luftzug im Labor. Doch nach wenigen Minuten erfolgte das bittere Erwachen. Die bunten, friedlichen Bilder lösten sich in nichts auf, der Blick wurde wieder klar und er sah nur noch die tristen Wände des Labors. Schlagartig befielen ihn Depressionen und bohrende Kopfschmerzen setzten ein.

Wieder und wieder hatte er die Zusammensetzung und die Dosierung des unscheinbaren weißen Pulvers, aus dem einmal die Pille werden sollte, verändert. Es war ihm gelungen, die Wirkungsdauer der Droge allmählich zu steigern und zu stabilisieren. Was aber blieb, waren die schlimmen Kopfschmerzen nach dem Erwachen aus dem Urlaubstraum.

Kopfschmerzen machte ihm auch der Mann, der ihm erstmals vor ein paar Tagen aufgefallen war. Jeden Morgen, wenn er sein Haus verließ, heftete sich dieser Mann an seine Fersen. Er verfolgte ihn mit dem Auto bis zum Werksgelände. Abends, wenn er die Firma verließ, stand der Fremde bereis am Werkstor und wartete auf ihn. Sein auffallend unauffälliges Benehmen verunsicherte Bender. Ja, er fürchtete den Mann, hielt ihn für einen Spitzel, der hinter seiner Erfindung her war. Vielleicht war er ein Mann der Konkurrenz oder er arbeitete im Auftrag von Reiseunternehmen, die an der

Urlaubspille aus ganz anderen Gründen interessiert waren. Ihnen würde eine solche Droge das Geschäft vermasseln, das ohnehin durch Restriktionen aus Umweltschutzgründen und durch gesunkene Einkommen der Bevölkerung stark rückläufig war.

Gleich morgen wollte Ralf Bender den Werkschutz auf den Mann aufmerksam machen. Sollte der sich doch darum kümmern, dass seine Arbeit geheim und vor Auskundschafterei gesichert bliebe. Heute Abend jedoch wollte er einen neuen Versuch wagen, der ihn einen entscheidenden Schritt weiterbringen sollte. Er hatte sich entschlossen, um schneller zum Ziel zu kommen, die Zusammensetzung des Mittels stärker als gewöhnlich zu verändern. Vielleicht konnte er so eine Entwicklungsstufe überspringen. Um so eher wäre er diesen unheimlichen und unmoralischen Auftrag los, je schneller er zu brauchbaren Resultaten kam.

Ralf Bender hatte einen Teelöffel mit dem weißen, neu zusammengesetzten Pulver angehäuft. Er wollte eben den Löffel zum Mund führen, als die Tür zu seinem Labor, die man nur mir einer codierten Karte öffnen konnte, mit einem lauten Knall aufflog. Der fremde Mann, der ihn seit Tagen verfolgte, stand im Türrahmen. Er hielt eine Pistole auf Benders Magengrube gerichtet.

»Wenn dir dein Leben lieb ist, dann gib die Aufzeichnungen über die Entwicklung deines Wunderpulvers heraus - oder es knallt!«

Der Fremde unterstrich seine Forderung mit einem Schwenk der Pistole, deren Mündung nun auf Benders Herz zeigte.

Bender konnte die begonnene Armbewegung nicht mehr stoppen. Er führte den gefüllten Löffel zum Mund und schluckte das Pulver hinunter. Mechanisch griff er zum Wasserglas, um nachzuspülen. Aus den Augenwinkeln sah er wie in Großaufnahme den gekrümmten Finger des Mannes am Abzug der Waffe. Er hörte noch, wie der Mann »Halt, nicht!« schrie und registrierte zeitlupengleich, wie sich der Finger krümmte und durchzog. Den Schuss hörte er nicht mehr. Er verspürte weder den Einschlag der Kugel noch irgendwelche Schmerzen.

Irgendwie schien er sich auf eine Reise zu begeben. In rasendem Tempo passierte er eine bauliche Anlage, die ihm wie ein riesiger Tunnel vorkam. Am Ende des Tunnels blendete ihn ein grelles Licht.

*

Erschrocken sprang Ralf Bender von seinem Liegestuhl hoch. Die Palmen rauschten unter einem strahlend blauen Himmel. Eine leichte Brise kam vom Meer und machte die Hitze angenehm. Ein harter Stoss hatte ihn in der Herzgegend getroffen. Doch er konnte weit und breit niemanden sehen, der ihm diesen Stoss verpasst haben könnte. Er blickte auf seine Brust. Eine deutliche Rötung breitete sich auf der Haut über seinem Herzen aus. Die Stelle tat weh, eine Verletzung konnte er jedoch nicht entdecken.

Neben seinem Liegestuhl, im schneeweißen Sand, sah er in der gleißend hellen Sonne etwas schimmern. Er bückte sich und hob ein Projektil aus einer 7,65er

Pistole auf. Daneben lag ein zerbrochenes Wasserglas. An einer etwas größeren Scherbe klebte ein weißes Pulver. Wie kam das Zeug hierher? Es fiel ihm nichts dazu ein.

Er konnte sich einfach nicht erklären, wo diese Dinge herkamen. Noch weniger fand er eine Erklärung dafür, woher die Pistole kam, die er jetzt wenige Meter vor seinem Liegestuhl auf dem Sandboden des Strandes fand. Er griff nach der Waffe und roch am Lauf. Kein Zweifel, aus dieser Waffe war vor kurzem geschossen worden. Der Geruch nach Kordit war unverkennbar.

Er schaute sich um, doch er konnte auch jetzt niemanden sehen, der die Ruhe des einsamen Strandes gestört hätte. Nur das leichte Rauschen des Windes, der sich in den Fächern der Palmen fing, war zu hören. So hatte er sich immer seinen Urlaub gewünscht, von der unliebsamen Unterbrechung eben einmal abgesehen. Ralf Bender schüttelte ungläubig seinen Kopf und legte sich wieder auf seine Strandliege. Eine innere Stimme hatte ihn daran erinnert, dass es an der Zeit war, seine Medikamente zu nehmen. Den Mann, der urplötzlich wie aus dem Nichts hinter ihm aufgetaucht war, sah er nicht. Ein weißes Pulver haftete an dessen Lippen, die zu einem höhnischen Grinsen verzerrt waren.

Das Rotkehlchen

Seit Tagen wunderte ich mich darüber, weshalb die von mir im Aschenbecher ausgedrückten Zigarettenkippen so durcheinander geraten waren. Der Ascher stand auf einem Tisch, an dem meine Frau und ich auf der Terrasse unseren Kaffee tranken, sofern es das Wetter zuließ.

Viele Jahre schon rauchte ich nicht mehr im Haus. Als meine Frau Probleme mit den Atemwegen bekam und auch unsere Tochter unter leichten Asthma-Anfällen zu leiden begann, verzichtete ich darauf, ohne dass es eines Wortes der beiden bedurft hätte, im Haus herumzuqualmen und damit die Qualität der Atemluft deutlich zu reduzieren. Für mich als notorischen Raucher brachte das so manche Unbequemlichkeit mit sich, aber ich nahm sie ohne zu murren auf mich, um meinen beiden Frauen das Atmen rauchfreier Luft im Haus zu ermöglichen. An so manchem Wintertag, wenn der eiskalte Nordostwind um unser Haus pfiff und ich dick eingepackt auf der Terrasse stand um zu rauchen, verfluchte ich insgeheim meine Situation und dachte wehmütig an die Zeiten zurück, in denen ich noch im warmen Haus rauchen konnte. Ich hätte mich aber niemals darüber beschwert. Den lapidaren Kommentar meiner Frau, dann höre doch einfach mit dem Rauchen auf, überhörte ich geflissentlich und ärgerte mich darüber. Der größte Ärger aber bereitete mir die Einsicht, in diesem Punkt zu charakterschwach zu sein, um mir das

Rauchen abzugewöhnen. Zahllose Versuche waren allesamt kläglich gescheitert. Ich hatte es nie geschafft, die Zigaretten ein für allemal aus der Hand zu legen und irgendwann hatte ich aufgehört, es einmal mehr zu versuchen.

Also stand auf dem Terrassentisch noch immer der Aschenbecher, in dem ich meine Kippen ausdrückte. Als ordentlicher Mensch tat ich das immer auf die gleiche Weise. Einen Zentimeter vor dem Filter knickte ich den Glimmstengel ab und löschte die Glut. Die Kippen lagen fein säuberlich aufgereiht nebeneinander im Ascher und wenn kein Platz mehr darin war, meldete sich mein schlechtes Gewissen *du hast schon wieder viel zu viel geraucht* und ich leerte die Rückstände in die Komposttonne aus.

Seit Tagen war nun diese Ordnung im Aschenbecher gestört. Die Zigarettenkippen lagen wild durcheinander, manchmal lagen auch ein oder zwei Kippen neben ihm auf der geriffelten Tischplatte. Wer hatte sich hier zu schaffen gemacht? Wem schien es Spaß zu machen, das Aschegefäß in Unordnung zu bringen? Ich hatte keine Antwort auf diese Fragen.

Bis ich eines Mittags auf meinem Fernseh-Sessel im Wohnzimmer saß und die Zeitung las. Ein seltsames Geräusch, das von draußen kam, lenkte mich von meiner Lektüre ab und ließ mich aufhorchen. Was ging da auf der Terrasse vor sich? Ich legte die Zeitung zur Seite und stand aus dem Sessel auf. Es waren nur wenige Zentimeter bis zur Terrassentür. Durch die halb geschlossenen Jalousien spähte ich hindurch und entdeckte zu meiner großen Verblüffung einen kleinen

Vogel, es war ein Rotkehlchen, das im Aschenbecher saß und wie wild zwischen den dort abgelegten Kippen mit seinem spitzen Schnabel herumhackte. Aschereste stoben auf und mehrere Kippen flogen durch die Luft, um neben dem Ascher auf der Tischplatte zu landen. Was war in diesen Vogel gefahren, dass er sich so ungewöhnlich benahm? Vorsichtig zog ich an der Schnur, mit der sich die Jalousie bei Seite schieben und öffnen ließ. Stückchen für Stückchen schoben sich die Lamellen zusammen und gaben einen ungestörten Blick auf den Terrassentisch frei. Ich wollte meinen Augen nicht trauen, aber noch immer hackte der Vogel zwischen den Kippen herum und schien sich nicht beruhigen zu wollen.
Erst nachdem ich, um jedes Geräusch, das den Vogel hätte erschrecken können, zu vermeiden, ganz langsam den Griff zum öffnen der Terrassentür betätigt hatte, nahm das Rotkehlchen mich dennoch wahr und flog fluchtartig davon. Kopfschüttelnd öffnete ich die Tür vollständig und zog mir eine Jacke an, die über der Lehne eines Terrassenstuhles hing. Es war noch immer empfindlich kühl und der Frühling wollte einfach nicht so recht in Schwung kommen. Staunend sah ich auf die Unordnung, die der Vogel angerichtet hatte und beseitigte sie mit Schippe und Besen. Nach Erledigung dieser Aufgabe steckte ich mir eine Zigarette an und beugte mich über das verzinkte Eisengeländer, das meine Terrasse zur Treppe begrenzte. Das war meine Lieblingskörperhaltung, wenn ich rauchte. Nicht etwa, weil ich so meinen hysterischen und unverschämten Nachbarn beobachten konnte, wie

dieser annahm, sondern weil sie mir einen weiten Blick in meinen Garten erlaubte, der tausendmal interessanter war als mein vollkommen bedeutungsloser Nachbar, der kein Benehmen kannte.
Beim Blick in den Garten konnte ich mich über die vorsichtig erwachende Natur freuen. Endlich, dachte ich, nach diesem mir schier endlos vorkommenden Winter. Mit jedem Jahr, das verging, kamen mir die Winter länger und kälter vor. Das war wohl eine altersbedingte subjektive Sichtweise, dennoch fiel mir jeder Winter schwerer und der letzte ganz besonders.
Diese Gedanken gingen mir durch den Kopf, als ich an meiner Zigarette zog und den weißlich blauen Rauch ausblies.
Aus den Augenwinkeln nahm ich eine Bewegung wahr. Dann sah ich es! Es war wieder das Rotkehlchen, das jetzt auf einem Ästchen meiner Kletterrose saß und mich neugierig anschaute. Noch ehe ich reagieren konnte, hob es ab und flog direkt in meine Richtung. Nur wenige Zentimeter neben meinem angewinkelten Unterarm landete es auf dem Geländer meiner Terrassenbegrenzung. Ich hielt den Atem an und getraute mich nicht, weiter an meiner Zigarette zu ziehen. Jede unbedachte Bewegung hätte den Vogel erschrecken und ihn wieder wegfliegen lassen können. Ganz langsam drehte ich meinen Körper in die Richtung des Vogels. Der legte sein Köpfchen schief und sah mich aus wachen Augen an. Ich flüsterte »na Vögelchen, geht es dir gut?« Seine Reaktion verblüffte mich. Er zeigte sich nicht verängstigt, ganz im Gegenteil, er wurde neugieriger

und hüpfte mit kleinen Sätzen näher heran an meinen Arm. Dabei ließ er mich keine Sekunde aus seinen Augen. Noch bevor ich mich von meiner Verblüffung erholt hatte, machte das Rotkehlchen einen größeren Satz und sprang auf meinen Unterarm. Dort blieb es ruhig sitzen und schaute mich interessiert an. Ein zartes Piepen kam aus seinem leicht geöffneten Schnabel. Da wurde auch ich mutiger. Ich ließ die fast fertiggerauchte Zigarettenkippe fallen und drehte den Zeigefinger meiner anderen Hand in Richtung des Vogels. Ich hielt ihm den ausgestreckten Finger direkt vor seine Füßchen. Und tatsächlich, das Rotkehlchen nahm mein Angebot an und sprang auf den Finger. Ein Glücksgefühl breitete sich in mir aus. Es war nicht zu glauben, was war das für ein seltsamer Vogel? Er zeigte keinerlei Furcht und schien mir zu vertrauen. Wieder hörte ich ein Piepen, diesmal lauter und länger anhaltend. Dann duckte sich das Vögelchen und im nächsten Augenblick, meinen Finger als Startrampe benutzend, hob es ab und flog davon. Es war noch minutenlang zu sehen, wie es sich in den Zweigen und Ästen meiner Gartenpflanzen bewegte. Mir schien, als würfe es ab und zu einen Blick in meine Richtung, als wollte es sich vergewissern, ob ich noch anwesend war. Dann verlor ich das Rotkehlchen aus den Augen.

Eine ganze Weile noch harrte ich auf der Terrasse aus, in der stillen Hoffnung, das Vögelchen könnte noch einmal zurückkehren. Doch es tat mir diesen Gefallen nicht. Irgendwann, mir war es draußen zu kühl geworden, verließ ich die Terrasse und ging zurück in das wohltemperierte Wohnzimmer. »Wo warst du denn die ganze Zeit über?«, wollte meine Frau von mir wissen. Ich erzählte ihr mein Erlebnis. Noch bevor ich mit meiner Erzählung zu Ende gekommen war, unterbrach sie mich. »Du mit deinen erfundenen Geschichten! Das glaubt dir kein Mensch. Kein Vogel verhält sich so sonderbar. Was hast du dir da nur wieder einfallen lassen?« Auch als ich betonte, dass sich alles genauso wie geschildert abgespielt hatte, wollte sie mir nicht glauben. Sie machte eine wegwerfende Handbewegung, schüttelte ihren Kopf und lächelte mich an, als hätte ich Mitleid verdient.

Am nächsten Morgen konnte ich es kaum erwarten, auf die Terrasse zu gehen. Nicht nur, um meine erste Zigarette des Tages zu rauchen, sondern und vor allem, um nach dem Rotkehlchen Ausschau zu halten. Eine unübersehbare Spur fand ich sofort. Wieder waren die Kippen im Aschenbecker durcheinander gewirbelt worden, erneut lag eine davon daneben auf dem Tisch. Aufmerksam blickte ich mich um, aber der Vogel war nirgendwo im Garten zu entdecken. Was ich sah war, dass unter meinem Rosenbogen, der sich am Ende der Terrassentreppe befand, kleine Ästchen, Moos und trockene Blättchen auf dem Gartenweg herumlagen. Mitten auf dem Rosenbogen, an dessen höchster Stelle, war offensichtlich ein Vogel dabei, ein Nest zu bauen.

Ich rührte mich nicht von der Stelle und nach ein paar Minuten des Wartens kam ein Vögelchen angeflogen und huschte mitten hinein in das Rosengestrüpp. Es war mein Rotkehlchen. Irgendetwas hielt es zwischen seinem Schnabel fest, das es zum Weiterbau des Nestes benötigte. Ich freute mich über seine Entscheidung, hier in meinem Garten heimisch werden zu wollen. Die Tage vergingen, es wurde allmählich wärmer. Wir hatten tatsächlich so etwas Ähnliches wie Frühling. Ich kniete am Rande einer Blumenrabatte und war dabei, Unkraut zu hacken. Die Erde war noch verdammt kalt und nass. Öfter blieben Erdreste an meiner Hacke kleben. Doch es war bereits Leben in die Erde gekommen. Beim Hacken beförderte ich unabsichtlich den einen oder anderen Regenwurm ans Tageslicht, den ich zurück ins Land setzte. Plötzlich nahm ich eine Bewegung neben mir wahr. Mein Rotkehlchen, das mittlerweile drei Jungvögel im Nest mit Futter versorgen musste, kam angeflogen und landete wenige Zentimeter neben mir auf der steinernen Begrenzung der Rabatte.

Wieder schaute es mich aufmerksam an und wippte mit dem Köpfchen. Ich hatte den Eindruck, als wolle es mich auffordern weiterzuarbeiten, um erneut einen Regenwurm freizulegen, den es sich schnappen konnte. Ich hatte kaum den nächsten Wurm freigeschaufelt, da kam der Vogel aufgeregt herangetrippelt, sprang vom Randstein in das Gartenbeet und holte sich den Wurm. Mit seiner Beute im Maul hob er ab und flog schnurstracks zu seinem Nest im Rosenbogen, wo er schon sehnlichst erwartet wurde, was ich aus dem lauten Gepiepse der Jungvögel schloss. Insgesamt verfütterte er fünf Regenwürmer an seine Nachkommen. Als ich mich mühsam aus der Hocke erhob, die alten Knochen knackten und schmerzten, um meine Tätigkeit wegen der Rückenschmerzen zu beenden, hatte ich fast den Eindruck, als sei der Vogel enttäuscht darüber, dass ich meine Tätigkeit einstellte.

Ich konnte den Blick, den er mir mit schief gehaltenem Kopf zuwarf, nicht anders deuten.

Wieder waren etliche Tage vergangen, die Jungvögel hatten ihre ersten Flugversuche mehr oder weniger tollpatschig absolviert und schwirrten noch unbeholfen im Garten umher, da schreckte ich hoch, als ich beim Zigarettenrauchen auf der Terrasse einen dumpfen Schlag gleichzeitig mit einem schrillen Fiepen wahrnahm.

Ich kannte dieses hässliche Geräusch. Schon mehrfach waren Vögel gegen die Scheiben unserer großen Wohnzimmerfenster geflogen und hatten sich dabei das Genick gebrochen. Sie alle waren einer Sinnestäuschung erlegen. Dadurch, dass sich zwei Fenster über Eck gegenüber lagen, entstand der Eindruck einer freien Flugbahn. Eine flüchtige Unaufmerksamkeit genügte, einen tödlichen Fehler zu begehen. Meistens waren Amseln, die manchmal laut schimpfend wie die Irren durch die Gegend schossen, die Opfer.

Ich hatte meinen Schreck noch nicht überwunden. Wie gelähmt hob ich langsam meinen Kopf. Ich wollte nicht sehen, was ich unvermeidbar zu sehen bekommen würde. Hoffentlich ist es nicht das.... Die Hoffnung war so trügerisch wie vergebens. Es war mein Rotkehlchen, das hier im Garten inzwischen doch jeden Winkel und jedes Versteck kannte, das in vollem Flug gegen die Scheibe geflogen war. Mit weit ausgebreiteten Flügeln, die grotesk verdreht vom Köper abstanden, lag es vor den Gittern, die das Fenster zu meinem Hobbyraum im Keller vor Einbrechern schützen sollen. Der Vogel war tot.

Ich wollte das nicht wahrhaben, aber ich musste mich der Realität stellen. Langsam ging ich die Treppe, die von meiner Terrasse in den Garten führt, hinunter. In meinen Händen hielt ich Handfeger und Schippe. Mir blieb nichts anderes übrig, als das Rotkehlchen wegzubringen. Ich vergewisserte mich, dass das Tier wirklich tot war, was an den gebrochenen Augen und dem Genick unverkennbar war. Unendlich vorsichtig, so als könne ich ihm dabei noch wehtun, schob ich den kleinen, toten Vogelkörper auf die Schaufel. Ich war traurig. Ich hatte einen Freund verloren.

Um die Hausecke herum hüpfte ein aufgeplustertes Federknäuel. Es musste sich um einen der Jungvögel handeln. Er blieb abrupt auf einem Bein stehen und starrte auf den leblosen Körper seiner Mutter. Wie er da stand, bot er einen herzzerreißend hilflosen Anblick. Jetzt musste sein Vogelvater ihn und seine Geschwister füttern und großziehen. Und ich würde versuchen, ihm dabei zu helfen. Aus der Zoohandlung besorgte ich Mehlwürmer, die ich auf einem Tellerchen auslegte, das ich direkt unter den Rosenbogen aufstellte. Ich kontrollierte es regelmäßig und bei jeder Überprüfung war das Tellerchen leer. Aber wie konnte ich wissen, ob die Richtigen die Würmer verspeist hatten? Ich konnte es nur hoffen. Das Jahr verging. Einem mäßigen, feuchten Sommer folgte ein früher stürmischer Herbst, der das Nest aus dem Rosenbogen wehte. Ich hatte meine Rotkehlchen nicht einmal mehr gesehen. Das Tellerchen unter dem Rosenbogen hatte ich längst weggestellt. Doch jedem noch so langen Winter folgt irgendwann ein Frühling.

Die ersten wärmenden Sonnenstrahlen kamen vom Himmel und ich ging zum Rauchen wieder auf meine Terrasse. Da dachte ich, mich trifft der Schlag! Was war das denn? Mein übervoller Aschenbecher war durchwühlt. Neben ihm lagen vier Zigarettenkippen auf dem Tisch. Konnte das sein, schoss es mir durch den Kopf. Einen solchen Zufall gibt es doch gar nicht. Ich blickte mich um, und da sah ich es! Das Rotkehlchen saß auf dem Handlauf meines Terrassengeländers. Es saß auf einem Bein, hatte das Köpfchen schiefgelegt und sah mich wie einen alten Bekannten an. Der Vogel hatte mich nicht vergessen und ich einen neuen Freund. Wenige Tage später begann er damit, ein neues Nest im Rosenbogen zu bauen.

Der Uhu

Wieder einmal war es spät geworden. Die Laune meiner Frau, die zuhause saß und auf mich wartete, dürfte sich dem Tiefpunkt nähern. Auch meine Stimmung war nicht unbedingt die beste. Als Außendienstmitarbeiter einer Firma, die für die Wartung von Spezialmaschinen im Lebensmittelbereich bekannt war, musste ich viel unterwegs sein und nicht immer war es möglich, Zeitpläne einzuhalten und abends pünktlich wieder daheim zu sein. Ausgerechnet bei meinem letzten Kunden, der heute auf der Besucherliste stand, war es bei der Reparatur einer Maschine zu Problemen gekommen, deren Beseitigung weit mehr Zeit in Anspruch genommen hatte, als mein Tagesplan vorsah.

Inzwischen war es stockdunkel geworden. Ich befand mich auf der gefürchteten A 5, die regelmäßig überfüllt und staugeplagt war und endlich auf dem Weg nach Hause. Doch jetzt auch das noch! Heute kam offenbar alles zusammen, was man nicht gebrauchen konnte. Es begann heftig zu schneien und die weiße Pracht blieb auf der Fahrbahn liegen. Im Scheinwerferlicht meines Wagens sah ich dicke Schneeflocken, die nicht vom Himmel zu fallen schienen, sondern waagerecht über die Fahrbahn fegten. Dafür sorgte ein scharfer Nordostwind mit Sturmböen. Mein Autoradio spielte seichte Tanzmusik. Mir kam das Lied von Truck Stop in den Sinn, das der Situation besser entsprochen hätte. *Schneesturm auf der Autobahn, vor mir keine Spur, ich seh` die blauen Schilder kaum und ahn`* *die Fahrbahn nur....* Ich hätte jetzt auch viel lieber Dave Dudley oder Truck Stop gehört. Das hätte wenigstens etwas zur Aufheiterung meiner Laune beigetragen.

Die Musik wurde plötzlich von einem viel zu laut eingespielten Jingle unterbrochen. Ich hasste das, denn jedes Mal, wenn es zu einer solchen Einblendung kam, erschrak ich ob der überraschenden Lautstärke. Ob das wirklich zur Verkehrssicherheit beitrug?

Eine aufgeregt klingende weibliche Stimme gab eine Meldung durch. »Achtung Autofahrer auf der A 5! Vollsperrung der Autobahn in Höhe der Pfefferhöhe nach einem schweren Verkehrsunfall mit einem LKW. Nach Informationen der Polizei ist dort ein Spezialtransporter umgekippt, der Rotorblätter für Windräder geladen hat. Diese liegen quer über die Fahrbahnen und blockieren beide Richtungen. Die Polizei kann noch nicht sagen, wie lange die Bergungsarbeiten dauern werden. Autofahrer werden dringend gebeten, auf die ausgeschilderten Umleitungsstrecken auszuweichen und eine Rettungsgasse freizuhalten. Außerdem ist in diesem Gebiet mit starken Schneefällen und spiegelglatten Straßen zu rechnen.«

Im letzten Augenblick nahm ich im dichten Schneetreiben das blaue Ausfahrtschild wahr. Ich setzte den Blinker und zog nach rechts auf die Ausfädelspur. Trotz allem noch Glück gehabt, dachte ich. Beim Verpassen dieser Ausfahrt hätte ich vermutlich die nächsten Stunden in einem Stau verbracht und ganz schnell wären die Umleitungsstrecken überfüllt gewesen, so dass sich dort kein Rad mehr gedreht hätte. So fuhr ich der Meute vorweg, die bald folgen würde.

Aber was würde mich jetzt bei diesem Wetter auf den Landstraßen durch den Vogelsberg erwarten? Die engen Sträßchen waren schon bei guten Wetterbedingungen nicht ungefährlich und jetzt schneite es pausenlos und von einem Winterdienst war weit und breit nichts zu sehen. Natürlich, der musste sich zunächst um die wichtigsten Verkehrsadern kümmern. Ich hatte die Ausfahrt hinter mir gelassen und musste mich erst orientieren, ich welche Richtung ich nun weiterfahren musste. Die gelben Verkehrsschilder waren bereits teilweise vom Schnee bedeckt und es bereitete Mühe, die schwarzen Buchstaben zu erahnen. Was mich wunderte war der Umstand, dass mir kein anderes Auto zu folgen schien. Ich war ganz alleine auf der Straße. Wo waren die vielen Fahrzeuge abgeblieben, die auf der Autobahn noch in meinem Rückspiegel zu sehen gewesen waren? Sind deren Fahrer weiter direkt in den Stau gefahren oder hatte die Polizei inzwischen alles abgesperrt?

Mir konnte das nur recht sein, so konnte ich mich ganz auf die schwierigen Straßenverhältnisse konzentrieren und musste nicht noch auf andere Autofahrer achten. In sehr gemäßigtem Tempo fuhr ich auf der Straße, die rechts und links von Vogelsberg-Feldern umsäumt war. Vereinzelt hatte der scharfe Wind bereits für Schneeverwehungen gesorgt, was die Sache nicht leichter machte.

Jetzt führte die Straße durch einen Wald.

Die Fahrbahn vor mir glitzerte tückisch im Scheinwerferlicht. In meinem Magen meldete sich ein unüberhörbares Grummeln. Ich hatte seit Stunden nichts mehr gegessen und normalerweise hätte ich längst zuhause am Esszimmertisch gesessen. Meine Frau hatte mich immer dazu überreden wollen, auf meinen Fahrten ein Pausenbrot mitzunehmen, aber ich hatte mich konstant geweigert, weil ich ungern im Auto aß und vor allen Dingen weil ich nichts essen konnte, ohne dazu auch etwas zu trinken.

Es schneite noch heftiger und irgendwie kam mir die Situation immer merkwürdiger vor. Merkwürdig vor allem deshalb, weil mir noch immer kein anderes Auto folgte und in einiger Entfernung trotz des dichten Schneefalls die Bewölkung aufgerissen zu sein schien. Ein ganz schmaler, wolkenloser Streifen zog sich am Himmel entlang und gab den Blick frei auf einen silbrig glänzenden Halbmond, der die Gegend in ein gespenstisches Licht tauchte.

Mein Magen knurrte immer heftiger, aber wo sollte ich auf einer einsamen Landstraße im Vogelsberg etwas Essbares herbekommen?

Plötzlich, ich war kurz vor der silbrigen Stelle am Himmel angekommen, sah ich noch etwas. Mitten über der Straße nahm ich zwei bernsteinfarbene Lichter wahr. Licht, das mich durchdringend anzusehen schien. So ein Quatsch, dachte ich. Wie kann Licht jemanden ansehen? Aber die zwei Lichtquellen bohrten sich in meine Augen. Ich konnte mich ihnen nicht entziehen. Sie zogen mich magisch an.

Ich verlangsamte meine Fahrt noch mehr und blieb höchst vorsorglich mit dem rechten Fuß vor der Bremse. Das Licht vor mir wurde immer intensiver, auch wenn es leicht flackerte. Wo kam dieses seltsame Licht her und was hatte es zu bedeuten? Erst jetzt erkannte ich, dass das Licht nicht auf Straßenhöhe leuchtete. Es kam aus etlichen Metern Höhe und schien in der Luft zu schweben. Wie kam Licht über die Straße und warum hatte es auf einmal aufgehört zu schneien?

Die Sicht war urplötzlich wieder gut. Und da sah ich ihn! Er jagte mir einen gewaltigen Schrecken ein. So etwas hatte ich noch nie zuvor gesehen. Eine imposante Eule, es konnte sich nur um einen Uhu handeln, stand in der Luft und starrte mich aus seinen Raubvogelaugen an. Der Vogel schien zu schweben. Einer seiner Flügel schlug heftig auf und ab, so als hätte er Mühe, den schweren Körper in der Luft zu halten. Der andere Flügel war abgewinkelt und sah aus wie ein Richtungspfeil. Er zuckte mehrfach nach der aus meiner Sicht rechten Seite, als wollte er mir ein Zeichen geben, in diese Richtung weiterzufahren. Zusätzlich drehte der Uhu seinen Kopf in dieselbe Richtung und schaute zu einer bestimmten Stelle im Wald. Dadurch konnte er mich nicht mehr durchdringend anstarren.

Am rechten Straßenrand nahm ich ein blaues, leicht mit Schnee bedecktes Hinweisschild wahr, auf dem Wanderer abgebildet waren. Hier ging es also zu einem Parkplatz für Waldwanderer. In langsamer Fahrt folgte ich den Hinweisen des Vogels und des Schildes. Ich rollte auf zentimeterhohem Schnee in die Parkbucht und war bass erstaunt, was ich zu sehen bekam. In der Mitte des Platzes standen wie hingezaubert zwei hell beleuchtete Automaten. Ein weißer, in dem sich Snacks und Süßigkeiten befanden und ein knallroter mit Softdrinks. Ich stoppte das Auto und schnaufte erst einmal tief durch. Was ging hier vor? Wie kamen zwei Automaten mitten in einen Wald im Vogelsberg und woher bezogen sie ihren Strom?

Mit diesen Gedanken stieg ich aus meinem Wagen. Meine Schuhe versanken im Schnee. Langsam und misstrauisch näherte ich mich dieser Kantinenausstattung. Schon beim Griff nach meiner Geldbörse, die in meiner rechten Gesäßtasche steckte, fiel mir siedend heiß ein, dass ich darin kein Kleingeld hatte. Lediglich zwei Chips für die Einkaufswagen des Supermarktes fanden darin ihren Platz. Das Kleingeld, das ich bei Einkäufen als Wechselgeld zurück bekam, steckte ich immer in die Sparschweine, die ich für meine Enkel angeschafft hatte.

Ich hatte die Automaten erreicht und konnte die Köstlichkeiten, die sich darin befanden, durch die Glasscheiben genau sehen. Auf einmal kam ich mir vor wie der Hund, der nach der Wurst schnappt, aber sie niemals würde erreichen können. Genauso ging es jetzt mir, ich hatte Hunger, was durch ein erneutes Grollen in meinem Magen unterstrichen wurde, und ich hatte Durst. Meine Zunge fühlte sich pelzig an. Wie sollte ich an die Waren in diesen seltsamen Automaten herankommen? Enttäuscht und auch wütend schlug ich gegen das Ausgabefach des weißen Gerätes. Wie von Geisterhand öffnete sich der Schacht und gab einen Pappteller frei, auf dem sich ein Brötchen und eine Bockwurst befanden. Ich konnte das alles nicht glauben und trotzdem hieb ich nun auf den Ausgabeschacht des Getränkeautomaten. Das Spiel wiederholte sich. Wieder öffnete sich eine Klappe. Diesmal kam eine Flasche eines braunen Softdrinks heraus.

Vergebens suchte ich an dem Automaten nach einem Kronkorkenöffner. Ich konnte keinen finden. Ratlos hielt ich Ausschau nach einem Stein oder etwas Ähnlichem, mit dem ich die Flasche hätte öffnen können. In dem hohen Schnee konnte ich jedoch nichts Passendes finden. Das Handschuhfach meines Wagens fiel mir ein. Darin befand sich ein Universalwerkzeug, daran war mit Sicherheit auch ein Flaschenöffner. Den Pappteller mit dem Wurstbrötchen stellte ich auf dem Wagendach ab. Nachdem ich die Beifahrertür und die Klappe des Handschuhfachs geöffnet hatte, nahm ich das Werkzeug heraus und suchte nach dem Öffner, um endlich die Getränkeflasche vom Kronkorken zu befreien. Das war mir gelungen und in Ermangelung eines anderen Platzes legte ich den Flaschenöffner auf der noch immer offen stehenden Lade des Automaten ab.

Als ich von meinem Wagen zurücktrat, glaubte ich, zwei bernsteinfarbene Strahlen gesehen zu haben, die auf das Dach meines Autos gerichtet waren und ich bildete mir ein, das Schlagen schwerer Vogelschwingen vernommen zu haben. War ich jetzt übergeschnappt und litt schon an Halluzinationen? Aber irgendetwas hatte ich doch gesehen und gehört. Ich blickte mich um und konnte nichts Verdächtiges entdecken. Bis mein Blick auf den Pappteller auf dem Dach meines Wagens fiel. Die Wurst, die in dem aufgeschnittenen Brötchen lag, dampfte. Sie war auf einmal heiß. Erst vorsichtig, dann um so herzhafter biss ich hinein. Sie schmeckte ausgezeichnet. Jetzt war es mir vollkommen gleichgültig, wer sie erhitzt haben mochte. Hier geschahen so viel seltsame Dinge, dass es darauf nicht mehr ankam.

Ich hatte die Wurst und das Brötchen mit Genuss verspeist. Die Flasche mit der braunen Brause hatte ich geleert. Da ich keinen Papierkorb finden konnte, legte ich den Pappteller und die leere Flasche im Fußraum des Beifahrersitzes ab.

Bevor ich mich in meinen Wagen setzte, schaute ich noch einmal ungläubig auf die ganze Szenerie. Ich konnte einfach nicht fassen, was ich hier erlebt hatte. Das alles überstieg mein Vorstellungsvermögen um ein Vielfaches. Vielleicht existierten ja wirklich Dinge, für die es keine vernünftige Erklärung gab.

Der Motor des Wagens sprang auf Anhieb an. Ich schnallte mich an und gab vorsichtig Gas. Erst wollten die Räder meines Autos auf dem Schnee durchdrehen, dann fand das Profil der Winterreifen den notwendigen Grip. Ich schaute nach den Baumwipfeln, konnte aber keinen Uhu entdecken. Es gab auch keine bernsteinfarbenen Augen, die mir den Weg wiesen oder die mich verfolgten. Hatte ich das alles nur geträumt? Ich war ungefähr zwei oder drei Kilometer gefahren, da fiel mir ein, dass ich mein Werkzeug mit dem Flaschenöffner auf der Automatenklappe vergessen hatte. Mir blieb, wollte ich den Verlust des Werkzeuges nicht in Kauf nehmen, nichts anderes übrig, als zu wenden und noch einmal zu dem Parkplatz zu fahren. Beim Wendeversuch wäre ich beinahe in einer Schneewehe hängengeblieben, aber ich hatte Glück und kam wieder heraus.

Wenige Minuten später, es hatte wieder angefangen, kräftig zu schneien, war ich kurz vor dem Parkplatz angekommen. Wie aus dem Nichts kam mir nun eine nicht enden wollende Autoschlage entgegen. Das mussten all die Fahrer sein, die jetzt ebenfalls auf der Umleitungsstrecke ihr Glück versuchten. Ich setzte den Blinker nach links und musste lange warten, bis mich ein mitdenkender Autofahrer abbiegen ließ.

Doch was war das? Wo bis vor wenigen Minuten noch mein Auto gestanden und tiefe Spuren im Schnee hinterlassen hatte, lag jetzt eine geschlossene, unberührte Schneefläche. Von den beiden hilfreichen Automaten gab es keine Spur. Sie waren ganz einfach verschwunden, so als hätte es sie nie gegeben. Noch nicht einmal Fußspuren konnte ich finden, die von den Leuten stammen mussten, die die Automaten wieder abgebaut hatten.

Ich hielt an, stieg aus und ging zu der Stelle, an der die Automaten gestanden hatten. Ich sah mich überall um, doch ich konnte sie nicht finden. Was ich aber entdeckte, war mein Allzweckwerkzeug. Es lag im Schnee. Daneben fand ich den roten Kronkorken von der Softdrink-Flasche. Es lag nicht nur am Winterwetter, dass es mir eiskalt den Rücken hinunterlief. Ich spürte, wie sich die Härchen an meinen Unterarmen hochstellten und ich fühlte kalten Schweiß auf meiner Stirn.

Leicht panisch setzte ich mich zurück in mein Auto. Aus den Augenwinkeln nahm ich wahr, dass der Pappteller und die leere Softdrink-Flasche verschwunden waren. Wer hatte sie weggenommen? Außer mir befand sich keine Menschenseele auf diesem Parkplatz.

Nichts wie weg von diesem unheimlichen Platz, auf dem es zu spuken schien, befahl ich mir selbst und starrte in den Schnee, der vom Himmel fiel. Wieder musste ich eine Weile warten, bis mich ein anderer Autofahrer in die Endlos-Autoschlage einscheren ließ. Ich wollte nur noch nach Hause.

Irgendetwas an meinem Auto war verändert. Ich konnte nicht erklären, was anders war als sonst, aber ich spürte es. Es gab da etwas, das es zuvor nicht gegeben hatte. An einem Silberkettchen hing an der Halterung des Rückspiegels ein kleiner Uhu. Er sah mich aus seinen großen bersteinfarbenen Augen durchdringend an. Ich bin nicht abergläubisch, aber seitdem begleitet er mich auf jeder Fahrt.

Der Glückspilz

Welch ein herrlicher Oktobertag! Die vergangenen acht Tage und Nächte hatte es ohne Pause geregnet, doch heute strahlte die Sonne vom Himmel. Für die Jahreszeit war es noch erstaunlich mild. Ein dünner Nebel lag über der Landschaft und ließ das bunte Laub an Bäumen und Büschen leicht verwaschen aussehen. Die Vorboten des Spätherbstes waren unübersehbar.

Tagelang hatte man das Haus nicht ohne Regenjacke und Schirm verlassen können. Jetzt aber zog mich das wunderbare Wetter hinaus in die Natur. Es war die beste Gelegenheit, meinem Hobby, dem Pilze sammeln, nachzugehen. Lange war ich aus Zeitmangel oder wegen der Witterungsbedingungen nicht dazu gekommen.

Ich zog meine grüne Waldjacke an, nahm den Weidenkorb aus dem Schrank und vergewisserte mich, dass sich mein scharfes Messer in der Jacke an seinem Platz befand. Ich brauchte das Messer nicht, um gefundene Pilze abzuschneiden, die drehte ich immer am Ende ihres Stieles aus dem Waldboden heraus, damit die Hyphen, die Pilzwurzeln, im Boden verblieben und neue Pilze hervorbringen konnten.

Es war vielmehr notwendig, um die Pilze noch an Ort und Stelle wenigstens grob zu putzen. Außerdem verlieh es mir eine gewisse Sicherheit. Man konnte schließlich nie wissen, was einem im Wald so alles widerfuhr. Deshalb nahm ich auch mein frisch aufgeladenes Handy mit auf die Pilzetour.

Mit meinem SUV fuhr ich über die Feldwege den steilen Berg hinauf und stellte den Wagen am Waldrand ab. Hoffentlich, so ging es mir durch die Gedanken, war Egon noch nicht vor mir in meinem Pilzrevier gewesen. Er war mein ewiger Widersacher beim Pilze sammeln. Kein Sammler sah es gern, wenn ein anderer auf den gleichen Wegen unterwegs war und ihm die schönsten Pilze vor der Nase wegschnappte.

Ich konnte Egon, mal ganz abgesehen vom Pilze sammeln, nicht ausstehen und er mich auch nicht. Als wir uns vor vielen Jahren kennenlernten, waren wir uns auf Anhieb unsympathisch und dabei ist es bis heute geblieben. Wo immer wir uns bei den unterschiedlichsten Anlässen begegneten, war die gegenseitige Abneigung spürbar. Schlimm genug, dass wir demselben Hobby im Wald nachgingen und uns dort ab und zu begegneten. Manchmal hatte ich das Gefühl, er folgte mir, um meine Fundstellen auszuspionieren.

Nachdem ich meinen Wagen verlassen und abgeschlossen hatte, ging ich wenige Meter den Waldweg entlang, um mich dann seitwärts in die Büsche zu schlagen. Der Waldboden war durch den tagelangen Dauerregen gut durchfeuchtet, neben den warmen Temperaturen eine gute Voraussetzung, um Pilze wachsen zu lassen.

Immer weiter schritt ich voran, tiefer in den Wald hinein, der hier ziemlich dicht bewachsen war. Manchmal wurde es recht mühsam, sich durch das Unterholz zu bewegen und ich musste höllisch aufpassen, dass sich meine Füße nicht in Dornenhecken verfingen und ich ins Stolpern geriet.

Das geschah schließlich trotz aller Vorsicht doch. Es war zwar keine Heckenranke, die mich zum Fallen brachte, sondern eine Baumwurzel, die ich übersehen hatte. Der Länge lang haute es mich hin. Im Fallen schleuderte ich das geöffnete Klappmesser, das ich in meiner Hand gehalten hatte, von mir, damit ich mich daran nicht übel verletzte.

Ich stürzte auf den feuchten Waldboden und mein noch leerer Sammelkorb flog durch die Luft. Durchschnaufend erhob ich mich ächzend und klopfte mich ab, ob auch alles heil geblieben war. Anscheinend war der Sturz glimpflich verlaufen und mir nichts passiert. Der Weidenkorb lag einige Meter von mir entfernt im Unterholz. Ich bückte mich und nahm ihn auf. Jetzt musste ich das Messer finden.

Nach einigem Suchen entdeckte ich es an der Wurzel eines Brombeerstrauches. Vorsichtig glaubte ich es aus dem Gestrüpp heraus. Weder an den Dornen noch an der scharfen Klinge des Messers wollte ich mich verletzen.

Als ich wieder bewaffnet war, wollte ich meinen Weg fortsetzen, doch irgendetwas hielt mich auf. Ich hatte im Unterbewusstsein wahrgenommen, dass neben der Fundstelle des Messers etwas Glitzerndes lag. Ich ging die paar Schritte zurück, darauf achtend, nicht wieder über die Baumwurzel zu stolpern. Mit den Augen suchte ich den Waldboden ab.

Da sah ich ihn! Es war ein Stein, der in seiner Struktur einem Taunus-Quarzit, den es in dieser Gegend sehr häufig gab, ähnelte, der aber an unzähligen Stellen funkelte, als sei er mit Brillanten besetzt. Ich bückte mich, mein Rücken tat mir dabei weh, und wollte den Stein aufheben.

Etwas schien mich davon zurückhalten zu wollen. Ich zögerte und zog meine Hand wieder leicht zurück. Dann gewann meine Neugier. Jetzt auf einmal entschlossen, griff ich nach dem Stein und hob ihn auf. Meinen Körper wieder aufgerichtet, legte ich ihn in meine flache Hand. Seine funkelnde Pracht brachte mich zum Staunen. Er schien regelrecht zu leuchten. So etwas hatte ich noch nie zuvor gesehen. Was mochte das für ein Stein sein?

Ich erschrak fürchterlich, als der Stein plötzlich zu sprechen begann. Ja wirklich, ich wollte es nicht glauben, aber der Stein sprach mit mir und ich konnte jedes Wort klar verstehen.

»Nimm mich mit! Ich bin dein Glücksstein. Ich führe dich zu den schönsten Pilzstellen hier im Wald. Du wirst begeistert sein, so herrliche Steinpilze hast du noch nie zuvor gefunden. Du brauchst nur meinen Anweisungen zu folgen.«

Ich würgte und schnappte nach Luft, konnte nicht glauben, was ich eben erlebt hatte. Meine Verblüffung war grenzenlos.

»Sag mir Stein, wieso kannst du sprechen? Was bist du für ein Wunderstein, der mit mir Kontakt aufnehmen kann?«, fragte ich ihn und meine sonst so feste Stimme vibrierte.

»Ich sagte doch, ich bin dein Glücksstein und habe hier seit Jahrhunderten im Boden gelegen und auf den Einen gewartet, für den ich bestimmt bin. Nun bist du endlich gekommen!«

Das brillante Strahlen des Steines wurde noch eindringlicher und zog mich in seinen Bann. Ich konnte mich ihm nicht entziehen. Sonst galt ich überall als pragmatisch denkender Mensch, den so leicht nichts erschüttern konnte, doch hier erlag ich der magischen Ausstrahlung, die von einem Stück Stein ausging.

»Gehe geradeaus, bis du zu der alten, riesigen Eiche kommst, die auf einer Lichtung steht. Von dort führe ich dich weiter.«

Statt meines Messers hielt ich jetzt einen Stein in meiner Hand, in der anderen trug ich den Weidenkorb. Es war mir unmöglich, den Anweisungen des Steines nicht zu folgen. Wie konnte so etwas sein? Es gibt keine sprechenden Steine und schon gar keine, die wie Quarzit aussehen, aber funkeln wie ein Diamant. Ein Stein kann keine Macht über mich haben!

Als ich versuchte, vom vorgegebenen Weg abzuweichen, wollte ich dem Spuk, den mir kein Mensch glauben würde, ein Ende bereiten. Ich konnte mich schließlich nicht von einem Stein beherrschen lassen. Doch er belehrte mich! Mit kräftigem Armschwung wollte ich den Stein von mir wegwerfen, doch er blieb in meiner Hand, als wäre er festgeklebt.

»Du sollst tun, was ich dir gesagt habe! Suche die alte Eiche und wenn du dich dann ein paar Schritte nach links aus der Lichtung hinaus bewegst, kommst du in ein Wäldchen. Dort findest du die perfektesten Steinpilze, die du je gesehen hast.«

Widerstand war zwecklos, ich stand unverändert im Bann dieses Steines und mir blieb nichts anderes übrig, als seinen Anweisungen zu folgen. Ich fand die

Eiche, folgte den weiteren Anordnungen des Steines - und tatsächlich! Da standen sie! Prächtige Steinpilze von einer enormen Größe, trotzdem ganz frisch, keinerlei Spuren von Schneckenbefall oder sonstigen Tieren zu sehen. Sie sahen aus wie gemalt.

Ich wollte meinen Augen nicht trauen, doch die Steinpilze gab es wirklich. Mein Glücksstein hatte mich zum Glückspilz gemacht. Ich ging auf die Knie und begann, die Pilze an ihren fast schneeweißen, verdickten Stielen vorsichtig aus dem Boden zu drehen.

»Siehst du, ich habe die Wahrheit gesagt. Du musst nur folgen und du wirst das Glück finden, wie versprochen.«

»Danke Stein, dass du mich hierher geführt hast. Ich habe wirklich noch nie schönere Steinpilze gefunden, sie sind eine einzige Pracht.«

Einen Pilz nach dem anderen drehte ich aus dem Waldboden und legte ihn vorsichtig in meinen Korb. Gerade hatte ich den letzten aus dieser Pilzkolonie geerntet und in den Korb verfrachtet, ertönte erneut die Stimme des Steines.

»Jetzt musst du ungefähr 175 Meter nach rechts laufen. Du wirst einen prachtvollen flockenstieligen Hexenröhrling finden. Wie du sicher weißt, sieht dieser Pilz hochgiftig aus, er ist aber in Wirklichkeit einer der besten essbaren Pilze überhaupt. Manche behaupten, er schmecke noch besser als der Steinpilz.«

Überglücklich über meinen Steinpilzfund war ich entschlossen, dem Stein und seinen Anweisungen auch diesmal zu gehorchen. Er meinte es gut mit mir. Der angegebene Weg zum Hexenröhrling gestaltete sich außerordentlich schwierig. Ich musste ein dichtes Gestrüpp aus allen möglichen Dornengewächsen durchdringen und so manche Dorne stach durch meine Jeans und zerkratzte meine Oberschenkel. Eine Brombeerranke schlug mir ins Gesicht und riss die Haut an der Wange auf. Aber was nahm ein leidenschaftlicher Pilzesammler nicht alles hin, um an Beute zu gelangen. Erst recht, wenn es sich um einen in dieser Gegend recht seltenen flockenstieligen Hexenröhrling handelte.

Als ich mich endlich durch das Gestrüpp geschafft hatte, wie weit sind eigentlich 175 Meter im dichten Wald?, kam ich an eine kleine Lichtung. Mittendrin stand der Pilz in seiner beeindruckenden Schönheit.

»Nimm ihn mit, er gehört ganz allein dir und wenn du ihn noch heute Abend isst, dann mache ich dich steinreich«, lockte der Stein und seine Stimme klang auf einmal süß wie Honig. Natürlich wollte ich den köstlichen Hexenröhrling, aber die veränderte Stimme des Steines hatte mich stutzig gemacht. Langsam näherte ich mich dem Pilz und je näher ich ihm kam, umso misstrauischer wurde ich. Hier stimmte etwas nicht, die ganze Situation war irreal. Meine vom Stein benebelten Sinne begannen sich ganz langsam zu klären. Was machst du hier überhaupt? Bist du noch bei Trost?

Nun war ich ganz dicht am Pilz angelangt. Schon beim Niederknien konnte ich es sehen. Was da aus dem Waldboden herausragte, war alles andere als ein Hexenröhrling. Es war ein riesiger Knollenblätterpilz und dessen Verzehr endet oft genug tödlich.

Der sprechende Stein hatte versucht, mich reinzulegen. Er hatte mich zu einem tödlichen Pilz geschickt. Die köstlichen Steinpilze waren nichts anderes als ein Ablenkungsmanöver, der Versuch, mich in Sicherheit zu wiegen. Der Stein meinte es nicht wirklich gut mit mir.

Zunächst untersuchte ich den angeblichen Hexenröhrling genauer. Das Laub, das sich um seinen Stiel angesammelt hatte, entfernte ich. Ich wollte mir nichts anmerken lassen, aber es war unübersehbar. Neben dem mächtigen Pilz befand sich eine ganz frische Schnittstelle. Hier musste bis vor Kurzem noch ein weiterer Pilz gestanden haben, den ein anderer Sammler abgeschnitten hatte. Aber warum hatte er einen Pilz abgeschnitten und den anderen stehen gelassen?

Da wurde ich plötzlich von einem Gefühl der unbändigen Wut übermannt. Ich bebte am ganzen Körper. Wie konnte ich so blöd gewesen sein, einem sprechenden Stein zu vertrauen?

Ich stand auf und schaute auf den Stein in meiner Hand, »Du verdammter Stein, du bist nichts anderes, als ein versteinerter Verbrecher! Du willst mich umbringen und ich frage mich, was ich dir getan habe. Du hast mein Vertrauen missbraucht und dafür sollst du büßen!

»Ich habe so lange auf dich gewartet und jetzt willst du mich darin hindern, meine Aufgabe zu erfüllen?«, fragte der Stein mit nun weinerlicher Stimme.

Eine merkwürdige Veränderung ging mit ihm vor. Seine wie Brillanten glitzernden Lichter erloschen eines nach dem anderen. Der Stein in meiner Handfläche wurde heiß. Mit jeder Sekunde, die verging, wurde die Hitze stärker und brannte auf meiner Haut. Ich musste den Unglücksstein sofort los werden, wollte ich mir nicht die Hand verbrennen.

Dreimal schleuderte ich meinen Arm um seine Achse und legte alle Kraft in diese Aktion, denn ich wollte den Stein weit von mir wegwerfen. Und diesmal gelang es! Er blieb nicht kleben sondern flog in hohem Bogen davon. Ich konnte nicht sehen, an welcher Stelle er wieder auf dem Waldboden aufschlug. Dafür durchdrang ein markerschütternder Schrei den Wald.

»Du undankbarer Mensch. Ich wollte doch nur Gutes!«

An der Innenfläche meiner Hand hatten sich Blasen gebildet, wie sie nach Verbrennungen auftraten. Vor mir auf dem Waldboden hörte ich plötzlich ein Geräusch. Ich sah hinab auf den vermeintlichen Hexenröhrling, der ein Knollenblätterpilz war, und nahm eine Veränderung wahr.

Der Pilz zischte und dampfte. Von ihm ging ein widerlicher, schwefliger Gestank aus. Die Krempe des Pilzhutes verbog sich nach innen. Die Hutfarbe wechselte vom Bräunlichen ins Gelbweiße. Die Haut des Hutes begann sich zu verformen. Aus dem Pilzstiel trat etwas Sonderbares hervor, das aussah wie eine lange, knollige Nase. Eine Nase, wie sie typisch war für Egon, den Mann, den ich nicht leiden konnte. Bildete ich mir das nur ein oder zeichnete die sich verformende Haut des Pilzhutes jetzt ein höhnisch lachendes Gesicht, das ebenfalls unverkennbare Ähnlichkeiten mit Egon aufwies?

Das Gesicht verschwand wieder, das Zischen hörte auf, der einst so stolze Knollenblätterpilz war zusammengeschmolzen. Auf dem Waldboden hatte sich eine kleine, stinkige Lache gebildet. Was blieb, war der penetrante Geruch, der in der Luft hing. Ich wand mich angewidert ab.

Schnellen Schrittes durchquerte ich den Wald bis zum nächsten Wirtschaftsweg, den ich als Abkürzung nehmen wollte, um wieder zu meinem Auto zu kommen. Den Weidenkorb mit den fabelhaften Steinpilzen darin trug ich in der einen, das aufgeklappte Messer in der anderen Hand. Er zog am Arm, denn sein beeindruckendes Gewicht war spürbar.

Ich wollte so schnell wie möglich nach Hause. Für heute hatte ich mehr als genug wundersame Dinge erlebt, die unerklärlich bleiben würden. Daheim angekommen und meiner Waldbekleidung entledigt, nahm ich mir die Pilze vor und reinigte sie gründlich. Immer wieder ertappte ich mich dabei, mich zu vergewissern, dass mich aus den Hüten der Pilze kein höhnisch grinsendes Gesicht anstarrte.

Vier Tage später, ich war gerade beim Frühstück, las ich in der Zeitung die Todesanzeige von Egon. Er war am Tag meiner unheimlichen Begegnung mit dem sprechenden Stein an einer Pilzvergiftung verstorben.

Flug im Nebel

Samstag, der 22. März 1952

Dieses Datum las Polizeiwachtmeister Ferdi Weissenrieder, der hinter seinem Schreibtisch im Gendarmerie-Kreiskommissariat in Offenbach saß, von dem Wandabreißkalender ab, der an der gegenüberliegenden Wand hing. Er konnte nicht ahnen, dass er diesen Tag nie wieder in seinem Leben vergessen würde. Das Revier war zuständig für sämtliche Polizeiaufgaben im Landkreis Offenbach, der damals rund 140.000 Einwohner und damit zu den größten in Hessen zählte. Die Polizeistation befand sich in der Sprendlinger Landstraße 74 und war in einem großen Haus, das vor der Jahrhundertwende gebaut worden war, untergebracht. Über einem langsam abbröckelnden roten Sandsteinsockel zog sich die Fassade, die vor vielen Jahren einmal grau angestrichen worden war, bis hinauf zum mit Schiefer gedeckten Dach, aus dem einige Gauben herausragten.

Während das gesamte Erdgeschoss als Dienststelle diente, befanden sich in den zwei Stockwerken darüber Wohnungen, die von den Beamten genutzt wurden, die in diesem Haus ihren Dienst versahen. Auch Weissenrieder hatte dort eine Bleibe gefunden. Es waren knapp geschnittene Dreizimmer-Wohnungen. Badezimmer und Toilette gab es nicht, auch keine Zentralheizung. Es musste mit Kohlen geheizt werden, die aus dem Kellerraum, der zu jeder Wohnung gehörte, in die oberen Etagen über eine frisch gebohnerte Treppe geschleppt werden mussten.

Wer seinem menschlichen Bedürfnis nachgehen musste, hatte die Wohnung zu verlassen und sich ein halbes Stockwerk nach unten zu begeben. Dort gab es neben dem Treppenabsatz eine kleine Toilette, die unbeheizt war und in die durch ein schmales Fenster, auf dem sich im Winter Eisblumen bildeten, nur spärlich Licht fiel. In der kalten Jahreszeit war es darin etwas besser auszuhalten. Eine Petroleumlampe sorgte dann für ein wenig Wärme und Licht und dafür, dass die außen am Haus entlanggeführten Abflussrohre nicht einfroren.

Das Polizeirevier lag mit seiner Vorderfront an der Bundesstraße 46, die nach Darmstadt führte und auf der stets reger Straßenverkehr herrschte. An die Hinterseite des Hauses schloss sich eine große Freifläche an, durch die ein mit Bessunger Kies befestigter Weg führte. Er endete an einem weiteren großen Haus, in dem früher die Ställe für die berittene Polizei untergebracht waren. Aus dieser Zeit stammte links neben dem Haus eine sich immer noch in Betrieb befindliche Kaut, in die einstmals der Pferdemist entsorgt wurde. Heute diente sie den Abfällen aus den Gärten, die rechts und links des Kiesweges angelegt worden waren. Neben einem kleinen Waschhaus mit Kupferkessel zum Wäschekochen gab es eine Bleiche, auf der das Gewaschene zum Trocknen aufgehängt werden konnte.

Wachtmeister Weissenrieder hatte heute eigentlich keinen Dienst, aber es war in der abgelaufenen Woche so viel Arbeit angefallen, dass er freiwillig eine

Sonderschicht einlegte. Es war zu mehreren schweren Autounfällen gekommen, die alle noch zu bearbeiten waren. Über der Skizze, die er zu einem besonders schlimmen Zusammenstoß anfertigen musste, saß er nun bereits eine längere Zeit und wusste nicht, wie er den Unfallhergang mit den ihm zur Verfügung stehenden Mitteln auf dem Papier darstellen sollte. Ein PKW mit vier Insassen, die auf dem Heimweg von der Arbeit waren, war in der bereits herrschenden Dunkelheit anscheinend ungebremst in einen Langholztransporter gerast. Die über die Ladekante hinausragenden Baumstämme, die mit einer roten Fahne und einer ebenso roten Laterne vorschriftsmäßig abgesichert waren, waren durch die Windschutzscheibe in das Innere des Wagens gedrungen und hatten den Insassen im Wagen die Köpfe zertrümmert. Alle vier waren auf der Stelle tot. Die Unfallstelle bot einen grausigen Anblick. Als Unfallursache konnte nur der dichte Frühjahrsnebel vermutet werden, der seit Tagen anhielt und der dem Autofahrer möglicherweise die Sicht auf den vor ihm fahrenden Holzlaster genommen hatte.

Weissenrieder schob unwillig die Hilfsmittel, die ihm zur Erstellung der Skizze zur Verfügung standen, beiseite. Neben einer mit Gitternetzen bedruckten Papiervorlage benutzte er einen Bleistift, ein Lineal, ein Dreieck und eine Kurvenschablone aus Kunststoff. Weiterhin konnte er auf Stempel zurückgreifen, die verschiedene Verkehrsteilnehmer symbolisieren sollten. Es gab Stempel für Autos, LKW, Motorräder, Fahrräder und Personen. Einen Stempel für einen Langholztransporter konnte er in dem Stempelkasten nicht finden. Genau den aber musste er darstellen. Es blieb ihm nichts anders übrig, als zu improvisieren. An den Stempelabdruck eines LKW malte er mit der Hand eine Verlängerung, die ahnen ließ, dass es sich um einen Langholztransporter handeln sollte.

Weissenrieder mochte diese Arbeit nicht. Das lag nicht nur daran, dass er kein so rechtes Talent zum Zeichnen hatte, nein, es widerstrebte ihm, das Leid verunglückter Menschen auch noch auf diese Art zu Papier bringen zu müssen. Er seufzte, lehnte sich in seinem Schreibtischstuhl zurück und wippte auf dessen hinteren Beinen. Das war ein typisches Verhalten von ihm, das er immer dann zeigte, wenn er nicht so recht weiterwusste oder eine Pause benötigte.

Er stellte seinen Stuhl wieder zurück auf dessen vier Beine, wobei er zwei Striemen im gewachsten Linoleum-Fussboden hinterließ, beugte sich vor und zog die oberste Schublade auf der rechten Seite seines Schreibtisches heraus. Ihr entnahm er einen ledernen Tabakbeutel, einen Pfeifenstopfer und seine teure Pfeife aus Bruyère-Holz. Sie war der einzige Luxus, den er sich in den vergangenen Jahren geleistet hatte. Es war schwer genug, mit dem lächerlichen Einkommen eines Gendarmen seine Frau und seine beiden Kinder durchzubringen, denen er eine ordentliche Ausbildung ermöglichen wollte. Seine Frau unterstützte ihn dabei, indem sie als Expedientin in einer Obertshausener Lederwarenfabrik arbeitete und für die harte Arbeit ein wenig zusätzliches Geld heimbrachte. Durch die Arbeit der Eltern waren die Kinder, eine zehnjährige Tochter und ein siebenjähriger Sohn, gezwungen, recht früh selbständig zu werden. Sie waren sogenannte Schlüsselkinder, die niemanden zuhause vorfanden, wenn sie aus der Schule zurück kamen.

Der Wachtmeister öffnete die Schnur, mit der der Tabakbeutel verschlossen war. Er entnahm ihm einige Fingerspitzen Tabakkrümel, die er andächtig in den Pfeifenkopf drückte. Diese Handlung zelebrierte er wie ein Ritual. Als die Pfeife zu seiner Zufriedenheit gestopft war, griff er nach dem blauen Schächtelchen mit dem Aufdruck Welthölzer. Er entnahm ihr ein Streichholz, das er an der seitlichen Reibefläche der Schachtel entflammte. Genüsslich zündete er den Tabak, den er sich aus verschiedenen Sorten selbst zusammengemischt hatte, an. Sofort durchdrang der Geruch von Latakia und Vanille das Polizeirevier. Niemand würde sich daran stören, denn Weissenrieder war heute alleine auf der Dienststelle und seine Kollegen waren ohnehin ausnahmslos Raucher.

Er beugte sich wieder vor zu seiner noch immer unfertigen Unfallskizze und gab dabei einen Laut des Unmutes von sich. Warum nur musste er das Leid, das Menschen durch Unfälle erlitten hatten, auch noch zeichnerisch darstellen? Aber er wusste genau, dass diese Skizzen bei einer späteren Gerichtsverhandlung wichtige Informationen über den Unfallverlauf und über Schuld und Unschuld liefern würden. Deshalb musste er seine Arbeit fortsetzen.

Weissenrieder griff zu einem Bleistift und der Schablone, mit der er eine Kurve, welche die Landstraße, auf der der Unfall geschehen war, an einer bestimmten Stelle machte, einzeichnen wollte. Ein seltsames

Geräusch lenkte ihn plötzlich von seiner Arbeit ab. Unwillkürlich hob er seinen Kopf und sah zur Zimmerdecke. Noch ein ganzes Stück von dem Haus entfernt dröhnten die Motoren eines Flugzeuges, das sich, wie so unendlich viele zuvor, im Anflug auf den Flughafen in Frankfurt befinden musste. Das Gelände des Flughafens befand sich direkt an der Grenze zum Landkreis Offenbach, grenzte also an Weissenrieders Zuständigkeitsbereich. Das Polizeirevier lag wie ganz Offenbach und die umliegenden Städte und Gemeinden in der unmittelbaren Einflugschneise und war damit dem teilweise unerträglichen Lärm landender Flugzeuge ausgesetzt. Bei Ostwind waren es die dröhnenden Motoren abfliegender Maschinen.

Hart an der Grenze zum Offenbacher Kreisgebiet schmückte sich Frankfurt mit dem Ruhm, über einen der größten Flugplätze Europas zu verfügen, während für Offenbach nur der unerträgliche Lärm und die Abgase der Flugzeuge übrig blieben. Wenn Maschinen im An- oder Abflug waren, dann konnte es passieren, dass die Gläser in der Vitrine vibrierten und das Haus erschütterte. Bei gutem Wetter hatte man, wenn man sich im Freien aufhielt, das Gefühl, als könne man den Piloten der Flugzeuge in das Weiße ihrer Augen blicken.

Der Polizeiwachtmeister kannte sich mit Flugzeugen gut aus. Als junger Mann hatte er den Flugschein für Segelflugzeuge erworben. Mit 19 Jahren wurde er zum Militärdienst eingezogen und zur Luftwaffe geschickt. Der Zweite Weltkrieg zeigte ihm, zu welchen Grausamkeiten Menschen fähig sind. Er musste unter anderem die Junkers Ju 87, die Sturzkampfmaschine, und die Heinkel HE 111, den schweren Bomber, fliegen. Fünfmal wurde er bei seinen Kriegseinsätzen abgeschossen, doch immer hatte er Glück im Unglück gehabt. Nur einmal trug er eine Verletzung davon, als ihn ein verfolgendes Jagdflugzeug beschoss. Seine HE 111 wurde so schwer getroffen, dass er die Maschine in Russland notlanden musste.

Als er die Maschine auf einem Acker mit viel Glück und Geschick aufgesetzt und ohne Überschlag zum Stehen gebracht, die Glaskanzel geöffnet und den Gurt, der ihn fest mit dem Fliegersitz verband, gelöst hatte, erst dann stellte er fest, das ihm der kleine Finger der rechten Hand weggeschossen worden war. Diese Hand hatte auf dem Steuerknüppel gelegen, mit dem er die Maschine führte. Der Pilot des Jagdflugzeuges, das ihn verfolgte, hatte auch eine Kanonensalve durch das Führerhaus des Bombers geschossen und dabei die Besatzung nur um Millimeter verfehlt. Abgesehen von dem kleinen Finger, der sich in Weissenrieders Handschuh befand und in einem Lazarett wieder angenäht wurde. Er blieb erhalten, stand aber seitdem ab und war gefühllos und steif.

Als die Verletzung halbwegs ausgeheilt war und ein Stabsarzt festgestellt hatte, das der abstehende Finger die Flugtüchtigkeit nicht beeinträchtigte, wurde Weissenrieder erneut auf Feindflug geschickt und wieder wurde er abgeschossen und brachte seine waidwund getroffene Maschine zu Boden und rettete damit sich und der restlichen Besatzung das Leben. Damit war vorerst Schluss mit der Fliegerei. Er landete mit seiner

Besatzung in russischer Gefangenschaft, aus der er unter nebulösen Umständen entkommen konnte. Was damals wirklich vorgekommen war, das wusste nur er, doch er weigerte sich konsequent, darüber zu sprechen. Selbst seine Frau wusste bis heute nicht, wie er es geschafft hatte, aus russischer Gefangenschaft zu fliehen, um sich prompt in englischer wiederzufinden, aus der er nach wenigen Monaten ebenfalls entkam. Den Rest der Kriegszeit verbrachte er in Bamberg, wo er wiederhergestellte Flugzeuge einflog.

Nach dem Kriegsende in Europa im Mai 1949 stand er mit leeren Händen da. Das Haus, in dem die Familie gewohnt hatte, war durch einen Bombenvolltreffer total zerstört worden. Welch eine Ironie des Schicksals. Der Bomberpilot hatte durch einen britischen Bomber-Kollegen alles verloren, was er an Materiellem besessen hatte. Wenigstens war seine Familie unversehrt geblieben, zumindest was die körperliche Verfassung anbelangte. Was die Psyche anging, so wurde nicht darüber gesprochen.

Weissenrieder musste dringend Geld verdienen, um seine Familie ernähren zu können. Vor dem Krieg hatte er eine Ausbildung als Elektriker abgeschlossen, aber keine Gelegenheit mehr, seinen Meister zu machen, weil er zum Militär eingezogen worden war. Zu einer Zeit, in der die ganze Stadt in Trümmern lag, konnte er sich nicht vorstellen, in seinem erlernten Beruf eine halbwegs sichere Zukunft zu haben. Außerdem konnte er in diesem Fachgebiet keine freie Stelle finden.

Da erhielt er ein überraschendes Berufsangebot. Eine schwedische Flugzeugbau-Firma bot ihm an, für sie als

Testpilot zu arbeiten. Weissenrieder besprach sich mit seiner Frau. Die reagierte entsetzt. Nein, meinte sie, ich habe den ganzen Krieg hindurch alleine die Kinder versorgen müssen und die Ängste ausgestanden, du könntest von einem deiner vielen Flüge nicht mehr zurück kommen. Wie oft habe ich gezittert, wenn ich durch ein Telegramm von irgendeiner vorgesetzten Stelle erfahren musste, dass du wieder mit deinem Flugzeug abgeschossen worden bist. Was habe ich gebangt, ob du jemals aus der Gefangenschaft herauskommen würdest. Nein, ich will nicht nach Schweden gehen, Nein, ich will nicht, dass du dich wieder hinter den Steuerknüppel eines Flugzeuges setzt, so hatte sie diese Berufschance aus mehr als verständlichen Gründen zunichte gemacht. Suche dir eine Arbeitsstelle, die sicher ist, damit hatte sie das Thema beendet.

Die nächste Chance tat sich auf. Von seinem Schwager hatte er davon erfahren, dass die Stelle eines Dorfgendarmen in Hausen im Kreis Offenbach, dort wohin die Familie nach dem Krieg evakuiert worden war, zu besetzen sei. Er bewarb sich und wurde zu seiner Verblüffung tatsächlich angenommen. So startete er seine Karriere als Dorf-Gendarm. Kurz nach seiner Beamtung wurde er mit einer 500er BMW Beiwagenmaschine als Dienstfahrzeug ausgestattet. Nach fünf Jahren seiner Tätigkeit im Dorf, bei der er direkt dem Bürgermeister unterstellt war, erhielt er die Beförderung zum Gendarmerie-Wachtmeister und den Ruf, die Unterstelle Hausen zu verlassen und zukünftig den Dienst in der Zentrale, im Kreiskommissariat in Offenbach anzutreten. Dort erhielt er auch eine Wohnung und entkam damit dem Bretterverschlag unter dem Dach eines Zweifamilienhauses, in dem die Familie bisher in Hausen notdürftig untergebracht war. Es ging aufwärts mit ihnen, nur das Beamtengehalt blieb weiterhin höchst bescheiden.

Das alles geisterte dem Gendarmerie-Wachtmeister in rasender Schnelle durch den Kopf, als er dem sich nähernden Flugzeug-Motorengeräusch lauschte. Seit zwei Jahren war sein Platz nun in diesem Kommissariat und diese Geräusche waren ihm bestens vertraut. Manchmal, wenn sich ein Flugzeug näherte, ertappte er sich bei dem Gedanken, wie gern er doch wieder einmal am Steuerknüppel einer Maschine sitzen würde. Aber er verbannte diesen Wunsch sofort in den Bereich der Illusion und rief sich zur Ordnung. Hier hatte er einen sicheren Arbeitsplatz und ein geregeltes, wenn auch geringes Einkommen. Er war bei seinen Kollegen beliebt, auch wenn er hinter vorgehaltener Hand als Streber bezeichnet wurde.

Jetzt musste sich die anfliegende Maschine direkt über dem Dach des Hauses befinden. Ihre Motoren dröhnten und die Fensterscheiben des Reviers erzitterten so stark, dass man befürchten musste, sie würden im nächsten Augenblick zerbersten. Irgendetwas stimmte hier nicht! Das Motorengeräusch war viel lauter als sonst bei ankommenden Maschinen üblich, dabei hätte es doch durch den herrschenden Frühjahrsnebel eher gedämpft sein müssen.

Der Wachtmeister erhob sich von seinem Stuhl, eilte durch die Amtsstube und ging zum Fenster. Er öffnete es weit und feuchter Brodem aus Nebelschwaden und heftigem Regen mischte sich mit denen aus seiner Pfeife. Er hörte die Maschine jetzt noch lauter, beängstigend laut, aber er konnte kaum etwas sehen. Am Himmel war, in viel zu niedriger Höhe, ganz kurz ein großer Schatten zu erahnen, der in der nächsten Sekunde bereits vom Nebel verschluckt wurde.

Dem Geräusch nach, und Weissenrieder erkannte alle Flugzeugtypen am Geräusch, konnte es sich nur um eine Maschine des Typs Douglas DC-6 mit ihren vier Pratt & Whitney-Kolbenmotoren handeln, von denen jeder einzelne eine Leistung von 2500 hp abgab. Hätte er damals bereits über das Internet verfügen können, so hätte er in Sekundenschnelle mehr technische Daten erfahren können. Die Maschine hatte eine Spannweite von 35,81 und eine Länge von 30,66 Metern. Ihre Landegeschwindigkeit betrug 189 km. Dafür war sie, nur noch etwa 10 Meilen vom Flughafen entfernt, viel zu schnell über das Haus gerast.

Ihre Höchstgeschwindigkeit erreichte sie mit 507 km, ihr höchstes Startgewicht lag bei 48.534 kg. Jetzt musste sie wesentlich leichter sein, denn sie hatte nur noch wenig Sprit in den Flügeltanks. Gerade diese Tanks und die Technik um sie herum schienen bei dieser Maschine problematisch zu sein. Am 24. Oktober 1947 war eine Maschine gleichen Typs kurz vor dem Bryce Canyon Airport in Utah/USA abgestürzt. Wenige Wochen war es erst her, dass ein solches Flugzeug in Elizabeth kurz nach dem Start in New Jersey verunglückte, wobei 63 Menschen ihr Leben verloren. Als Absturzursachen wurden fehlerhafte Tankentlüftungsventile und verstellte Propellerblätter ermittelt.

Beunruhigt schloss Wachtmeister Weissenrieder wieder das Fenster, nachdem er mit zusammengekniffenen Augen noch einige Zeit versucht hatte, den Nebel zu durchdringen und das Flugzeug am Himmel auszumachen, was ihm nicht gelang. Nur das Dröhnen der Motoren war noch zu hören, wenn auch in einiger Entfernung. Wenn das mal gutgeht, schoss es ihm durch den Kopf. Seine Erfahrung als Flugzeugführer sagte ihm etwas Anderes.

Er nahm wieder hinter seinem Schreibtisch Platz und versuchte minutenlang, sich auf seine Unfallskizze zu konzentrieren. Doch das wollte ihm nicht gelingen. Die zu tief über das Haus geflogene Maschine wollte ihm nicht aus dem Sinn gehen. Er starrte auf die Wand gegenüber. Von dort schien ihn der Abreißkalender höhnisch anzugrinsen. Noch immer zeigten seine großen Ziffern die Zahl 22 und darunter standen in blauer Schrift Samstag und März.

Die Zeiger der Wanduhr, die in der Mitte über dem Türrahmen hing, zeigten exakt 11 Uhr an. Ein lautes und schrilles Klingeln riss den Wachtmeister aus seinen Gedanken und brachten ihn auf den Boden der Realität zurück. Er war von dem durchdringenden Geräusch erschrocken. Allein die Tatsache, dass an einem Samstag, eine Stunde vor der Mittagszeit, das Telefon schellte, war einigermaßen ungewöhnlich. Normalerweise war an diesem Wochentag sein Reviertelefon auf eine andere Dienststelle umgeschaltet.

Er sah zum Telefon, das auf der rechten Ecke seines Schreibtisches stand und griff nach dem Hörer. Das ganze Telefon bestand aus schwarzem Bakelit. Um die

Schnur, die den Hörer mit dem Apparat verband, war mit einem metallenen Spiralband umwickelt. Auf der Mitte des Apparates war ein mit zwei Schräubchen befestigtes Rähmchen zu sehen, in dem die Anschlussnummer des Telefons 84 240 abzulesen war.

Gendarmerie-Kreiskommissariat Offenbach meldete er sich mit seiner sonoren Stimme, von der die Damenwelt immer verzückt war. Aber nach Verzückung war ihm nicht zu Mute. Ganz im Gegenteil ahnte er schon, dass dieser Anruf gewiss nichts Gutes bedeutete. Nachdem der Anrufer seinen Namen genannt hatte, wusste Weissenrieder, dass etwas Schreckliches passiert sein musste. Er legte seine Pfeife aus der Hand und drückte den Telefonhörer dichter an sein Ohr.

Der Anruf kam vom Regierungspräsidium in Darmstadt, seiner höchsten vorgesetzten Behörde. Mit knappen Worten wurde der Wachtmeister über den Sachverhalt informiert. Ein Flugzeug sei vor wenigen Minuten beim Anflug auf den Frankfurter Flughafen, kurz bevor es ihn erreicht hatte, in den Wald abgestürzt. Genaueres sei noch nicht bekannt. Auch die Absturzstelle konnte noch nicht exakt bestimmt werden. Sie müsse sich nach Angaben von Zeugen im Bereich nördlich von Neu-Isenburg, irgendwo zwischen Buchschlag, Zeppelinheim, Gehspitz und Mitteldick befinden. Rettungsdienste seien nach dort unterwegs und sollten sich am Philipp-Holzmann-Weiher sammeln, um nach der verunglückten Maschine zu suchen. Es könne auch deshalb keine genauere Ortsbestimmung gegeben werden, weil sich die Maschine letztmalig beim Funkfeuer Staden im Wetteraukreis gemeldet hatte und die als nächstes fällige Meldung beim Funkfeuer Offenbach ausgeblieben war.

Alle verfügbaren Kräfte seien zur Unfallstelle abkommandiert. Weissenrieder wurde angewiesen, sich unverzüglich auf den Weg zum Holzmann-Weiher zu begeben und sich nach den Anweisungen einer dort einzurichtenden Einsatzleitung zu richten, die das Hilfspersonal koordinieren sollte.

Ohne Rückfragen zuzulassen, wurde der Anruf beendet. Der Wachtmeister, der schon so viel Elend in seinem Leben gesehen hatte, brauchte eine Weile, um sich vom Schock dieser nicht gänzlich unerwarteten Nachricht und deren Tragweite zu erholen. Er zog seine Uniformjacke an, die über der Lehne seines Bürostuhls gehangen hatte und schloss die silbernen Knöpfe in der Knopfleiste. Dann legte er das schwarze Lederkoppel um und zog die Uniform glatt.

Er verließ das Revier, nicht ohne es sorgfältig abzuschließen, und stürmte die Treppe hinauf zu seiner Wohnung. Er riss die Küchentür auf und sah seine Frau, die mit den Vorbereitungen des Mittagessens beschäftigt war. In aller Eile teilte er ihr mit, was geschehen war und dass er sofort zum Einsatzort müsse.

Das Entsetzen in den Augen seiner Frau nahm er nur noch aus den Augenwinkeln wahr. Weissenrieder rannte die Treppe hinunter und trat ins Freie. Im Eilschritt lief er den bekiesten Weg zwischen den Gärten zum ehemaligen Pferdestall, in dem jetzt sein Dienstfahrzeug untergebracht war. Er öffnete das riesige, zweigeteilte Holztor, das in einem Taubengrau gestrichen war, und verriegelte die zwei Flügel an den Türhaltern.

In der Garage stand ein Mercedes 170 Pritschenwagen, der in einem seltsamen Grün lackiert war. An den Dachholmen waren rechts und links der Windschutzscheibe Halterungen angebracht, in die Rohre eingelassen waren, deren oberes Ende jeweils einen Scheinwerfer trug. Der linke Scheinwerfer war an einem unten montierten Griff drehbar gemacht. Über dem rechten war eine blaue, dünne Glasscheibe aufgezogen. Das so erzeugte Blaulicht sollte anzeigen, dass sich das Fahrzeug in einem Einsatz befand. Das Dach des Führerhauses trug einen weiteren, deutlich größeren Scheinwerfer, der aus dem Fahrzeuginneren schwenkbar war und mit dem man größere Flächen ausleuchten konnte.

Hinter der Fahrerkabine schloss sich ein Pritschenaufbau an, der mit Planen verkleidet war. Sie wurden mit Lederriemen an einem Gestänge festgemacht. Dennoch flatterten sie beim geringsten Fahrtwind. Auf der Ladefläche stand eine im Boden verschraubte Werkzeugkiste und befanden sich weitere Utensilien wie Messband und Kreide, die bei der Polizeiarbeit und der Unfallaufnahme hilfreich sein konnten. Rechts und links standen an der Bordwand Holzbänke, die weiteren Einsatzkräften als Sitzgelegenheit beim Transport dienten.

Wachtmeister Weissenrieder schloss das Fahrzeug auf, nahm darin Platz und startete den Motor. Er drehte einen elfenbeinfarbenen Schalterknauf am Armaturenbrett, mit dem er das Blaulicht einschaltete. Schnell verließ er die Garage und donnerte den Kiesweg zwischen den Gärten herunter. Jetzt musste er aufpassen.

Die Hofausfahrt war verwinkelt und nicht unbedingt für Kraftfahrzeugverkehr angelegt worden. Pferde mochten da mit Leichtigkeit zurechtkommen, Autos weniger Er musste erst rechts, dann an den Mülltonnen links abbiegen und sich davor hüten, mit dem Wagen den Zaun des Grundstücks oder gar die Ecke der Hauswand zu treffen.

Er legte einen weiteren Schalter um. Laut erklang das Sondersignal Tatü-Tata, als er sich dem Ende der Hofausfahrt näherte. Der Wachtmeister betätigte den linken Winker, um anderen Verkehrsteilnehmern anzuzeigen, in welche Richtung er fahren wollte. Blinker waren zu dieser Zeit noch nicht bekannt. Der Winker war in einem Kästchen angebracht, aus dem ein orangefarbener Zeiger herauskam, der die gewünschte Fahrtrichtung angab. Vorsichtig ließ Weissenrieder den Wagen aus der Ausfahrt über den Bürgersteig bis zur Einmündung in die Bundesstraße 46 rollen und schaute mehrmals nach links und nach rechts. Bei dem Nieselregen und dem verdammten Nebel war die Sicht miserabel. Während das Martinshorn lärmte, bog er langsam nach links ab und schlug den Weg zu der vermuteten Unglücksstelle ein. Ihn fröstelte.

Der Wachtmeister folgte der B 46 bis nach Neu-Isenburg. Dort bog er auf die Isenburger Schneise ab, die schnurgerade durch den Wald bis nach Frankfurt-Sachsenhausen führte. Obwohl dieses miserable Wetter herrschte, waren relativ viele Fahrzeuge unterwegs. Die Frage, die er sich gestellt hatte, wie er den exakten Unfallort finden sollte, beantwortete sich von allein. Trotz des Nebels konnte er erkennen, dass ihm ein Zug von Feuerwehrfahrzeugen entgegen kam. Er stieg behutsam auf die Bremse seines Wagens. In langsamer Fahrt konnte er sehen, dass die roten Fahrzeuge ihr Tempo ebenfalls reduzierten, um im nächsten Augenblick aus seiner Sicht nach links abzubiegen. Es musste sich um den Weg handeln, der dicht in die Nähe einer Ziegelei führte.

Weissenrieder betätigte den Winker und bog ebenfalls in diesen Weg ab, um der Feuerwehr zu folgen. Vielleicht hatte sie inzwischen genauere Angaben zur Absturzstelle. Die schweren Feuerwehrfahrzeuge zogen Spurrillen in den ungenügend befestigten Waldweg, in denen er sich mit seinem Pritschenwagen nur schwierig bewegen konnte. Nach wenigen Minuten leuchteten die Bremsleuchten des vor ihm fahrenden Feuerwehrautos auf. Auch Weissenrieder stoppte seinen Wagen.

Er leierte mit der Kurbel die Seitenscheibe herunter. Sofort nahm er den Geruch von Flugzeugtreibstoff, Feuer und Verschmortem war. Und er roch noch etwas! Den unverwechselbaren Geruch von Tod, den er im Krieg so oft wahrnehmen musste. Ein Schauer des Grauens lief über seinen Rücken.

Weissenrieder verließ sein Fahrzeug und trat auf den nassen, schmierigen Waldboden. Erst jetzt nahm er die zahllosen Trümmerteile wahr, die auf dem Weg vor ihm und in den Büschen lagen, ja sogar in den Wipfeln der Bäume hingen, was er nur schemenhaft erkennen konnte. Es gab keinen Zweifel mehr, er war am Schauplatz der Katastrophe angekommen.

Er folgte dem Weg zu Fuß, was schwierig war, denn er musste auf der Hut sein, nicht auf oder gar in eines der Trümmerteile zu treten, die scharfkantig überall herumlagen. Nach einigen Minuten erreichte er eine Lichtung und stieß auf eine Gruppe von Einsatzkräften, die hektisch hin und herliefen. Er fragte sich durch nach dem Mann, der hier die Hilfsaktion koordinierte und wurde immer weiter nach vorne, noch tiefer in den Wald hinein geschickt.

Weissenrieder traf auf einen Mann, einen Kerl wie ein Kleiderschrank, der lauthals Anweisungen gab, wobei es dem Gendarmen zunächst verborgen blieb, an wen diese Anweisungen gerichtet waren. Der Mann nahm ihn war und gab ihm, nachdem sie sich einander vorgestellt hatten, den Befehl, den Waldweg, über den er zur Unfallstelle gefahren war, an der Einmündung zur Bundesstraße abzusichern und dafür zu sorgen, dass keine Unbefugten zum Absturzort fahren konnten.

Der Gendarm stieg in seinen Wagen und fuhr mit ihm rückwärts bis zur Isenburger Schneise. Dort bezog er Position. Aus allen Richtungen hörte er nun Martinshörner und sah zuckende Blaulichter durch den Nebel. Es war ein gespenstisches Bild. Über seinem Kopf nahm er das Dröhnen von Flugzeugmotoren wahr. Der Flugbetrieb schien weiter zu gehen. Eine Maschine war im Landeanflug, so als wäre nichts geschehen.

Stundenlang stand Weissenrieder an der Einmündung des Waldweges. Inzwischen waren unzählige Rettungsfahrzeuge eingetroffen. Die Maschinerie der Bergung war ins Laufen gekommen. Einige Unbefugte hatten versucht, sich über den Waldweg Zufahrt zur Absturzstelle zu verschaffen. Er hatte sie alle streng abgewiesen. In der letzten Stunde war niemand mehr vorbeigekommen, der nicht helfen sondern nur gaffen wollte. Weissenrieder nahm an, dass die Straße inzwischen für den allgemeinen Verkehr gesperrt worden war.

Die Sicht wurde immer schlechter. Die Dämmerung setzte ein und der Nebel wurde dichter und undurchdringbar. Der Gendarm begann zu frieren. In seiner üblichen Uniform war er nur unzureichend gegen die aufkommende Kälte und den anhaltenden Regen geschützt. Einen Mantel hatte er nicht dabei. Da er hier einsam auf seinem Posten stand, wusste er noch immer nichts Genaues, wie viele Opfer die Katastrophe gefordert und ob es Überlebende gegeben hatte.

Nach ihm endlos vorkommender Zeit näherte sich aus dem Wald ein Polizeiwagen. Ihm entstieg der Mann, der ihn hier auf den Posten gestellt hatte. Dieser teilte ihm mit, dass sein Dienst nun beendet sei und er zurück zum Revier in die Sprendlinger Landstraße fahren durfte. Morgen sollte sich der Wachtmeister wieder an der Unfallstelle zum Einsatz melden.

Von ihm erfuhr der Gendarm auch, dass es sich bei der abgestürzten Maschine um eine DC-6 der KLM, der Royal Dutch Airlines, mit der Flugnummer 592 handelte. Der Flug war in Johannesburg gestartet, in Brazaville und in Rom zwischengelandet und sollte die dritte Zwischenlandung in Frankfurt durchführen, um von dort zum Zielflughafen Amsterdam Schiphol weiterzufliegen.

An Bord des Flugzeuges sollen sich 36 Fluggäste und 9 Mann Besatzung befunden haben. Über die Zahl der Opfer gab es noch keine endgültige Klarheit.

Mit dieser erschütternden Auskunft im Kopf trat Wachtmeiser Weissenrieder die Rückfahrt zu seinem Gendarmerie-Revier an. Ihm war elend zumute.

Dienstag, der 25. März 1952

Wachtmeister Weissenrieder lehnte mit seinem Rücken an einer Zeltstange. Er hustete. Die Erkältung, die er sich bei seinem Wachdienst am Samstag zugezogen hatte, machte ihm zu schaffen. Jetzt hatte er Mittagspause, sofern man hier im Wald bei Mitteldick von Pause reden konnte. In aller Eile waren für die Einsatzkräfte ein paar Zelte im Wald errichtet worden, in denen die Verpflegung mit Lebensmitteln und Getränken erfolgte.

Sonntag und Montag hatte er den ganzen Tag über Wachdienst an der Unfallstelle geschoben. Jetzt war er wieder im Einsatz. Die Wetterbedingungen hatten sich drastisch verbessert. Endlich hatte es aufgehört zu regnen. Die Sonne schien von einem wolkenlosen Himmel. Von Nebel keine Spur mehr. Inzwischen hatte er mehr Informationen zu dem Unglück. An Bord von Flug Nr. 592 hatte sich nicht nur 45 Personen befunden. Während 41 von ihnen nur tot geborgen werden konnten, waren vier weitere schwerstverletzt in Krankenhäuser gebracht worden. Ob sie überleben würden, war höchst fraglich.

Ebenfalls an Bord waren 491 Kilogramm Goldbarren, die der niederländischen Krone gehörten und deren Wert ein Vermögen darstellte. Nach der Bergung der Verletzten und der Toten hatten die Suchmannschaften ihr besonderes Augenmerk auf diesen Schatz gelegt. In den Trümmern der zerfetzten DC-6 waren sie bald fündig geworden. Es konnte jedoch nicht alles Gold gefunden werden. Eine Menge von 14,8 kg blieb wie vom Erdboden verschluckt.

Wachtmeister Weissenrieder schaute noch oben zu den Baumkronen und blinzelte. Nach Tagen des Regens und Nebels musste man sich wieder an das Sonnenlicht gewöhnen. Bei dem jetzt klaren Wetter wurde das ganze Ausmaß des Unglücks erst richtig sichtbar. Die viel zu tief anfliegende Maschine hatte zunächst einige Baumwipfel gestreift und diese regelrecht abrasiert. Dann hatte sie eine mehrere hundert Meter lange Schneise in den Wald geschlagen, bis sie endlich den Boden berührte und irgendwann zum Stand kam. Anschließend war es zu einer heftigen Explosion gekommen, die das, was von der DC-6 übriggeblieben war, in Fetzen riss. Nur ein Teil des Rumpfes der Maschine war halbwegs heil geblieben. Die herausgerissenen Passagiersitze ragten bizarr zum Himmel. Der Gendarm wollte sich nicht vorstellen, was Sekunden vor dem Absturz in den Köpfen der Passagiere vorgegangen sein musste. Oder hatten sie den Ernst der Situation gar nicht mitbekommen? Eine Frage, die niemals zu klären sein würde.

Der Blick des Wachtmeisters richtete sich weg von den Baumwipfeln und wieder auf die Trümmerteile, die noch längst nicht vollständig abtransportiert waren. Ihm gegenüber saßen in einigem Abstand drei Männer auf Klappstühlen. Vor sich hatten sie einen

Camping-Tisch aufgebaut. Mochte der Himmel wissen, wie dieser Tisch hier in den Wald gekommen war. Die Männer spielten in ihrer Pause eine Partie Skat. Das Blatt dazu hatten sie in den Trümmern des Flugzeuges gefunden.

Weissenrieder veränderte seine Körperhaltung. Die Zeltstange in seinem Rücken, an die er sich angelehnt hatte, löste Schmerzen aus. Er beugte sich leicht nach vorne, weg von der Stange. Bei dieser Bewegung meinte er für den Bruchteil einer Sekunde, in etwa zehn Meter Entfernung etwas Glitzerndes wahrgenommen zu haben. Zunächst maß er dem keine Bedeutung zu.

Als er sich erneut nach vorn bückte, sah er es wieder. Dort am Waldboden war irgendetwas, auf das das Sonnenlicht fiel, das von dem Gegenstand reflektiert wurde. Vielleicht eine der unzähligen Scherben, die durch den Crash entstanden waren?

Jetzt war die Neugier des Gendarmen geweckt. Er lief die paar Schritte bis zu der Stelle, von der das Glitzern vermeintlich ausgegangen war. Auf den ersten Blick konnte er nichts finden. Mit der Sohle seiner Schaftstiefel schabte er auf dem noch immer ziemlich aufgeweichten Boden vorsichtig hin und her. Er stieß auf einen Widerstand. Jetzt schabte er kräftiger rund um die Stelle, an der die Stiefelsohle hängen geblieben war. Etwas zylinderförmig Zugespitztes wurde freigelegt. Der Gendarm bückte sich und grub es mit den Händen aus. Was er fand, war ein goldener Lippenstift.

Wohl ein persönlicher Gegenstand von einer Passagierin, wie so viele hier herumgelegen haben müssen, ging es ihm durch den Kopf. Doch der zufällige Fund ließ ihm keine Ruhe. Er schabte mit seiner Stiefelsohle weiter auf dem Boden herum und stieß erneut auf etwas.

Weissenrieder ging wieder in die Hocke und grub mit seinen Händen im Erdreich. Ein weiterer goldener Lippenstift kam ans Tageslicht. Er sah um sich und stellte fest, dass die drei Männer noch immer in ihr Skatspiel vertieft waren. Also grub er weiter.

Plötzlich, etwas tiefer im Boden versteckt, stieß er auf etwas Größeres. Vom Jagdfieber gepackt, wühlte er in der Erde herum. Er bemerkte nicht, dass er sich beim Graben die Fingerspitzen aufriss. Er grub immer weiter, immer tiefer. Inzwischen hatte er eine größere Stelle freigelegt. Er klopfte mit den Fingerknöcheln auf den Boden des Lochs und verzog das Gesicht vor Schmerz. Seine Knöchel waren auf etwas verdammt Hartes gestoßen.

Der Wachtmeister ging zu dem Zelt, an dessen Gestänge er sich noch vor wenigen Minuten angelehnt hatte. Er fand einen Klapp-Spaten. Mit dessen Hilfe grub er an der Fundstelle weiter. Ihm verschlug es fast die Sprache, als deutlich wurde, was er da gefunden hatte. Es war pures Gold!

Nach ein paar Minuten hatte er nicht weniger als neun Goldbarren ausgegraben. Es musste sich um das bisher vermisste restliche Gold handeln, das der holländischen Krone gehörte. Wie sich wenig später herausstellte, hatte er Goldbarren mit dem Gesamtgewicht von 15,8 kg gefunden, ein kg mehr als eigentlich vermisst gemeldet worden war. Das Gold hatte einen damaligen Marktwert von 88.800 Deutsche Mark. Für einen Wachtmeister, der nur wenige hundert Mark im Monat verdiente, eine geradezu unvorstellbare Summe.

Weissenrieder stieß einen Schrei aus. Die Kartenspieler schauten erschrocken auf, legten ihr Blatt auf den Tisch, und kamen angerannt. Im nächsten Augenblick wimmelt es an der Fundstelle vor Menschen. Dem Gendarmen war so viel Aufhebens peinlich, schließlich hatte er nur seinen Dienst getan. Eine Stunde später waren die Reporter der großen Frankfurter Zeitungen und auch der der Offenbach-Post vor Ort und interviewten und fotografierten den Beamten. Das wird einen schönen Batzen an Finderlohn geben, vermuteten sie. Der Gendarm aber dachte, jetzt werden sie wieder über mich schreiben, wie damals, als ich an der Ostsee zwei Frauen das Leben gerettet, indem ich sie vor dem Ertrinken bewahrt hatte. Ihm waren solche Artikel gar nicht recht, auch wenn er seine Lebensrettungsmedaille, die er später für seinen selbstlosen, lebensgefährlichen Einsatz erhalten hatte, bei besonderen Anlässen mit Stolz trug.

Am Tag nach Weissenrieders Goldfund trugen die Zeitungen die Schlagzeilen wie *Reines Gold lag zwischen Lippenstiften* oder *Lippenstift wies den Weg - Gendarmeriebeamter aus Offenbach fand das KLM-Gold.*

Wochen später

Gendarmerie-Wachtmeister Ferdi Weissenrieder saß hinter seinem Schreibtisch im Kreiskommissariat in Offenbach. Er tippte auf einer Adler-Schreibmaschine mit Typenhebeln herum und verfasste einen Bericht über einen Einsatz, den er am gestrigen Abend gehabt hatte. Diese Arbeit verlangte Konzentration, denn wenn er sich vertippte, dann musste er dreimal vorsichtig radieren. Einmal auf dem Originalbogen und dann noch auf den zwei Papierbögen, die sich als Durchschrift unter zwei Lagen Blaupapier befinden.

Irgendwie fiel ihm das Konzentrieren schwer. Er brauchte eine kleine Pause. Aus der rechten Schreibtischschublade zog er seinen Tabakbeutel heraus. Er stopfte sich sein Pfeifchen. Der angenehme Geruch nach Latakia und Vanille zog durch das Revier. Er kippte seinen Stuhl nach hinten und wippte damit. Die Tür zu seinem Büro wurde geöffnet. Herein kam der Bote mit einem Stapel Post in der Hand. »Hier ist auch etwas für dich dabei«! Mit dieser Bemerkung legte er einen vornehm aussehenden Brief in das Kästchen mit der Aufschrift Posteingang.

Der Gendarm griff sich den Brief und sah ihn sich aufmerksam an. Im vornehmen Blau gehalten fand er den Absender des Schreibens. KLM Royal Dutch Airlines.

Weissenrieder hangelte seine Schere vom Schreibtisch und öffnete damit den Briefumschlag. In wenigen dürren Worten bedankte sich die Luftverkehrsgesellschaft für seinen erfolgreichen Einsatz im Wald bei Mitteldick. Nicht mehr, nicht weniger. Von einer Belohnung war keine Rede. Die hätte er als Beamter, der seinen Dienst versah, auch nicht annehmen dürfen.

Dienst ist Dienst, seufzte Weissenrieder und stieß eine weißblaue Rauchwolke aus seiner Pfeife. Über sich hörte er das Dröhnen einer anfliegenden Maschine.

Unwillkürlich zog er den Kopf ein und stellte seinen Stuhl zurück auf seine vier Beine.

Anmerkung: Diese Geschichte basiert auf einer wahren Begebenheit. Technische und sonstige Details wurden teilweise im Internet recherchiert. Dort gibt es zum Unfallort und zu der Zahl der Opfer abweichende Angaben, die möglicherweise dadurch zu erklären sind, dass Überlebende später im Krankenhaus verstarben.

Mein Nachbar war wie üblich schlecht gelaunt. Er stand neben dem Eingangstürchen, durch das man sein Grundstück betreten konnte. Seine Unterarme lagen auf der oberen Begrenzung seines Gartenzaunes. Mit scharfem Blick schaute er die Straße hinauf und hinab, so als gäbe es dort etwas Besonderes zu sehen. Doch dort war niemand. Die Dämmerung senkte sich langsam über unser kleines Städtchen.

»Na, wartest du darauf, dass es dunkel wird und die lärmenden Kinder endlich den Spielplatz verlassen?«

»Ja, man kann das ewige Geschreie, das von den Kindern auf dem Platz kommt, nicht länger hören. Tag für Tag wird man von diesen Bälgern belästigt, es ist manchmal nicht zum Aushalten.«

Edgar sprach in der für ihn üblichen überzogenen Lautstärke und schnaubte dabei gleichzeitig verächtlich durch die Nase. Die dicke Zigarre, die zwischen seinen Lippen hing, schaukelte bedenklich. Obwohl der Kalender schon den letzten Oktobertag auswies, war es noch erstaunlich mild und Edgar oben herum nur mit einem einstmals weißen Schiesser-Feinripp-Unterhemd bekleidet. Sein für ihn typisches Sommer-Outfit.

Weniger mild gestimmt war Edgar. »Wenn ich nur an heute Abend denke, dann könnte ich was an mich kriegen, dann geht wieder dieses Theater los.«

Er hatte seine Lautstärke noch einmal deutlich gesteigert. Von seiner Zigarre fiel ein Stück Asche herunter und traf dabei sein Unterhemd. Es hinterließ einen weiteren Schmutzfleck darauf. Edgar nahm die Zigarre aus dem Mund in die Hand und fuchtelte jetzt damit in der Luft herum. Seine gelblich verfärbten Augen starrten mich an.

»Was gibt es denn Besonderes heute Abend?«, wollte ich von ihm wissen.

»Ja weißt du das denn nicht? Heute Abend ist doch dieses verdammte Hellowien«, sprach er leicht undeutlich und verdrehte dabei seine Augäpfel.

Nach einem winzigen Augenblick des Nachdenkens, was er denn meinen könnte, fiel es mir ein. Er sprach von Haloween.

»Das hat uns hier gerade noch gefehlt. Wir machen auch jeden amerikanischen Mist mit. In den letzten Jahren ist das mit dem Hellowien immer schlimmer geworden. Die Kinder und Jugendlichen rasten immer mehr aus.«

Ich verzichtete darauf, ihm zu erklären, dass es sich keineswegs um eine amerikanische Unsitte handelte, sondern um einen uralten Brauch aus Irland, den von dort kommende Einwanderer nach Amerika mitgebracht und dort am Leben gehalten hatten. Erst sehr viel später wurde diese Sitte von Amerikanern auch nach Deutschland gebracht.

Anfangs war es ein nettes Vergnügen, das jedermann Spaß machte. Eine an sich harmlose Sache und man freute sich über die Kinder, die an der Haustüre schellten und um Süßes baten, weil es anderenfalls Saures gäbe. Mit den Jahren, in denen sich dieser Brauch in Deutschland langsam durchsetzt hatte, wurde er von einigen Unbelehrbaren sogleich missbraucht.

Plötzlich trugen einige Kinder, die durchs Städtchen auf der Suche nach Naschbarem zogen, fantasievolle Kostüme, waren geschminkt, hatten Zauberstäbe bei sich und gaben gruselige Laute von sich. Sie schmückten die Häuser und Gärten ihrer Elternhäuser mit ausgehöhlten Kürbissen, denen sie mit Messern ein Fratzengesicht verpassten und die sie mit Teelichtern beleuchteten.

Doch dann begann Haloween auszuarten. Einige vermeintlich besonders kreative Kinder oder deren Eltern, die sie tatenlos begleiteten oder sie bei ihrem schändlichen Treiben auch noch anfeuerten meinten, es übertreiben zu müssen. Derjenige, der auf das Schellen der Hausglocke nicht reagierte oder nichts Süßes anzubieten hatte, konnte damit rechnen, dass das Saure tatsächlich auf dem Fuße folgen sollte.

Das vor dem Haus geparkte Auto wurde mutwillig verkratzt, die Hausfassade wurde mit Eiern oder widerlichen Farbbeuteln beworfen und verunstaltet, Mauern der Grundstücksbegrenzung wurden im harmlosen Falle mit Rasierschaum, in heftigeren Fällen mit Farbe beschmiert. Teilweise wurde erheblicher Sachschaden angerichtet.

Auch körperliche Schäden wurden verursacht, weil man Menschen in Angst einflößenden Kostümen im Stadtpark oder an dunklen Straßenecken auflauerte und ganz gezielt erschreckte und sie mit grellen Lichtern und Laserpointern belästigte. Das hatte in etlichen Fällen schon zu schweren Herzanfällen oder Schlimmerem geführt. Einmal mehr hatten ein paar Wenige, die sich nicht benehmen konnten, dafür gesorgt, dass ein an sich schöner und harmloser Brauch in Verruf geriet und die Akzeptanz in der Bevölkerung deutlich schwand. Der früher übliche Zauberstab hatte längst seinen Zauber verloren, er war durch einen Elektroschocker ersetzt worden.

Auch bei Nachbar Edgar hatte man im vergangenen Jahr die Hausfassade mit Eiern und Farbbeuteln beworfen. Die hässlichen Flecken konnte man noch heute sehen. Das war der Grund, weshalb Edgar so allergisch auf Haloween reagierte.

»Du kannst ruhig wieder in dein Haus gehen, jetzt kommen die noch nicht, erst bei völliger Dunkelheit, in der die Bösen sich besser tarnen können«, riet ich ihm.

»Nein, diesmal werde ich anders reagieren. Ich habe im Supermarkt ein Süßigkeiten-Paket gekauft, das extra zu Hellowien angeboten wurde. Ich werde Süßes verteilen, dann bleibt mir Saures erspart,« grunzte er mir zu.

Soviel Verstand hätte ich ihm nicht zugetraut. Oder hatte er schon einmal etwas von dem Sprichwort *Aus Schaden wird man klug gehört*? Edgar öffnete die Seitentür seiner Garage und holte eine Schüssel, prall gefüllt mit Süßigkeiten, darunter auch viele Lebkuchen heraus, die er mir wie zum Beweis unter die Nase hielt.

»Na, da hast du ja gut vorgesorgt, vielleicht hilft es etwas«, kommentierte ich seine Vorführung und wandte mich ab, um in mein Haus zu gehen. Dort hielt ich ebenfalls einen Vorrat an süßen Sachen bereit, auch wenn ich den mittlerweile aus den Fugen geratenen Haloween-Brauch eigentlich nicht länger mitmachen wollte. Lebkuchen, ging es mir beim Blick auf die Süßigkeiten durch den Kopf, haben wir denn schon Weihnachten? Was sind das für Zeiten, in denen wir leben, wenn man Lebkuchen schon zu Herbstbeginn kaufen kann? Auch so wird ein schöner alter Brauch ruiniert.

»Eigentlich müsste man«, rief er mir hinterher, »diese Sachen ein wenig präparieren, damit diese aufdringlichen Kinder eine Lektion erteilt bekommen.«

»Wie meinst du das?«, wollte ich von Edgar wissen, dessen drohender Unterton in der Stimme mir nicht verborgen geblieben war.

»Na ja, es gibt doch bestimmt irgendetwas, wovon es den Bälgern schlecht werden würde, irgendein Mittel, von dem es ihnen übel wird und sie alle Lust verlieren, weiter durch die Straßen zu ziehen und unbeteiligte Bürger zu erschrecken oder zu belästigen.«

»Lass das besser bleiben, du kannst nicht wissen, was du damit alles anrichtest«, riet ich ihm und kehrte in mein Haus zurück.

Zwei Stunden später. Es hatte in der Zwischenzeit etliche Male an meiner Haustür geklingelt und der Lärm der vorbeiziehenden Kinder war unüberhörbar, aber sie verhielten sich ausnahmslos anständig, wurden von mir mit Leckereien beschenkt. Dann aber veränderte sich die friedliche Stimmung mit einem Mal drastisch.

Plötzlich klingelte es Sturm an der Haustür. Erst wollte ich nicht reagieren, aber es klingelte erneut und hörte sich irgendwie dringlich an. Ich öffnete und vor mir stand ein Vater mit seinem Sohn, der in merkwürdig gewundener Haltung auf der Treppe herumtippelte. Es war unübersehbar, dass er eine Hand an seiner Hose liegen hatte und damit auf sein Hinterteil presste.

»Bitte, haben sie eine Toilette? Mein Sohn hat sich offenbar mit den vielen süßen Sachen, die er in sich hineingestopft hat, übernommen und hat jetzt ein fürchterliches Grummeln im Bauch. Er braucht dringend eine Toilette.«

Leicht verwundert gab ich den Weg frei und bat die beiden in meine Wohnung. »Erst rechts, denn geradeaus bis zum Gangende. Direkt an der Stirnseite befindet sich das WC«, informierte ich den Jungen. Der schoss in Windeseile in die angegebene Richtung davon.

Nach wenigen Minuten kam er mit auffallend blassem Gesicht, aber sichtlich erleichtert zurück und bedankte sich höflich für seine Rettung. Sein Vater, es war nicht zu übersehen, wie peinlich ihm diese Angelegenheit war, schloss sich dem Dank an und er verließ, seinen Sohn an der Hand, kopfschüttelnd unser Haus.

Ich begleitete die zwei nach draußen. Der Weg von der Haustür zum Gartentor hat drei tückische Stufen, die trotz Beleuchtung leicht zu übersehen sind. Ich wollte nicht, dass noch jemand zu größerem Schaden kommt.

Mit einer Geste, die wohl noch einmal Dank ausdrücken sollte, verabschiedete sich der Vater. Beide verschwanden hinter den hohen Hecken und Büschen, mit denen mein Grundstück umgeben war.

Ich wollte in mein Haus zurückgehen, da hörte ich aufgeregte Stimmen. Deutlich war das Geschrei von

Edgar aus dem Gewirr herauszuhören. Neugierig geworden, was jetzt wohl wieder passiert sein mochte, kehrte ich um und ging zum Gartentor. Irgendetwas ging hier vor. Im fahlen Schein der städtischen Laterne, die in der Nähe meiner Garage steht, glaubte ich erkennen zu können, dass zwei Jungs unter der großen Kiefer, die auf dem Grundstück meines Nachbarn Edgar steht, saßen und die Hosen heruntergelassen hatten.

Selbst auf diese Entfernung war ein penetranter Geruch wahrnehmbar, der dem glich, was als Duft aus meiner Toilette gekommen war, als der Junge sein dringliches Geschäft erledigt hatte. Von irgendwo her kannte ich diesen penetranten Geruch. Er erinnerte mich an meine Kindheit, aber ich konnte nicht sagen, warum.

Das alles konnte doch kein Zufall sein und kam mir höchst merkwürdig vor! Mir fielen die Worte von Edgar ein, seine Bemerkung, man müsste die Süßigkeiten irgendwie präparieren. Der wird doch wohl nicht seine Andeutung in die Tat umgesetzt haben? Ihm wäre alles zuzutrauen.

Zwei Tage später. Ich saß beim Frühstück und las die örtliche Tageszeitung. Ein großer, dreispaltiger Bericht fiel mir sofort ins Auge. Die Schlagzeile hieß: Mann versucht, Supermarkt zu erpressen. Hoch interessiert las ich den Text des Artikels. Wie die Polizei gestern mitteilte, hat ein Mann versucht, einen heimischen Supermarkt zu erpressen. Er verlangt eine Summe von 500.000 Euro ausgehändigt zu bekommen, anderenfalls drohte er damit, Lebensmittel zu vergiften. Er wolle Süßigkeiten und hier ganz besonders Lebkuchen mit Rizinusöl verunreinigen. Die Folgen für die Verbraucher wären Erbrechen und drastische Darmentleerungen.

Wegen der Wachsamkeit des Personals des Supermarktes war der Mann aufgefallen, als er sich in dem Verkaufsgang, in dem Süßigkeiten angeboten werden, an Packungen zu schaffen gemacht hatte. Eine Fachverkäuferin wollte gesehen haben, dass er dabei eine Spritze in der einen Hand, in der anderen ein Päckchen Lebkuchen gehalten hatte. Sie verständigte sofort die Marktleitung und diese rief die Polizei zu Hilfe. Der Mann konnte an Ort und Stelle festgenommen werden. Er trug tatsächlich eine Spritze bei sich, die, wie anschließende Untersuchungen ergaben, mit Rizinus-Öl gefüllt war. Die Ware wurde daraufhin unverzüglich aus den Regalen entfernt.

Die Polizei warnt deshalb, beim Verzehr solcher Lebkuchen besonders vorsichtig zu sein und auf etwaige Manipulationen an der Verpackung zu achten. Bis Redaktionsschluss konnte die Polizei noch keine konkrete Auskunft darüber geben, ob möglicherweise auch andere Artikel manipuliert worden sind. Der Täter weigere sich bisher, dazu eine Aussage zu machen.

Ich stand auf und kontrollierte die Restbestände in meiner Süßigkeitenschüssel. Darin befanden sich noch drei Lebkuchenherzen. Einen Augenblick lang verlockte mich der Gedanke, diese meinem Nachbarn Edgar anzubieten. Aber dann kam ich wieder zur Vernunft und befand, dass es sich im wahrsten Sinne des Wortes um eine schlechte Idee handelte. Scheiß-Haloween!

Die Verkehrskontrolle

Wir waren in Frankfurt zu einem festlichen Empfang eingeladen. Wie immer, wenn wir unterwegs waren, sprachen wir uns ab, wer von uns beiden an diesem Tag für die abschließende Heimfahrt zuständig war. Das bedeutete, einer von uns durfte nichts Alkoholisches trinken, musste absolut sauber sein, sollten wir auf dem Heimweg in eine Verkehrskontrolle geraten.

Gerade in den Wochen vor Weihnachten schwärmte die Polizei aus, um an allen möglichen und unmöglichen Stellen die Fahrtüchtigkeit von Autofahrern zu überprüfen. Der Schwerpunkt dieser Aktionen lag darauf, ob die Fahrer alkoholisiert unterwegs waren. Die Polizei wusste genau, dass in diesen Tagen viele Weihnachtsessen, Betriebsfeiern oder andere Festivitäten stattfanden, wobei dem Alkohol zugesprochen wurde.

Als ich den Wagen auf dem Parkplatz abgestellt hatte und wir ausgestiegen waren, sagte ich zu meiner Frau »Heute bist du an der Reihe.« Damit meinte ich, sie müsse auf Alkoholgenuss verzichten und ich durfte was trinken. Sie nickte geistesabwesend, wahrscheinlich dachte sie schon längst darüber nach, wen wir auf dem Empfang alles treffen würden.

Und wenn man Pech hat, trifft man seinen Lieblingsfeind heißt es in einem Liedtext eines vor vielen Jahren von Daliah Lavi gesungenen Schlagers. Das könnte heute durchaus auch passieren.

Wir betraten die vornehme Villa unseres Gastgebers und wurden freundlich in Empfang genommen. Der übliche banale Smalltalk folgte, bis wir Platz für die nachfolgenden Gäste machten und uns unter die anderen mischten.

Wider Erwarten wurde es ein recht angenehmer Abend mit netten Gesprächen und wir trafen viele Bekannte und wenige Freunde. Vom Lieblingsfeind war glücklicherweise weit und breit nichts zu sehen.

Natürlich kam in den Gesprächen die Rede auch auf das Thema Fußball. Nichts für meine Frau, die auf dem Standpunkt steht, gäbe man jedem Spieler einen eigenen Ball, wäre ganz schnell Schluss mit Foulspiel oder irgendwelchen unverständlichen Abseitsregeln, die den Spielfluss nur störten.

Unauffällig setzte sie sich von unserer Gesprächsrunde ab, ging ein paar Schritte weiter, um sich einer Gruppe Damen anzuschließen, die sich angeregt unterhielten. Für einen winzigen Augenblick ging mir durch den Kopf, über welches Thema sie wohl sprachen. Von einer hysterisch klingenden Dame schnappte ich lediglich die Worte Gleichberechtigung und wir müssen darum kämpfen auf. Na denn! Da war mir der Fußball doch lieber.

Irgendwann hatte ich meine Frau aus den Augen verloren. Der Teufel mochte wissen, wo sie abgeblieben war. Gern nahm ich ein weiteres Glas des hervorragenden Merlots an, den mir ein Livrierter auf einem silbernen Tablett kredenzte. Heute durfte ich ja, meine Frau war für den Heimweg zuständig.

Als in meiner Gesprächsrunde nicht mehr über Fußball, sondern nur noch über einen Verein gesprochen wurde, den ich nicht ausstehen konnte, setzte auch ich mich ab. Es gab genügend interessante Menschen, mit denen ich mich gern unterhielt.

Der Abend war weit fortgeschritten. Ich hätte nicht sagen können, wie viele Gläser Merlot ich inzwischen getrunken hatte. So vier oder fünf konnten schon hinkommen. Na ja, für einen langen Abend war das nicht übertrieben viel.

Plötzlich tauchte meine Frau wieder aus dem Menschengewimmel auf. Sie gab mir unauffällig ein Zeichen, dass sie nun genug hatte von dem Gequatsche und nach Hause wollte. Um nicht unhöflich zu erscheinen, winkte ich sie zu mir heran, was mir die Gelegenheit gab, mich nicht abrupt aus meinem Gespräch zurückzuziehen.

Nachdem wir uns bei den Gastgebern für die Einladung und den netten Abend bedankt hatten, liefen wir die paar Schritte zum Parkplatz. Ich zog den Autoschlüssel aus der Tasche und wollte ihn meiner Frau reichen. Der Schlüsselanhänger klimperte und machte meine Frau aufmerksam.

»Ja, wie jetzt?« Sie sah mich sichtlich überrascht an. »Du hast doch vorhin zu mir gesagt, dass ich heute an der Reihe bin.«

»Ja eben, du bist an der Reihe, uns heimzufahren«, entgegnete ich nicht weniger erstaunt.

»Oh je, dann haben wir uns aber gründlich missverstanden. Ich dachte, ich dürfte etwas trinken«, meinte sie unsicher.

»Jetzt habe ich auch was getrunken und wie sollen wir dann heimkommen?«

»Mist! Wie viel hast du denn getrunken? Kannst du noch fahren oder wie sieht das aus?«

»Ich weiß nicht genau, aber drei Gläser Wein können es schon gewesen sein. Natürlich kann ich noch fahren, ich komme mir stocknüchtern vor, aber ob die Polizei das auch so sieht?«

Sie sah mich unschlüssig an, wobei ich selbst im Halbdunkel einer Straßenlaterne erkennen konnte, dass ihre Wangen rosig aussahen.

»Da haben wir jetzt aber ein Problem. Ich darf nach ungefähr fünf Gläsern schweren Rotweines bestimmt nicht mehr fahren und irgendwie müssen wir schon die fünfzig Kilometer nach Hause schaffen. Wenn ich meinen Führerschein verlöre, wäre das schon aus beruflichen Gründen viel verheerender als bei dir und den schönen Firmenwagen wäre ich auch los. Den müsste ich dann nämlich ebenfalls abgeben.«

»Dann bleibt wohl nichts anderes übrig und ich muss uns nach Hause bringen. Da können wir nur hoffen, dass wir nicht in eine Alkoholkontrolle geraten. Ich weiß nicht, wie die ausgeht.«

Meine Frau öffnete die Wagentür und nahm auf dem Fahrersitz Platz. Sie stellte sich die Spiegel ein und ermahnte mich, jetzt nicht noch eine Zigarette zu rauchen. Sie wolle nur noch eines: So schnell wie möglich nach Hause. Ich murrte ein wenig, weil ich schon den ganzen Abend über nicht rauchen konnte und das dringende Bedürfnis nach Nikotin verspürte. Nachdem wir uns schon so gründlich missverstanden hatten, wollte ich die Stimmung nicht trüben und stieg ungeraucht in den Wagen ein.

Wir verließen unseren Parkplatz und bogen auf die Straße ein, auf der zu dieser späten Stunde nur noch wenig Verkehr herrschte. Es war ein bißchen neblig, aber nicht so dicht, dass es störte. Vor uns tauchte eine große Schilderbrücke auf, die uns den Weg zur Autobahn wies. Den weißen Pfeilen auf dem Schild folgend, nahmen wir die einspurige Abbiegung nach rechts.

Der weitere Straßenverlauf war nicht einsehbar. Im Scheitelpunt der Kurve sahen wir am Fahrbahnrand neben einer rot brennenden Fackel ein Warndreieck stehen. Auf seinem unteren Rand stand ein unmissverständlicher Hinweis: Verkehrskontrolle!

»Achtung!« rief ich. »Jetzt haben sie uns erwischt. Fahre langsam weiter, mal schauen, was passiert. Verhalte dich ganz unauffällig.«

Wir hatten die Kurve gerade hinter uns gelassen, da sahen wir am Fahrbahnrand einen Seitenstreifen. Auf ihm stand ein paar Meter entfernt ein Streifenwagen der Polizei mit eingeschalteten Schweinwerfern. Das gelbe Licht der Warnblinkanlage war genauso unübersehbar wie die rot beleuchtete Kelle, die ein Polizist eifrig schwenkte und uns damit anwies, auf den Seitenstreifen zu fahren und anzuhalten.

Der Kellenschwenker ging auf die Fahrerseite des Wagens. Meine Frau betätigte den elektrischen Scheibenheber und -senker und öffnete die Seitenscheibe.

»Allgemeine Verkehrskontrolle! Ihre Wagenpapiere und ihren Führerschein bitte! Haben sie Alkohol zu sich genommen?« Er sprach in einem befehlsgewohnten Ton, auf den meine Frau normalerweise allergisch reagierte. Diesmal jedoch schien es ihr besser geraten, sich in keine Diskussion einzulassen.

»Einen Augenblick bitte. Die Papiere hat mein Mann in seiner Brieftasche und die wiederum habe ich in meiner Handtasche, die auf dem Sitz hinter mir liegt. Darf ich sie holen?«

Der Polizist zeigte sich ob der Frage leicht irritiert. Er konnte ja nicht wissen, wie es meiner Frau vor vielen Jahren schon einmal ergangen war. Zu Zeiten der bundesweiten Fahndung nach der Bader-Meinhof-Bande war sie von der Polizei auf der Autobahn gestoppt worden, weil sie einen roten, italienischen Kleinwagen fuhr. Ein solcher Typ wurde häufig auch von Bandenmitgliedern benutzt. Auf die Frage nach den Papieren hatte sich meine Frau nach hinten umgedreht, um an ihre Handtasche zu gelangen. Das hatte dem offenbar überforderten jungen Polizisten dazu bewogen, ihr die Mündung einer Maschinenpistole in die Rippen zu jagen und sie damit fast zu Tode zu erschrecken. Später entschuldigte er sich lapidar damit, meine Frau sähe einem Bandenmitglied täuschend ähnlich und man könnte nie sicher sein, was im nächsten Augenblick geschähe. Ihm machten diese Kontrollen auch keinen Spaß, fügte er hinzu.

»Machen Sie und zeigen Sie mir Ihre Papiere«, wies sie der Beamte jetzt an und meine Frau drehte sich betont langsam nach hinten um, jede verdächtige Bewegung vermeidend.

Es klopfte an die Scheibe der Beifahrertür. Ich öffnete. »Sie können schon mal den Kofferraum aufmachen und mir ihren Verbandskasten zeigen. Wollen wir mal sehen, ob Sie auch die neuerdings vorgeschriebenen Einmalhandschuhe mit sich führen.«

Erst seit wenigen Wochen waren diese Handschuhe Pflicht geworden und ich hatte nicht die geringste Ahnung, ob sie sich in dem Verbandskasten finden ließen. Ebenso wenig Ahnung hatte ich davon, wo sich in meinem alle zwei Jahre wechselnden Firmenwagen der Verbandskasten überhaupt befand. Ich hatte ihn noch nie gebraucht.

Ich öffnete den Kofferraumdeckel durch Knopfdruck und welch ein Glück, an der rechten Seitenwand befand sich ein festgezurrter Verbandskasten, der mir noch nie aufgefallen war. Nach Lösung des Gurtes übergab ich den Kasten an den Polizisten. Der nahm ihn an sich und ging nach vorne zum Wagen, um ihn, der besseren Sicht wegen, auf der Motorhaube zu platzieren.

Er hatte den Deckel des Kastens gerade aufgeklappt, meine Frau hatte inzwischen die Wagenpapiere endlich gefunden und dem Kellenschwenker ausgehändigt, als plötzlich ein brummelndes Motorengeräusch und Reifenquietschen zu hören war.

Noch war unklar, woher es kam, aber es wurde immer intensiver. Im nächsten Augenblick schoss ein moosgrüner Bentley mit völlig überhöhter Geschwindigkeit durch die Kurve. Die Räder des Wagens radierten über den Asphalt. Der Fahrer hatte sichtlich Mühe, den Wagen in der Spur zu halten. Er kurbelte am Lenkrad und konnte doch nicht verhindern, dass er mit den Vorderrädern über den Randstein des Seitenstreifens donnerte. Er verfehlte den einen Polizisten und meinen Wagen nur um Zentimeter.

Der Beamte, der gerade dabei war, die Papiere zu sichten, stand einen Augenblick da, wie vom Donner gerührt. Die Polizeikelle, die er unter einem Arm eingeklemmt hatte, war auf den Boden gefallen. Dann handelte er blitzschnell. Er warf die Wagenpapiere und den Führerschein ins Auto zurück auf den Schoß meiner Frau, murmelte so etwas wie eine Entschuldigung.

»Egon, komm schnell! Den Kerl holen wir uns!«

Er drehte sich herum und rannte zum Streifenwagen. Im Wegrennen rief er uns zu: »Sie können weiterfahren.« Der angesprochene Egon drückte mir den Verbandskasten in die Hand, legte einen Finger an den Rand seiner Uniformmütze, was wohl so etwas wie einen Gruß darstellen sollte und folgte seinem Kollegen ins Auto. Mit durchdrehenden, ebenfalls quietschenden Rädern nahm der Streifenwagen mit eingeschaltetem Sondersignal die Verfolgung des Bentley auf.

Puh! Wir atmeten tief durch. Das war verdammt knapp und hätte leicht schiefgehen können. Noch einmal Glück gehabt und jetzt nichts wie weg. Nicht, dass die es sich noch anders überlegen und hier noch einmal auftauchen.

Ich warf den Verbandskasten auf die Rückbank und meine Frau gab Gas. In einer halben Stunde waren wir ohne weitere Zwischenfälle wieder zu Hause.

Am nächsten Morgen wunderte ich mich sehr. Der Parkplatz in der Tiefgarage unserer Firma, der mit der Nummer 1 in weißer Schrift markiert war, lag einsam und verlassen. Das hatte ich in den vielen Jahren meiner Betriebszugehörigkeit nur ganz selten erlebt. Der

Boss war eigentlich immer der Mann, der zuerst den Betrieb betrat. Wo war er heute?

Der Cheffahrer hatte in den nächsten drei Monaten mehr zu tun, als ihm lieb war. Nach 12 Wochen war der Parkplatz mit der Nummer 1 wieder belegt. Frisch gewaschen und mit blank polierten Chromleisten stand der moosgrüne Bentley auf seinem Stammplatz, so als wäre nichts geschehen.

K(n)opflos

Es war mal wieder soweit. Das jährliche Betriebsfest stand auf dem Terminplan. Da wir im vergangenen Jahr eine Schiffstour auf dem Rhein unternommen hatten, feierten wir diesmal im Palmengarten in Frankfurt. Immer dasselbe Spiel. Ein Jahr mit dem Schiff unterwegs, im nächsten folgte unausweichlich der Palmengarten. So ging das schon seit Jahren.

Freilich war es nicht ganz einfach, für so viele Menschen eine angemessene Örtlichkeit (ich vermeide absichtlich das neudeutsche Wort Location, denn wir sind eine strikt konservative Firma) zu finden, die ausreichend Platz für mehrere hundert Menschen bot und eine angemessene Verpflegung sicherstellte. Aber musste es immer nur die Wahl zwischen diesen zwei Zielpunkten geben?

Meine Stimmung war nicht unbedingt die beste. Mir graute vor diesem langweiligen Fest. Immer dieselbe Litanei. Vor dem Essen würde der Betriebsratsvorsitzende seine Arbeit loben (tat ja sonst keiner) und mit vielen gewundenen Worten beschreiben, wie er sich mal wieder mit aller Kraft dafür eingesetzt hatte, diese große Feier zu organisieren.

Diesem völlig unbegabten Redner, den man bereits mehrfach in Rhetorik-Seminare geschickt hatte, ohne dass sich an seinem Gestammel und seinem linkischen Gehabe etwas geändert hätte, fiel jedes seiner gedrechselt wirkenden Worte schwer. Der Schweiß stand ihm auf der Stirn. Er war sichtlich überfordert, doch war es sein einziger großer Auftritt im Jahr, auf den er unter keinen Umständen verzichten wollte und auf den er sich monatelang vorbereitet hatte. Er hatte ja auch sonst nicht viel zu tun, denn in unserem Unternehmen herrschte meistens ein hervorragendes Betriebsklima, das einen Betriebsrat eigentlich überflüssig gemacht hätte.

Als er seine Rede mit zahllosen Versprechern endlich zu Ende gebracht und er mäßigen Höflichkeitsbeifall dafür erhalten hatte, steckte er das Mikrofon, das er wie eine heiße Kartoffel in den Händen gehalten hatte, zurück in die Halterung. Er bat nun den Vorsitzenden der Geschäftsführung ans Mikrofon.

Mit weit ausholenden, energischen Schritten lief dieser durch den Saal und nahm von der Treppe, die auf die Bühne führte, immer zwei Stufen auf einmal. Das wirkte hochdynamisch. In knappen, geschliffen formulierten Sätzen teilte er mit, wie gut es dem Unternehmen auch in diesem Jahr ging. Er dankte allen Mitarbeiterinnen und Mitarbeiter für ihre gute Arbeit, die sie geleistet hatten und ohne die der Erfolg nicht möglich gewesen wäre. So nett sich das anhörte, von jedem seiner Worte ging eine Kälte aus, die bis in den Saal, in dem wir an fein säuberlich aufgereihten Tischen saßen, spürbar war.

Wir alle wussten, was jetzt kam. Die Ermahnung, in unserem Fleiß und Engagement keinesfalls nachzulassen. Geschäftlicher Erfolg sei nicht selbstverständlich und müsse immer wieder aufs Neue erarbeitet werden. Nur so sei sichergestellt, dass wir uns auch im nächsten Jahr wieder ein solch tolles Betriebsfest leisten könnten.

Aha! Wer hätte das besser gewusst als wir, die wir rund um die Uhr und selbst an Sonn- und Feiertagen für das Wohlergehen des Unternehmens ackerten? Gut, dass der Herr Vorsitzende das noch einmal gesagt hatte.

»Jetzt, liebe Freunde, lasst uns zusammen speisen und einen angenehmen Abend verbringen. Das Essen wird in wenigen Minuten serviert«, sagte er in plötzlich jovialem Ton, der so gar nicht zu dem zuvor Gesagtem passen wollte. Er verließ die Bühne unter donnerndem Applaus. Jeder musste beim Klatschen mitmachen, denn schließlich stand man unter Beobachtung und niemand wollte dadurch auffallen, dass er dem Chef den Beifall schuldig blieb.

Als der Vorsitzende der Geschäftsführung wieder am Tisch Platz genommen hatte, der ausschließlich der Führungsebene des Unternehmens vorbehalten war, steckte er sich in einem feierlichen Ritual eine Zigarre an. Ihn interessierte das generelle Rauchverbot nicht im Geringsten. Ein Zigarren-Kettenraucher ließ sich davon nicht beeindrucken und es dauerte nur ein paar Augenblicke, bis ein Kellner mit hochrotem Kopf angeeilt kam und ihm einen großen Aschenbecher auf den Tisch stellte. Der Herr war zufrieden, lehnte sich mit seinem Stuhl leicht zurück und blickte gönnerhaft in die Runde seiner Mitarbeiter.

Aus Richtung der Küche kamen jetzt etliche Kellner heran und servierten den ersten Gang des Menüs. Es gab köstliche Spargelcremesuppe.

Beim Betriebsratsvorsitzenden entstand leichte Unruhe. Er flüsterte mit seiner Stellvertreterin, die er für jeden, der die Unterhaltung mitbekam, anwies, auf die Bühne zum Mikrofon zu gehen. Er selbst war wohl von seiner kolossalen Leistung, die er vor ein paar Minuten erbracht hatte, noch so erschöpft, dass sie die Aufgabe übernehmen musste.

»Liebe Mitarbeiterinnen und Mitarbeiter! Der Betriebsrat hat sich etwas ganz Besonderes ausgedacht. Während die Suppe an alle Tische gebracht wird, möchten wir sie mit einer Schautanzeinlage überraschen. Wir haben dazu den 1. Frankfurter Tanzclub Blau-Violett eingeladen. Er wird uns mit einem Tanz aus den wilden 20er Jahren unterhalten. Ich wünsche ihnen viel Spaß an der Darbietung und gebe das Parkett frei für die Tanzgruppe!«

Im nächsten Augenblick kamen aus verschiedenen Eingängen junge Frauen und Männer in den Saal gestürmt, um in dessen Mitte Aufstellung zu nehmen. Sie alle waren in fantasievolle Kostüme oder Anzüge in den Farben ihres Tanzclubs gewandet. An den Kostümen der Tänzerinnen war mit dem Stoff ziemlich sparsam umgegangen worden. Ihre Oberkörper waren lediglich mit einem knappen, blauen Stoffteil bekleidet, das wohl als Ersatz für einen BH dienen sollte.

Die Musik begann zu spielen. Ein feuriger Charleston kam aus den Musikboxen und die Tänzerinnen und Tänzer wirbelten über das Parkett und zeigten beeindruckende Showbilder.

Jetzt war unser Tisch an der Reihe. Mehrere Kellner servierten die Suppe. Mir stieg der Geruch von Spargel in die Nase und ein leichtes Hungergefühl meldete sich. Die Musik steigerte sich und es war klar, dass Finale furioso des Tanzes stand bevor. Einige Tänzer hatten ihre Partnerinnen, an beiden Armen festhaltend, durch ihre weit gespreizten Beine hindurchgezogen und anschließend durch die Luft gewirbelt. Anmutig landeten sie wieder auf dem Parkettboden.

Durch die noch immer gespreizten Beine rutschten jetzt einige Tänzerinnen, machten eine Rolle vorwärts und beendeten den Tanz mit einem atemberaubenden Spagat, während die Tänzer die Arme triumphierend in die Höhe rissen. Vier Männer hielten ihre Partnerinnen an ihren ausgestreckten Armen in der Luft.

Danach geschahen mehrere Dinge innerhalb von Sekunden gleichzeitig. Das angetane Publikum applaudierte, die Tanzgruppe stand zum Abschlussbild. Eine junge Dame, die eben noch durch die Beine ihres Partners gerutscht war, lag im Spagat auf dem glatten Parkett des Palmenhauses, nur wenige Meter von mir entfernt. Das Lächeln in ihrem Gesicht wirkte einstudiert und künstlich, um in der nächsten Sekunde einzufrieren.

Es machte, für mich deutlich wahrnehmbar, zweimal Plopp. Der Knopf, der ihr blaues Oberteil in der Mitte zusammengehalten hatte, verlor seinen Halt. Das war Plopp 1. Er segelte durch die Luft, um im nächsten Augenblick exakt in der Mitte meiner Suppentasse mit der Spargelcremesuppe zu landen. Plopp Nr. 2.

Ich schaute entgeistert auf den Knopf in meiner Suppe und auf die Flecken, die spritzende Suppe auf meiner Firmenkrawatte hinterlassen hatte. Dann hörte ich einen Aufschrei.

Die junge Dame, die ihr Oberteil auf so ungewöhnliche Weise verloren hatte, reagierte völlig k(n)opflos. Sie schrie und hielt ihre Hände vors Gesicht, doch sie hatte ihre Arme dabei so weit abgewinkelt, das sie freie Sicht auf einen wunderschönen, großen Busen gewährte, der allen Gesetzen der Schwerkraft zum Trotz stramm aufrecht stand.

Was sollte ich in dieser verrückten Situation tun? Kurz entschlossen fingerte ich den Knopf aus meiner Suppe, wischte ihn an einer Serviette ab, stand von meinem Platz auf, zog mein Sakko aus und ging die paar Schritte zu der Tänzerin. Ich half ihr mit einer Hand auf, überreichte ihr den Übeltäter und hielt ihr galant das Sakko vor die unbedeckte Brust. Allmählich wich die Starre aus ihrem Gesicht. Im nächsten Augenblick begann sie, lauthals zu lachen und der ganze Saal fiel in das Gelächter ein. Aber es lag keinerlei Schadenfreude in dem Lachen.

Der Vorsitzende der Geschäftsführung steckte sich seine nächste Zigarre an und der weitere Abend verlief so, wie alle anderen Betriebsfestabende zuvor. Zur nächsten Feier würde ich in Erinnerung an den weggeflogenen Knopf mit einem Lächeln auf dem Gesicht gehen. Eines aber würde sich nicht ändern: Ich blieb überzeugter Nichttänzer.

Die Kugel

Ich war hundemüde, restlos geschafft. Im Geschäft war wieder einmal der Teufel los gewesen. Eine Menge war schief gelaufen. Verträge, die sicher unter Dach und Fach schienen, waren doch nicht unterzeichnet worden. Die Konkurrenz hatte uns in letzter Minute ausgestochen. Wir hatten vielleicht zu hoch gepokert, zuviel gewagt und alles verloren.

Es klang also einer jener Tage aus, an denen man sich des Spruchs erinnert: Was soll schon aus dem Tag werden, wenn er mit Aufstehen beginnt? Das Leben ist halt eine Achterbahn, mal rauf, mal runter. Im Augenblick ging es bergab und ich hatte einiges zu tun, die Talfahrt zu stoppen.

Ich hatte schon so manche Schlacht erfolgreich geschlagen, aber in der letzten Zeit strengten mich diese Schlachten zunehmend an und zehrten an der Substanz. Die 58 Jahre, die ich inzwischen auf dem Buckel hatte, begannen Wirkung zu zeigen. Der Jüngste war ich halt nicht mehr und wer als Mann dieses Alters morgens aufwacht und feststellt, ihm tut nichts weh, der weiß eines gewiss: Er ist tot!

Ich setzte mich in meinem Wagen und startete den Motor. In aller Gelassenheit wollte ich nach Hause fahren, eine Dusche nehmen, ein oder zwei Glas Rotwein trinken und mich dann ins Bett legen. Morgen ist auch noch ein Tag.

Es war schon dunkel. Wie üblich war es wieder später geworden, als beabsichtigt war. Meine Frau würde ihre säuerliche Miene aufgesetzt haben und mir stumme Vorwürfe machen. Das ist eben die Kehrseite der Medaille, die niemand von denen sieht, die sonst nicht aufhören können, mich glühend um den Job als Geschäftsführer zu beneiden. Aber Neider und Kleingeister sind jeden Tag spätestens um 16 Uhr zu Hause.

In langsamer Fahrt rollte ich vom Parkplatzgelände und bog in die Ausfallstraße ein. Ich wohnte, wie das in meiner Position üblich ist, auf dem Lande. Dort, wo sich der Trubel noch in Grenzen hält, wo das Aufregendste im Jahr eine Schlägerei auf der Kirmes ist.

In jeder Faser meines Körpers spürte ich die Müdigkeit. Sie kroch von unten nach oben, umklammerte mein Herz, das sich durch unregelmäßige, hektische Schläge dagegen wehren wollte. Bis sie am Kopf angekommen war. Meine Augenlider wurden schwer, meine Gedanken träge, meine Reaktionen kamen mit deutlicher Verzögerung. Eigentlich hätte ich in diesem Zustand nicht mehr mit dem Auto fahren dürfen.

Aber wie sonst hätte ich nach Hause kommen sollen? Ich seufzte und versuchte, mich ganz auf die Straße und den Verkehr zu konzentrieren, der spürbar geringer geworden wurde, je mehr ich mich vom Stadtrand entfernte und in ländliche Regionen gelangte.

Jetzt hatte ich ein längeres Stück dunkler Landstraße vor mir. Im Rückspiegel zeigte sich kein folgendes Auto und es kam mir auch kein Fahrzeug entgegen, das mich mit seinen Scheinwerfern hätte blenden können. Ich wurde langsam innerlich ruhiger, die Nerven entspannten. Der Motor meines Wagens schnurrte wie ein zufriedenes Kätzchen. Das lauteste Geräusch kam vom Gebläse, das mir Frischluft um die Nase blies.

Ich fing an, meine Umwelt wieder bewusster wahrzunehmen. Der Himmel über der Straße war aufgerissen. Durch die schnell dahin treibenden Wolken schimmerte fahles Mondlicht und tauchte die die Felder und die kleinen Waldstücke, an denen ich vorbeifuhr, in ein diffuses Halbdunkel. Es schien Wind aufzukommen. Die Blätter der Bäume, die den Straßenrand säumten, flatterten im Scheinwerferlicht.

Mit jedem Meter, den ich zurücklegte, wurde der Wind stärker. Mein Wagen wurde von den Böen heftig geschüttelt. Ich hatte Mühe, ihn auf geradem Kurs zu halten. Die Kronen der Bäume standen nun wie weggeknickt. Die Wolken rasten über den Himmel. Das Mondlicht wurde von ihnen verdeckt, wieder durchgelassen, erneut verdunkelt.

Die Situation entwickelte sich irgendwie bedrohlich und unwirklich. Ich nahm wahr, hier stimmte etwas nicht! Mit einem Dreh stellte ich das Gebläse auf aus. Es war nichts mehr zu hören. Obwohl draußen der Sturm tobte und Blätter und Papierschnipsel über die Fahrbahn fegte, war es im Auto seltsam still. Meine Glieder wurden bleiern und doch war ich auf einmal hellwach.

Ich drosselte das ohnehin gemächliche Tempo meines Wagens und starrte durch die Windschutzscheibe, als gäbe es etwas Besonderes zu sehen. Auf einmal war die Luft blau. Blaugrün irisierende Nebelschwaden zogen über die Straße und die Felder, verloren sich im angrenzenden Wald. Sie wirbelten, quirlten und verschwanden. Ich bekam es mit der Angst zu tun.

Eine solche Situation hatte ich noch niemals zuvor erlebt. Was hatte das alles zu bedeuten? Bei einem Kontrollblick über die Armaturen meines Autos bekam ich gerade den Augenblick mit, in dem der Sekundenzeiger der Uhr stehenblieb. Wie von Geisterhand angehalten, verharrte er in seiner Position. War meine Zeit abgelaufen? Auf einmal beschäftigte ich mich mit diesem Gedanken, ohne ahnen zu können, dass genau das Gegenteil eintreten sollte.

Die blauen Wirbel änderten ihre Farbe. Sie changierten zu Türkis, verfärbten sich von Gelb über Orange zu Rot. Urplötzlich versank alles um mich herum in tiefster Schwärze. Selbst das Licht meiner Scheinwerfer drang nicht mehr durch die Finsternis. Mein Körper bäumte sich hinter dem Lenkrad auf, als wollte er eine unsichtbare Gefahr abwenden. Ich war ein Gefangener der Dunkelheit und kam mir einsam und verloren vor. Um eine Verbindung zur Außenwelt herzustellen, drehte ich das Radio an, doch ich konnte keinen der gespeicherten Sender finden. Stattdessen setzte ein hoher und schriller Pfeifton ein, der sich schmerzhaft auf die Trommelfelle legte. Er kam jedoch nicht aus den Lautsprechern des Radios, er hing in der Luft.

Ich war vollkommen irritiert, es gab nichts, was ich als Quelle dieses Tons identifizieren konnte. Ein Blick auf mein Handy steigerte meine Verunsicherung. Sein Display zeigte keinen Empfang an und das hier, am Rande einer Großstadt? Das konnte einfach nicht sein!

Wie aus dem Nichts gezaubert, stand plötzlich eine

silberne Kugel über der Straße. Sie kam auf meinen Wagen zu. Je näher sie kam, desto lauter wurde der Pfeifton. Er begann, mich verrückt zu machen. Irgendetwas ging von der Kugel aus, nahm Einfluss auf meinen Körper. Ich spürte, wie sie mich veränderte. Die Kugel wuchs, rotierte um ihre eigene Achse, beschleunigte zu rasender Geschwindigkeit. Ich trat heftig auf die Bremsen meines Autos. Die Kugel blieb stehen. Mein Wagen hielt mitten auf der Straße an.

Ich starrte wie gebannt durch die leicht beschlagene Windschutzscheibe auf diese eigentümliche, unerklärliche Erscheinung. Der schrille Pfeifton ging in ein beruhigendes tiefes Brummen über und nahm mir den Druck von den Ohren. Das wusste ich, diese gleißend helle Kugel hatte nichts Böses mit mir vor. Sie war mein Freund!

Auch Freunde müssen einem manchmal wehtun, wenn sie es gut meinen. Meine Haut begann zu schmerzen. Sie straffte sich am ganzen Körper, als wollte sie ihm eine neue Verpackung schenken. Die wenigen mir noch verbliebenen Haare stellten sich aufrecht, begannen zu wachsen, verdichteten sich. Ich spürte ganz deutlich, wie die Falten in meinem Gesicht und an der Halspartie, untrügliche Zeichen des Alterungsprozesses, wie weggebügelt wurden. Die Haut auf meiner Stirn und auf den Händen, die noch immer das Lenkrad umklammerten, entfaltete sich und ich sah vor mir, wie sich die Farbe der Härchen auf dem Handrücken von hellem Grau in dunkles Braun verwandelte. Die typischen Altersflecke verschwanden wie von Geisterhand.

Die silberne Kugel hüllte das ganze Auto in ein

strahlendes Licht, das in den Augen schmerzte. Bis auf den Brummton herrschte noch immer Totenstille um mich herum. Das leise Stöhnen, das ich jetzt wahrnahm, kam von mir. Das Blut in meinen verkalkten Adern rauschte. Ich konnte den hämmernden Puls am Handgelenk schlagen sehen.

In einem wahnsinnigen Tempo raste die Kugel wieder los und war in weniger als dem Bruchteil eines Augenblicks über mein Auto hinweg. Ihr Bild verlor sich im Rückspiegel. Der Brummton war verschwunden. Mein Kopf dröhnte, es lag ein Druck auf meinem Gehirn, ich dachte, mir müsse der Schädel platzen. Ich versank in einem einer Ohnmacht ähnlichen Anfall.

Ich kann nicht sagen, wie lange er anhielt. Als ich wieder zu mir kam, plärrte das Autoradio vor sich hin. Mein Handy signalisierte mir den Eingang mehrerer Nachrichten. Es hatte besten Empfang. Die Blätter der Bäume hingen regungslos an ihren Stielen. Kein Luftzug rührte sich. Die Schweinwerfer meines Autos bündelten ihre Strahlen auf dem schwarzen Asphalt. Der Mond schien und die spärlich am Himmel vorhandenen Wolken zogen gemächlich ihre Bahn.

Von der silbernen Kugel war weit und breit nichts zu sehen. Aber ich wusste genau, es hatte sie gegeben. Ich war seltsam ruhig. Meine Verfassung war ausgeglichen und ich fühlte mich, von den Kopfschmerzen einmal abgesehen, regelrecht erfrischt. Die Haut an meinen Händen, im Gesicht, an der Stirn und am Hals, ja am ganzen Körper spannte, als umschließe sie einen zu großen Kern. Dort, wo ich bis vor kurzem eine deutlich ausgeprägte Stirnglatze trug, hingen mir nun wirre Haarsträhnen in die Stirn.

Warum sah ich alles so verschwommen? Ich nahm die Brille ab und sah wieder klar, alles gestochen scharf. Ich brauchte sie nicht mehr. Mit einem jugendlichen Satz sprang ich aus dem Auto und trat auf die Fahrbahn. Beim Auftreten stellte ich fest, meine jahrelangen heftigen Schmerzen beim Laufen waren wie weggeblasen. Auch meine Kniegelenke und meine Bandscheibe sendeten keinerlei Schmerzsignale.

Der Motor meines Autos blubberte unverändert vor sich hin. Wo sich die Landstraße am Horizont in der Dunkelheit verlor, tauchte ein Lichtpunkt auf, der sich beim Näherkommen in ein Scheinwerferpaar verwandelte.

Ich blieb auf der Fahrbahn stehen und wollte den fremden Wagen anhalten. Ich musste unbedingt eine Erklärung für all das haben, was sich hier in den letzten Minuten abgespielt hatte. Der Wagen hielt mit kreischenden Bremsen hinter meinem Auto an. Ein Mann stieg aus. Er gab wilde Flüche von sich. „Welcher Idiot stellt hier mitten in der Nacht sein Auto auf der Fahrbahn ab und schaltet noch nicht einmal die Warnblinkanlage ein? Hallo, ist hier jemand?“

Er öffnete die Tür meines Wagens, warf einen Blick hinein, konnte niemanden entdecken und feuerte die Tür wieder ins Schloss. „Unglaublich, so etwas“, schimpfte er und machte einen leicht ratlosen Eindruck. Er ging kopfschüttelnd zurück zu seinem Auto, sich nach allen Seiten umblickend. Ich schien für ihn Luft zu sein. Mitten auf der Fahrbahn stehend, konnte er mich wohl kaum übersehen. Ich wollte ihn auffordern stehenzubleiben, wollte mit ihm reden. „Hallo, so warten Sie doch! Können Sie mir sagen, was hier los ist?“

Er reagierte nicht, gab mir keine Antwort und setzte sich stattdessen wieder in sein Auto. Das wurde mir dann doch zu blöd. Was sollte dieses alberne und unfreundliche Verhalten? Wild gestikulierend und rufend rannte ich auf das fremde Auto zu und wollte den Mann aufhalten.

„Bleiben Sie stehen! Ich habe ein paar Fragen“, schrie ich und bekam erneut keine Antwort. Der Fremde schien mich überhaupt nicht wahrzunehmen, weder zu sehen, noch zu hören. Er langte nach seinem Handy, führte ein kurzes Gespräch und gab dann einfach Gas. Er fuhr mit auf dem Asphalt radierenden Reifen los. Mein Auto umkurvend, hielt er direkt auf mich zu.

Im letzten Moment gelang es mir, mich mit einem verwegenen Satz zur Seite in Sicherheit zu bringen. Der Kerl hätte mich glatt überfahren. Er musste mich doch gesehen haben. Warum hatte er mich nicht gehört, mir nicht geantwortet? Es war eine rätselhafte Nacht!

Ich ging zu meinem Wagen zurück und hielt mein Gesicht vor den Rückspiegel. Ich wollte sehen, ob ich irgendetwas entdecken konnte, warum meine Haut so spannte. Der Spiegel zeigte mir nichts. Ich jedenfalls kam darin nicht vor.

Ich setzte mich in mein Auto und fuhr los. Die Zeit, die ich brauchte, um bis zu meinem Haus zu kommen, kam mir viel kürzer vor als gewöhnlich. Alles sah aus wie immer. Ich betätigte die Fernbedienung für mein

Garagentor. Das Tor schwang auf und ich erlebte die nächste Überraschung. Die Garage war besetzt. Es stand ein Auto darin, wie ich es vor vielen Jahren einmal gefahren hatte.

Ich klingelte an der Haustür. Vor lauter Verwirrtheit konnte ich meinen Hausschlüssel nicht finden. Es beruhigte mich immerhin, auf dem Schild unter der Klingel fand ich meinen richtigen Namen. Nach einiger Zeit wurde mir geöffnet. Vor mir stand eine verärgerte Frau, die um die 60 Jahre alt sein musste. Sie trug einen Morgenrock, sie war meine Frau!

Sie war ungehalten ob der nächtlichen Störung und sie suchte die Straße nach einem Besucher ab, der sie zu so später Stunde gestört hatte.

„Hallo Liebling", begrüßte ich sie und wollte sie umarmen. Doch sie nahm mich gar nicht wahr, ihr Blick ging jetzt ins Leere. Sie zeigte keine Spur des Erkennens, geschweige denn der Freude, mich unbeschadet vor sich zu sehen. „Eine Unverschämtheit, so etwas", fauchte sie und warf mir die Haustür vor der Nasenspitze zu.

Ich hatte das Geschenk eines Jungbrunnens erhalten, aber alles andere hatte ich wohl verloren. Zumindest in dieser Welt, in der ich aufgehört hatte, zu existieren. Die Kugel hatte mich in eine Parallelwelt versetzt. Ich machte mich auf, diese neue Welt zu erkunden.